JN257256

An evil princess bring her parents' home to ruin ★ volume.2

エルフの里で暮らす
エルローズの前に現れたのは、

リム導師とマリウス医師、
そして——？

CONTENTS

CINDERELLA
NOVELS

悪堕ち姫は
実家没落をねらう 2

さくらさくらさくら

HobbyJAPAN

口絵・本文イラスト　北沢きょう

ある少年の独白

初めの記憶《きおく》は、誰《だれ》かの背中。

次の記憶は焼け付くような赤。

痛みは日常、暴言は子守唄《こもりうた》。大きい人間の機嫌《きげん》を窺《うかが》いながら息をする毎日。

人の機微《きび》に疎《うと》ければ生きられない。そうでなければ、捨てられる。路地裏にはそんな子供があふれていた。

それでも誰かに必要とされたかった。誰かに、役に立つ子供だと認められて、褒《ほ》めてもらいたかった。

ハハオヤという名前の女は、一番近くて遠い他人だった。

八つ当たりの暴力、やっとの思いで手に入れた食料も金も容赦《ようしゃ》なく取り上げられた。そこで生きて行くには俯《うつむ》いて、なるべく人と視線を合わせず、意識から外れるように息を潜《ひそ》めるしかなかった。

そんなある日、ハハオヤがやっと迎《むか》えが来たとはしゃいでいた。

こうしゃくさま、とハハオヤが男を呼ぶ。男がいると部屋には入れないから、いつものように路地の片隅《かたすみ》で小さく丸くなっていた。

ハハオヤはもうこの町に戻《もど》らないだろう。そう思っても不思議と感傷はなかった。

明日、何を食べて飢《う》えをしのごうか。考えていたのは出て行くハハオヤへの悲しみではなく、明日の食べ物の事だった。もうハハオヤのおこぼれは望めないから自分で食い物を探さねばならない。

明日は日の出とともに教会へ行って、炊《た》き出《だ》しの列に並ぼう。そう思っていると、カツンと俺《おれ》の前に良く磨《みが》きこまれた革靴《かわぐつ》が立った。この辺りの住人ならまず履《は》けない靴だ。恐《おそ》る恐る視線を上げていくと、仕立ての良い服を着た、風船みたいな男が立っていた。貴族だ。

あわてて目線を下げて、息を潜めた。貴族ほど怖《こわ》い存在はない。粗相《そそう》をすれば殴《なぐ》られるだけじゃすまないからだ。息を止めて下を向き、貴族が通り過ぎるのを待っていたのに、ごてごてと色石で飾《かざ》られた太い指に顎《あご》をとられてしまった。乱暴に顔を上向けられて、髪《かみ》に隠《かく》れた目を見られた。

とても人とは思えない、膨《ふく》らんだガマガエルの様な、けれどもよほどガマの方が魅力的《みりょくてき》に見える、ガマが、俺を見て目を見開いた。

「……青い、な」

ガマがごくりとつばを飲み込む音が聞こえた。

その後すぐに、貴族しか入れない高級娼館に連れて行かれた。

「見られるようにしろ」とのお達《たっ》しで、数人がかりで皮がむけるんじゃないかと思うほど、乱暴に洗われた。

ガマガエルは風呂《ふろ》から出てきた俺を見ると、さらに相好を崩《くず》して笑った。夢に出そうな程《ほど》、おぞましく怖気《おぞけ》が走る笑顔《えがお》だった。

「金！　金色だ！　アレよりも濃《こ》いぞ！　すばらしい！」

ガマには俺が金貨に見えるらしい。ガマの側《そば》に侍《はべ》る女達も、誰ひとりとして気にしない。貴族の言うことに逆らってはいけないと、骨身に染《し》みているからだ。

この町では、商売女が路上で死んでいても、誰も気にも留《と》めないし、子供がひとりいなくなったところで、誰も気にしない。

ガマに連れられた子供にとって、人生を生き抜《ぬ》く術《すべ》は無言で相手の意のままに動く事だった。大きい男は理不尽《りふじん》だが、女は不条理だった。

口答えをすると殴られる。仕事が遅《おそ》いと食べ物を取り上げられる。悪い出来事は全部こちらのせいで、キイキイと甲高《かんだか》い声で罵《ののし》り、尖《とが》った長い爪《つめ》で皮膚《ひふ》をきりきりと引っかいてくる。男より、はるかに異質で無慈悲《むじひ》な生物。それが女だった。

連れて行かれたガマの家は、気後《きおく》れするほど豪華《ごうか》な屋敷《やしき》だった。そこに住まうガマの家族と初めて顔を合わせた。

ガマと同年代のこれまたガマのような太った女は、目をむいて俺を睨《にら》みつけ、ガマに食ってかかっていった。

「これはどういうことですの、あなた！」

「その、昔世話をした女が産んだ子供なんだ。ど、どうだ、見事な色合いだろう？　王族特化の色彩《しきさい》なんだぞ。うまく使えば中央への足がかりになる。エルローズは魔法《まほう》素養が底辺だ。わしはアクラウス家の行く末を危惧《きぐ》して、だな」

「王妹のわたくしを差し置いて、どこの馬の骨とも分からぬ女の子供を、侯爵《こうしやく》家へ迎え入れるおつもりですか！　正しい血統のエルローズがいるではないですか！　あの子を有力貴族へのつなぎに使えばよろしいのよ。こんな子供、いらないわ！」

ガマはわめく女と目を合わせようとせず、のらりくらりと話を逸《そ》らし、でもやはり後ろめたいのか、傍《かたわ》らに立つ少女へと声をかけた。

「エ、エルローズ、アランだ。お前の……弟だ」

目の前のエルローズと呼ばれた、良く出来た人形のようなこの女はどう動くだろう。

理不尽で気まぐれで、意地悪な女達のように、痛めつけてくるのだろうか。

それとも親切面《づら》して何もかも取り上げていくのだろうか。

どう立ち回ればこの女は俺を甚振《いたぶ》らずにいてくれるだろう？

声を出したら眉《まゆ》を顰《ひそ》めるだろうか。目を合わせたら怒鳴《どな》られるだろうか。

恐る恐る髪の間から、少女の顔色を窺った。

少女のまっすぐな淡《あわ》い金色の髪が、なめらかな丸い頬《ほお》を縁取《ふちど》り胸元《むなもと》までを飾っていた。手入れの行き届いた髪はひとすじひとすじが光《ひか》り輝《かがや》いて白金に見える。

ハハオヤも良く髪を手入れしていたが、これほどの色艶《いろつや》はなかった。

紅《べに》をひいているようには見えないのに、ほのかに色づいた唇《くちびる》と、良く通った鼻筋。どこまでも見通すような曇《くも》りのない薄《うす》い青の瞳《ひとみ》に、真正面から見込まれてたじろいだ。

まろい肩《かた》から伸《の》びる少女らしいすらりとした腕《うで》、繊細《せんさい》な指先、手爪の先までが淡い色合いで飾られている。

たおやかな腰《こし》から、ウエストを絞《しぼ》り込まれ、まるで花びらが足元を飾るかのように幾重《いくえ》にも連なる布が少女の爪先《つまさき》を隠していた。

幼いのに匂《にお》い立《た》つような美少女だった。

高級娼婦《しょうふ》となった隣《となり》の部屋の少女も美しいと思っていたが、この少女には到底敵《とうていかな》わない。

……本当にこのガマの娘《むすめ》なのだろうか。

うそだろう。そう思いながら見上げていたら、少女の側でわめいていたガマ二号がとうとう白目を剥《む》いてぶっ倒《たお》れた。肉の塊《かたまり》に、フリルとレースと色石を飾り付けたら、こうなるだろうか。しかも、ぶっ倒れたら自分の重さで動けずに、手足をじたばたさせているのだ。ひっくり返った蛙《かえる》のようだ。

……本当にこのガマがこの少女の親なのだろうか。

物語のようにガマに攫《さら》われたお姫様《ひめさま》なんじゃないか？　到底《とうてい》、血の繋《つな》がりが感じられない親子に疑問を持った時、ひっくり返っていたガマ二号が復活した。

わめくガマ二号を前に、少女は毅然《きぜん》と言の葉を紡《つむ》いでいく。

逃《に》げ道《みち》を塞《ふさ》ぐように理論立てて話をする少女と、感情のまま喚《わめ》くガマ二号。

親の権威《けんい》を振《ふ》りかざすだけの言い分を、鮮《あざ》やかに切って捨てた少女が、俺を見た。

「お母様はいらないと仰《おっしゃ》る。お父様に任せていたらこの家を追い出されてしまうわね。……お前、アラン？　わたくしとおいで」

おいで、と差し出された手。

間違《まちが》いなく自分に差し出された手をまじまじと見つめた。ひょいと手を重ねたら、無礼者と罵られるんじゃないかと、周りを窺い警戒《けいかい》する。だが白い手は差し出されたまま動かない。薄い青の瞳が静かに俺を見つめている。

……手を、重ねてもいいのだろうか？

「……エ、エルローズさま、僕は」

「アラン、わたくしの事はお姉さまと呼びなさい。母が違《ちが》えども、わたくし達は姉弟《してい》なのですから」

「で、ですが」

いいのだろうか、本当にそう呼んでも。ガマ一号もガマ二号も、文句を言ってるじゃないか。大人の言う通り「物置部屋」へ行ったほうが良いんじゃないか？　上目遣《うわめづか》いで見上げた少女は、まっすぐ俺を見つめている。

「さあ、参りますよ、アラン」

再び伸ばされた、繊細な腕。

恐る恐る乗せた手を、きゅっと掴《つか》まれ、胸の奥《おく》まで握《にぎ》りこまれた気がした。

――金の髪のお姫様は、翌日から無茶《むちゃ》を言った。

「アラン、賢《かしこ》くおなりなさい。賢くなれば、守れるものが増えます。強いだけではなく、賢い人間におなりなさい」

そう言って、五歳《さい》の俺の目の前にドン、と課題を積み上げた。

路地裏でその日暮しの学のない子供に、一体何をと目を剥いた。

でも、飯を食うためには仕方が無い。

読み書き計算はもとより、政治経済、商工業、経営術に簿記《ぼき》会計。

音楽絵画、測量技術、料理洗濯掃除《せんたくそうじ》、とどめに体術。

なんかいろんな系統に分かれているけど、お姫様いわくすべて必須《ひっす》なのだそうだ。

料理洗濯掃除なんて、本当に必要なのか？　さり気なく回避《かいひ》しようとしたら、お姫様が静かに熱く語り始めた。

「良くお聞きなさい、アラン。あなたは強くならねばなりません。賢くならねばなりません。そして最も重要なのが敵の胃袋《いぶくろ》を掴む事なのです！　今から頑張《がんば》れば出来ない事などありません。わたくしも一緒《いっしょ》に頑張りますわ。勉強も技術も抜きん出て素晴《すば》らしい『あなた』が、垣間《かいま》見《み》せる細やかな心配りこそ、あなたの最大の武器なのですよ！」

……敵の胃袋掴む戦いってどんな戦いだよ。まあ、やっぱり幼くとも女は女。理解不能で不条理なのは仕方がないか、と大人しく従うことにした。

斜《しゃ》に構えて路地裏で、その日その日を暮らしていた頃《ころ》より、スリリングでやりがいのある生活の始まりだった。

お姫様はなんでも出来た。自分の分の課題を済ませた後、俺の勉強に付き合ってくれるんだ。そんな彼女《かのじょ》に付いている、ふたりの家庭教師も万能《ばんのう》だった。教え方も丁寧《ていねい》だし、判《わか》るまで辛抱強《しんぼうづよ》く待ってくれる。出来るまで何度も同じ課題を繰《く》り返《かえ》した。でも楽しかった。

いつもお姫様……エルローズ姉さまが一緒だったからだ。お人形みたいな外見なのに、とても勉強熱心で熱く接してくれる。こんな風に俺と向き合ってくれる人なんていなかった。

勉強も鍛錬《たんれん》も、難しい問題だって一緒にやった。

身体を鍛《きた》えるのも、剣《けん》をふるうのも（流石《さすが》にお姫様は軽くて細い剣だった）礼儀《れいぎ》作法も一通り、ダンスだって一緒に練習した。

「将来のために」と言われて渋々《しぶしぶ》従ったけど、何で教えられるのが女性パートばかりなのかが分からない。俺が小さいからか？　初めて姉さまと会った五歳の時から比べると、少し大きくなったはずなんだけど。

姉さまをリードだってできるようになったよ。だからもう女の子のパートを習わなくても良いでしょう？　と言ったけどだめだった。でもこれ、どこで披露《ひろう》するの。披露する場がないだろう？

毎回、姉さまの相手役を務めるのにカテキョの先生方が喧嘩《けんか》するからかな。ひとり余るから仕方なく俺が女の子のステップを踏《ふ》まなきゃならないんだ。先生も、俺たちふたりだけで練習するから、放っておいてくんないかな。

勉強も、修練も、実習も、カテキョの先生交《まじ》えて、姉さまと行って、気が付いたら六歳になっていた。

ねえ、姉さま。

姉さまのおかげでいろんなことを覚えたよ。

侯爵家の姫君《ひめぎみ》なのになんでもない事のように、下々の者がする仕事までこなす姉さま。

侯爵令嬢《こうしやくれいじよう》は、トイレ掃除《そうじ》とか普通《ふつう》しないよ?

これも妙《みよう》なカテキョの教えの賜物《たまもの》なのかな。

その家庭教師の一人、ギリム先生は勉強全般《ぜんぱん》、オールマイティにみてくれる。学術理論の理解も深く、分からないところも的確に教えてくれる。姉さまが手放しで褒めていたくらい、素晴らしい先生だ。

でも、姉さまに向ける目や声が、側で見てるとなんだか熱い。

本人、子供を保護して慈《いつく》しみ育ててるつもりらしいけど、あれって、もはや恋《こい》する男の目だよ。独占欲《どくせんよく》に気付いてないのが笑える。

もう一人のマリア先生はとても綺麗《きれいず》好きで繊細で、丁寧な口調で教えてくれる。極上《ごくじよう》の部類の女だって敵《かな》わない美貌《びぼう》だけど、男の人だ。姉さまがマリア先生のようになりたいと絶賛する美女だけど、アレは男だ。確かにギリム先生と並ぶと華奢《きやしや》に見えるけど、肩幅《かたはば》や骨ばった指とか、中でも目が、なぁ……。あれって好きな女を標的と定めた、ヤバイ男の目だ。

何とかしてエルローズ姉さまを俺から引《ひ》き剥《は》がして、独占《どくせん》しようと奮闘《ふんとう》するカテキョ二人を前にすると、何で姉さまこれで気付かないんだろうと、頭が痛くなった。

気付いてないのに自分のもの認定《にんてい》してるギリム先生はともかく、さり気なく男をアピールして、女装を解きたいマリア先生の姿が、おもしろいけど。

綺麗《きれい》で有能で、強くてかっこいい姉さまは、実は色恋沙汰《いろこいざた》に疎《うと》かったらしい。

俺の方がまだ、恋の駆《か》け引きが判るよ。俺みたいな娼館育ちと違って、きっと姉さまは純粋《じゅんすい》培養《ばいよう》だから、情緒面《じょうちょめん》が成長していないのだろう。

勉強して、鍛錬して、実習を受けて、時折危害を加えてくるガマ達をかわし、腕を磨く。

姉さまを守れるように。

姉さまが俺を誇《ほこ》れるように。

……俺は必死だった。

姉さまの示すままに知識を呑《の》み込むのに必死だった。

女の執念《しゅうねん》ってやつの業の深さを忘れてしまうほどに。

あの場所で女という生き物がどれほど狡猾《こうかつ》で、残忍《ざんにん》で自分勝手なのかを知っていながら、姉さまといる幸せに、酔《よ》ったのだ。

少しずつ確実に成長する俺を、忌々《いまいま》しげにガマ二号が見ていた事に気付かなかった。

その日、カテキョ二人は別件で、執事《しつじ》長のマルクも屋敷にいなかった。

姉さまは先日何事かをマリア先生に泣きついて、泣かれたマリア先生が途方《とほう》に暮れていた。

夜半過ぎまでふたりで、どたばたしてたけど、決して部屋に入れてもらえなかった。

姉さまが部屋にこもって三日目。所在無く廊下《ろうか》をうろうろしてたら、頭からずだ袋《ぶくろ》をかぶせられ、縄《なわ》でグルグル巻きにされた。

「どこへなりと捨てておしまいっ！　二度と戻ってこられぬよう、足を折って、目を潰《つぶ》して、その髪も焼いてしまえ！　わたくしは絶対に認めない、お前ごとき下賤《げせん》な輩《やから》に、高貴な血が一滴《てき》でも流れているなど、認めてなるものですか！」

ガマ二号のきんきんと耳障《みみざわ》りな声が、布をかぶせられてても聞こえてきた。

ああ、今日死ぬのか。そう思った。

こんな俺に、一度に幸せがやってきたから、いつか終わりが来るだろうとは思ってた。

初めて姉さまと対面したあの日、目を合わせて名前を呼ばれて、その白い腕を伸ばしてもらえて、ためらいながら差し出した手を、当たり前のように、きゅっと握ってもらえて、参りますよ、アランと声をかけられ、手を引かれて歩くことを知った。

堂々と歩く姉さまに手を引かれて歩くのは、とても誇らしくて、くすぐったかった。

「アラン、食事は取ったかしら？　わたくしにつきあってくださる？」

そう言われるまま、食堂へ通され、姉さまの前の席に着いた。

綺麗に盛り付けられた料理を前に、俺は固まった。どうやって食べたら良いか分からない。仕方なくパンを取った。パンなら手づかみで食べても良いはずだと思ったからだ。

食べ散らかして、幻滅《げんめつ》されたくなかった。目の前に座った姉さまのしぐさをまねしようと思っていた。でも一口のつもりで齧《かじ》ったら、お腹《なか》がすいてたのを思い出した。気が付いたら我を忘れて、口にパンを詰《つ》め込むように食べていた。はっと気付いた時はもう遅かったんだ。

　意地汚《いじきたな》い子だと、眉をひそめられるだろう。

　卑《いや》しい子だと蔑《さげす》まれて、やっぱりこんな子いらないと、言われるに違いないと震《ふる》えていたら、姉さまが目を合わせて笑ってくれた。上目遣いで姉さまを見ていたら、姉さまが自分の皿のパンをわしっと取った。それから、俺の真ん前で、手に取ったパンに勢い良く噛《かぶ》り付いたのだ。

　呆気《あっけ》に取られていると、もぐもぐと口を動かして飲み込んだ姉さまが、俺を見て。

「こうして食べるのもとても美味《おい》しいですわね。でもちゃんとマナーを知っていれば、どんな場面に遭遇《そうぐう》しても、うろたえる必要はないのですよ、アラン」

　そう言って笑った姉さまは、パンを食べ終わると俺にテーブルマナーを教えてくれた。

　パンは一口大にちぎって口に入れること、ナイフとフォークの美しい使い方。

　肉が上手《うま》く切れなくて焦《あせ》った時は、ナイフに手を添《そ》えて、切りやすい角度を教えてくれた。花の香《かお》りがふわりと届いて、食べ物の匂い以外に、どきどきする匂いがあるんだって初めて気付いた。

　すえた匂いも寒さで震える事もない綺麗な部屋に通されて、ここがあなたの部屋だと言われ、初日は眠《ねむ》るまで姉さまが本を読んでくれた。ハハオヤにだって、してもらった記憶はない。

　嬉《うれ》しくて気恥《きは》ずかしくて、眠るのがもったいなかった。薄く目を開いて、ベッドサイドで本を読む姉さまの姿を見ていた。俺が眠ったと思ったのかエルローズ姉さまは本を閉じると最後に「あらんたんてらかわゆすつみ」って呟《つぶや》いていた。言葉の意味を教えてもらいたかったけど、口に出したら寝《ね》たふりがばれるから聞けなかった。

毎日が夢のようで、嘘《うそ》みたいな時間だけが過ぎた。

初めてひとりで本を最後まで読み終えた時は、姉さまが笑って褒めてくれた。

計算問題をひとりで全部解いたら、ご褒美《ほうび》と言って姉さまの分のケーキを俺の皿の上に載《の》せてくれた。

お茶の入れ方、美しい所作、丁寧な言葉遣《ことばづか》い。すべて姉さまが教えてくれた。

……姉さま、ごめんね。側に居れなくて、ごめん。

俺を抱《かか》えて走っていた男が、急に速度を落とし立ち止まったのに気が付いた。ずだ袋の中で、ここが死に場所なのかと思ったら、胸の奥から湧《わ》き上《あ》がるものがあった。

まだ、姉さまにありがとうと伝えていない。

姉さまに何ひとつ、返していないのだ。このまま、この男に殺されて、姉さまと二度と会えないなんて、耐《た》えられない。

なんとしても姉さまの下へ帰らなければ。

……そう思った時、聞き覚えのある声が聞こえたのだ。

「……もし、何方《どなた》かいらっしゃいませんか、お願いいたします。ジビョウノシャクで、難儀致《なんぎいた》しております。もし、だれか……」

「お、おお。お嬢《じょう》ちゃん、どうしたんだい？」

人攫《ひとさら》い中だっていうのに、男は猫《ねこ》なで声《ごえ》でその声の主に近づいていった。

まさか、と思いながらも暴れて何とかその声の主に、こいつが人攫いだと気付かせようとしたけど、男は暴れる俺入りの袋を地面に投げ出してしまった。

痛みにうめく俺をよそに、そのまま親切ごかして、少女の下へ足を向けたようだ。

声の少女は男を疑いもしないようだった。ずだ袋は農作業で使われる一般的《いっぱんてき》な袋だから人攫いだと気付かなかったのかもしれない。

だけど俺の焦りは募《つの》っていった。だめだ、逃げて！　と思うのに、縄から抜けることが出来ない。気ばかり焦って、ようやく袋から顔を出した。

俺は目の前の光景に言葉を失った。

「苦しく、て。息、が」

「そ、そりゃ大変だ。おじさんの家すぐそこなんだ、医者を呼んでやるから入りなさい」

親切面の男の腹の中で、どんな計算がされているのか、あの町で女がどんな風に扱《あつか》われるのか知っていた俺には、この光景は絶望でしかない。

人攫いの男の前で蹲《うずくま》っているのは、紛《まぎ》れもなくエルローズ姉さまだった。

ふわりと身体に纏《まと》わりつく、白いシフォンの繊細なドレスの裾《すそ》が、大きくめくれて白い脚《あし》が露《あらわ》にされていた。男のぶしつけな嫌《いや》らしい目が、姉さまの投げ出された脚へと向けられていて、心臓の奥底《おくそこ》から怒《いか》りが湧いて来た。

俺の姉さまを嫌らしい目で、舐《な》めるように見つめるなんて許せなかった。

なのに姉さまは、人攫いににっこりと微笑《ほほえ》んで見せたのだ。

「まあ、ご親切にありがとうございます。……人攫いさん？」

「え」

「きゃあああっ、火事よ――――！」

男があっけに取られた瞬間《しゅんかん》、姉さまが叫《さけ》んだ。ほんの二呼吸で誰かが走りこんできた。

「どこだ！　どこが燃えてるんだ！」

走り込んで来た男は憲兵のようだった。走ってきた勢いのまま辺りを見回す憲兵と、状況《じょうきょう》をうまく飲み込めずに立ち竦《すく》む人攫いの男――――。

そして、姉さまが畳《たた》み掛《か》けるように叫んだ。

「騎士《きし》さま、助けてっ！」

泣きながら手を伸ばす美少女と、その美少女の前に立ちはだかる男。

誰がどう見ても、いたいけな少女を物陰《ものかげ》に引きずり込もうとする悪漢の図だ。

少女の方から身を投げ出してきたなんて、誰も思うまい。

「きっ……きさまあっ！　白昼堂々、不埒《ふらち》なまねを！」

「え、え？」

一人、付いていけない人攫いの男は、あっけに取られた表情で、憲兵と姉さまを何度も見返している。

「助けて、騎士さま！　この人、弟も攫ったの！」

「弟？　その袋……誘拐《ゆうかい》かっ！」

瞬《まばた》きする間に憲兵と目線がかち合った。驚《おどろ》きに見開かれた瞳が、怒りに染まる瞬間を見た。路地裏の一角で、空気が変わったのを肌《はだ》で感じた。

「あ、う、お、俺は関係ねえ！」

ざっと踵《きびす》をかえした男が、俺の脇《わき》を走り抜けていく。その後を追って憲兵が駆けた。呼子笛の音が響《ひび》いた。あちこちで呼応するように笛が鳴る。

「追えッ！　人攫いの現行犯だ！」

「――そっち、逃げたぞっ！　捕《つか》まえろ！」

「逃がすな！　回りこめ！」

「おおっ！」

憲兵達が男を追いかけ追い詰めていく。

追いかける足音が増えた。人攫いの男が捕まるのも時間の問題だろう。

何にせよ、これで姉さまが攫われる心配がなくなって、ほっとしたら力が抜けた。

何とか袋の中から這《は》い出て、姉さまと顔を合わせる。

エルローズ姉さまは基本表情を表に出さないよう頑張っているんだ。でも時折見せる表情は、とても豊かで、つまり、泣いていてもエルローズ姉さまは美しい。

「アラン、良かった！　怪我《けが》はない？」

ぎゅっと抱《だ》きしめられて息が詰まった。

「……姉さま、どうしてここへ?」

「わたくしはアランの姉ですから。アランの危険がわかるのです」

姉さま。

エルローズ姉さま。

胸を張って仰《おっしゃ》っているけど、がくがく震えてるのがバレバレだよ。まあ、俺も膝《ひざ》ががくがく言ってるからおあいこだけどね。

俺、姉さまの言う通り、もっともっと強く賢くならなきゃいけないみたいだ。

そうでなきゃ、今回みたいに姉さまは無茶をする。

あんな人でなしの目の前に飛び出して、俺みたいなガキを守ろうとするんだから。

どんな人形より美しくて、どんな人形より高価で、だれだって手元において愛《め》でたいと思うだろう美貌の姉は、自分の身を擲《なげう》ってまで、「僕《ぼく》」を助けようとするんだ。

だったら、ちょっと賢いだけの弟じゃダメだ。

従順でいて、強《したた》かに、守られているようでいて、守らねば。

賢くなろう。あなたを守れるように。

強くなろう。あなたが笑顔でいられるように。

「さあ、帰りましょう。爺《じい》が待っているわ」

「はい。姉さま」

「今日の夜はお野菜たっぷりのスープよ。そうそう、珍《めずら》しいイリという穀物を見つけたの。わたくしの実験に付き合ってくれるかしら、アラン?」

「姉さまの作るものはどれも美味しいから、楽しみです。あ、そういえば、ジビョウノシャクってなんですか?　聞いたことのない言葉ですね」

「……そうね。それはとても深い意味があるのよ、アラン」

姉さまはこの日より、領地内を細部まで見てまわるようになった。

あっちで女性を助け、こっちで悪人を引きずり出す。

爺と呼ばれる無口な執事長を仲間とし、門番をしていた赤い髪の憲兵を、北へ東へ振り回す。

僕も、姉さまの指示で動く事が増えた。

「今日はこの西地区の商人が介在《かいざい》しているはずよ」

「ここで大掛《おおが》かりな販売《はんばい》が行われるようね」

「ここを見回る時間帯を上手く早めれば、かち合わせる事ができそうね」

ぶつぶつと呟く姉さまは、目の下の隈《くま》と相まって、疲《つか》れているのが良く分かった。

「さ。今日こそは尻尾《しっぽ》を掴んでもらわないと。桃色《ももいろ》隊員には頑張ってもらいましょう」

……ずいぶん気心が知れてるようだけど、桃色隊員《ヴィアルさん》と、いつの間にそんなに仲良くなったのさ。

「うーん、証拠《しょうこ》これだけじゃ、甘《あま》いかしら……。決定的な何かを、置いてくる必要があるわね……」

姉さまは計画の成功率を高める為《ため》に、思考することをやめなかった。

いつものように、姉さまと二人でガマのアジトを暴《あば》き出す。捕まってる女の人は、みんな姉さまのように思えてしまう。早く敵を叩《たた》きのめして助け出してあげたい。

いつものように上手く憲兵隊を誘導《ゆうどう》して、人身売買の瞬間に踏み込んだ。

剣を片手にヴィアルさんと奮戦する。あらかたのして、息をつき、ヴィアルさんと拳《こぶし》をたたき合わせ、健闘《けんとう》を讃《たた》え合った。

「おい、アラン。嬢ちゃんはどこだ?」

「え、あそこの角、に……」

——姉さまがいない。

すうっと全身から血の気が引いた。周囲の音が遠ざかる。

あの日の誓《ちか》いは、今も色褪《いろあ》せることなく、この胸に刻まれたままだ。なのに、なぜ姉さまから目を離《はな》してしまったのだろう。あらゆるものから姉さまを守ると決めたはずなのに。

冷静になれと囁《ささや》く自分と、姉さまに何かあったら自分でもどうなるか判らないと呻《うめ》く自分。身を焼く程の激情に押《お》されるまま、きな臭《くさ》い場所を捜《さが》して回った。

ひょうひょうとしていたヴィアルさんも、険しい顔を隠しもせず、捕まえた人身売買組織の男の首を絞《し》め上げている。熱い熱いと男が叫ぶから、ヴィアルさんの魔法特性が駄々《だだも》漏れなのがわかった。

けれども止める気なんかおきなかった。

一時間、二時間、三時間。絶望だけが降り積もる。

やっとの事で見つけ出した姉さまは、金色の檻《おり》の中だった。

姉さまを見つめる好色そうな男の脂下《やにさ》がった笑顔。

姉さまの背後には、鎖《くさり》に繋がれた少女達がいた。彼女《かのじょ》達を守るように姉さまが立っている。

姉さまは、薄い薄い、羽衣《はごろも》のような薄物《うすもの》一枚だけだった。

僕の大事な姉さまが、あんな男の目の前で、裸《はだか》に等しい格好を強《し》いられている。

ぶわり、と怒りが湧き起こり、風があたりを駆け抜けていった。

男を守る傭兵《ようへい》達の鋼鉄の武器が軒並《のきな》み切り刻まれ、男が着ていた衣服も、男が掛けていた椅子《いす》も、原形をとどめないほど粉々になっていた。

——僕の魔法特性が開花した瞬間だった。

でもそれが、僕と姉さまを隔《へだ》てる壁《かべ》となるのだなんて、その時僕は知らなかったのだ。


なだれるように、侯爵家が傾《かたむ》いていく。

罪状は掃《は》いて捨てるほどあった。

こと細かく姉さまが爺と一緒に書きとめておいたから、言《い》い逃《のが》れなど出来ようはずが無い。

罪を問われたガマ一号とガマ二号が、逃れようと暴れたが、憲兵達に拘束《こうそく》されていく。

毅然と前を見据《みす》えたまま、ガマ達の薄汚《うすぎたな》い罵りを姉さまはじっと受けていた。

その透明《とうめい》な水色の瞳は一度も揺《ゆ》れる事はなかった。

屋敷からガマの姿がなくなり、調度品が軒並み売却《ばいきゃく》されていく。

姉さまのお気に入りの鏡台が無くなり、最後まで飾られていた思い出の絵画まで売られていった。

昼夜を問わず屋敷に押しかけてくる親族を追い返し、夜中不法に訪《おとず》れる不審者《ふしんしゃ》を叩きのめし、何かと姉さまを構い倒すカテキョ二名を牽制《けんせい》しながら、がらんとした屋敷の中で、姉さまと過ごした。

幸せだ。

姉さまを姉さまと呼べて、まるで宝物のようにアランと名前を呼ばれて。僕の幸せは間違いなく姉さまが持ってきてくれた。溢《あふ》れるほどの愛情を、惜《お》しみなく与《あた》えてもらえた。

僕は幸せになれたから、今度は姉さまの番だ。

だれにも負けないくらい力をつけて、姉さまを守り抜く。そう、いつかカテキョ二人にだって勝って見せる。

僕は姉さまの剣になり、姉さまの盾《たて》になるんだ。この先も、こうして二人で寄《よ》り添って生きていけたら、他には何もいらないと思っていた。

――姉さまの覚悟《かくご》も知らず、姉さまの心中を判ろうともせず、ただこの先も姉さまと二人歩んでいけると、何の根拠《こんきょ》も無く思っていたのだ。

終わりは、姉さまが殿下《でんか》と呼ぶ、僕とは血の繋がらない従兄《いとこ》と共にやって来た。

従兄殿下は僕を引き受けると言う。

姉さまは晴れやかに微笑むと、僕との絶縁《ぜつえん》を宣言した。

耳を疑った。

僕は、姉さまに認めてもらいたいだけなんだ。

王族特化も、開花した魔法素養も、姉さまが認めてくれて初めて意味があるんだ。

僕が僕であるために、姉さまが必要なのに、姉さまを姉さまと呼べなくなるなんて。

姉さまには僕は必要じゃないの？

僕が空回りしていただけなの？

誰にとも無しに呟いていたのだろう、肩をぽんと叩かれて、のろのろと顔をあげた。

心配そうな顔で、こちらを見ている、黒髪《くろかみ》の少年がいた。

「アラン・グレイ。学園で頭角を現せばいい。お前の姉はお前の成長を確信していると言ったじゃないか。ならば、殿下の側に仕《つか》える事は悪い事じゃない。実力者になればいいんだ。……どこにいてもその名が届くように」

「……姉さまがどこにいても？」

「そうだ」

黒髪の少年がうなずく。

姉さまは覚悟を決めた目で僕を見ていた。ならば僕は姉さまが言うとおり、この国の守護者になろう。この力を正しく用いて、姉さまの誇りとなれるよう、学園で力を付けるのだ。

それから姉さまと一緒にいられる時間が、たった三日と区切られた。

大切な時間は矢のように過ぎ去り、別れの日がやって来た。

姉さまと離れるのは嫌だけど、姉さまが安心して僕を送り出せる様に、笑ってみせた。

黒髪の少年、クルト先輩《せんぱい》の言う通り、姉さまを守る力を手に入れる為には、学園で学ぶことは重要だ。何より殿下のために招集された講師達は最高のはずだ。貪欲《どんよく》に知識を呑み込めば、いつか国一番の実力者にだって、なれるはずだ。

道が別《わか》たれたように見えていても、僕が進む道の先に、きっと姉さまの姿がある。そう思えば、厳しい授業も煩《わずら》わしい人間関係も何てことなく頑張れた。

学園には僕を好意的に受け入れてくれるクルト先輩のような人もいたが、大半は貴族らしい貴族が集まって集団を作っていた。

貴族だからと言って、姉さまのように高潔な人物は早々いない。

ガマの息子《むすこ》と嘲笑《あざわら》われ、水をかけられたり、足を引っ掛けられて転ばされたり、支給されたばかりの制服を切り刻まれたこともあった。罪人の息子と蔑まれ、殿下に仕えるなんて、罰当《ばちあ》たりだと面と向かって罵られる。でも、こんなのあの路地裏に住んでいた頃に比べれば、そよ風みたいなものだ。あの頃はもっと、命の危機が隣にあった。こんな柔《やわ》な坊《ぼっ》ちゃん達のいじめとも呼べないいじめなんか、屁《へ》でもない。

でも、馬鹿《ばか》だな、こいつら。陰《かげ》でこんなことするヤツが、殿下に認められるはずないじゃないか。地位に胡坐《あぐら》をかいて努力を怠《おこた》り、他人を蹴落《けお》として喜ぶような奴等《やつら》に、目をかけるような殿下じゃない。殿下はあの姉さまの従弟《いとこ》なんだぞ。卑怯《ひきょう》な事が大嫌《だいきら》いなんだ。

半端《はんぱ》な貴族意識に凝《こ》り固《かた》まった奴《やつ》より、前を見て自分を鍛えている奴の方を殿下《でんか》は好む。

自分の魅《み》せ方《かた》を知っている従兄殿下は、派手な外見を利用してよく人となりを見極《みきわ》めている。家柄《いえがら》だけで人材を選んでいるわけではないのだ。

事務や経理のような地味な役職でも、向上心のある者を探していると見ていればわかるだろうに、何とか殿下に取り入ろうとする貴族子息や、実務を嫌《きら》い、教室に色を添えるだけの貴族令嬢《れいじょう》は気付こうともしない。いつか、声をかけてもらえると、頑《かたく》なに信じているのだ。

「……何しに学園に来ているんだ、あいつらは？」

「おそらく、自分やその家の利益になる有望な結婚《けっこん》相手を物色しているのではないでしょうか」

「……なるほど、学園は見合いの場か」

よそでやれ、迷惑《めいわく》だ。と殿下の顔にでかでかと書かれていた。

それでも、殿下の視界ぎりぎりで、気を引こうと奮闘する令嬢達は減らない。

一度なんか、顔も名前も知らない令嬢に呼び止められて、こう言われた。

「アラン・グレイ。わたくしの名を呼ぶことを許しますわ。殿下が休憩《きゆうけい》する際に、わたくしを呼びなさい」

……許されても、あんたの名前知らないんだけど。

休憩した時に、その旨《むね》殿下に申し上げたら、護衛騎士に囲まれての、一方的尋問《じんもん》デートとなった。ちなみに殿下は優雅《ゆうが》にお茶をしながら、高みの見物を決め込んでいる。姉さまの仰ったとおり、本当に良い趣味《しゆみ》をしていると呆《あき》れていたら。

件《くだん》の令嬢が涙目《なみだめ》になりながら、僕を睨みつけ噛《か》み付いてきた。

「ア、アラン・グレイ！　あなたのせいよ！　何とかおっしゃい！」

「なぜですか？　家名も名前も学園の所属も教えてくださらない、殿下に会えばお分かり頂けると仰るのみのご令嬢が、殿下にお会いしたいと願い出てますと、お伝えしただけです。これは殿下の護衛騎士として、至極《しごく》当たり前の反応ですよ」

だいたい面会願いの伺《うかが》い状すらないんだ。どこの世界でも、一国の王子が面会予約も無い初対面の不審《ふしん》人物と相席するはずないだろう？

いきなり護衛に取り囲まれての尋問《でーと》スタートだったから、令嬢が縮み上がるのもわかるんだけど、だったら、最初から家名と名前と所属学科を述べて、殿下に面会を申し込めば良いのに。会えばわかってくれるって自信満々で言っていたけど、殿下も令嬢の顔を見た後、首をかしげていた。

たっぷりと時間をかけて考えた後、殿下がおもむろに口を開いた。

「……ドルーガ伯爵《はくしゃくけ》家の令嬢だったか？　違う？　では、ラスハーン辺境伯の二の姫《ひめ》……これも違う？　ああ、待て。そなたは私がそなたを知っていると言ったのだろう？　思い出さねば失礼ではないか。そうだ。その髪の色、イスタファン侯爵家の三の姫だろう！　……おや、違ったか？　すまないな」

……全然すまなそうに見えません、殿下。

遊んでらっしゃいますね。

その後、殿下はひまに飽《あ》かせて、令嬢は誰《だれ》だを繰り返し、すごく良い笑顔で、彼女に止《とど》めを刺《さ》した。

「必ず君の名前を思い出すから、名乗ってはいけないよ？　名前を思い出したら、私から会いに行くから、どうか待っていておくれ」

事実上の面会拒否《きょひ》だった。

おそらく殿下は顔も名前も知っているのに、そう言ったのだろう。

……殿下は、地位を笠《かさ》に着る居丈高《いたけだか》な貴族が嫌いだ。

そしてどんなに地位が低くとも、努力を怠らず、向上心を持っている者が好きだ。

たとえば、クルト・メイデン。

クルト先輩は黙々《もくもく》と自分を磨く姿を殿下に認められ、殿下の側《そば》に呼ばれた剣士《けんし》だ。何度となく、手合わせを繰り返しているが、動作が機敏《きびん》で隙《すき》がない。太刀筋《たちすじ》は鋭敏《えいびん》で、緩急《かんきゅう》に富み、まるで踊《おど》るように剣を振るう。風の魔法《まほう》特性を生かして切り抜けようとするも、先輩の斬《き》り返しが速くて一度も勝てない。

先輩の剣に向ける情熱は熱い。

ストイックに鍛錬を繰り返す姿が格好良いと女生徒に騒《さわ》がれても、どこ吹《ふ》く風で、まるで、成長を急いでいるように、剣を振るう。ぎりぎりまで自分を追い込みながら、修練を重ねる姿には、尊敬の念を抱いてしまう。

たとえば、ヴィアル・ダルフォン。

単なる門番だったが、殿下の目に留まり、将軍閣下に引き渡《わた》され、近衛隊に編入することになった。学園で礼儀作法を学んでから、王城勤務になるそうだ。

昨日、学園所有の鍛錬場で、屍《しかばね》になっていた。将軍閣下自ら剣を持って追い掛け回しているので、期待度の高さが窺《うかが》える。炎《ほのお》の魔法特性を持つ稀有《けう》な魔法剣士だと言うことが理由かもしれない。

ヴィアルさんを率先《そっせん》して事件に巻き込んだのは、姉さまだ。最初は渋々付き合ってくれたけど、最後の頃は姉さまの読みに従って先回りしたりと大活躍《だいかつやく》だった。

姉さまの無茶《むちゃ》振《ぶ》りに付いて来れた、貴重な人材だけど、姉さまの冷めた眼差《まなざ》しが忘れられない。なんて言うか……女の敵なのだ。姉さまに桃色隊員と呼ばれているのは、巻き込むたび、違う女性と一緒だったからだ。いつぞや姉さまは彼《かれ》を見て「ハーレムユウシャ」「リアジュウ」と呟いていた。もしかして姉さま、ヴィアルさんの名前忘れているのかもしれない。

クルト先輩も、ヴィアルさんも、殿下のお側近くには、優秀《ゆうしゅう》な仲間が多い。

貴族子息達の嫌《いや》みにも慣れたし、何より、殿下とクルト先輩が要求するラインは高い。なるべく優秀な成績で学園を卒業し王城勤務の地位を得られるようにと、協力してくださる。

殿下いわく、僕が王城に勤務する事が出来れば、姉さまの後見として認めてもらえるのだそうだ。それが一番堅実《けんじつ》で、確実な姉さまを迎《むか》えるタイミングだと仰っていた。

僕もそう思って鍛錬に励《はげ》んでいる。

毎日が充実《じゅうじつ》した学園生活だったが、思わぬ再会があった。

ギリム先生とマリア先生だ。

「久しいな、アラン」

「元気にしていたかしら？」

アクラウス家が没落《ぼつらく》した今、貴族階級にいるだろう彼ら二人に学園で会う日が来るとは思ってもいなかった。

「……先生方、どうしてこちらに？」

「殿下の教師として、アランの魔法素養を伸ばす事は急務だと王に掛け合った」

「ええ、そうなの。これからアランの魔法指導にも携《たずさ》わるわ。またよろしくね」

もともと王城勤務で、さらに殿下の教師でもあったお二人は、学園でも教鞭《きょうべん》をとることになったらしい。

家庭教師の二人が、この国の王城で確固たる地位を築いていたと言う事実に驚愕《きょうがく》する。殿下の教師だって……聞いてなかった。

殿下の庇護《ひご》を受けた僕には、殿下の側仕えとなる未来しかない。クルト先輩と厳しい指導を受けることになるだろうと、わかってはいた。殿下を守り抜《ぬ》かねばならないのだから、どんな先生が来ても耐えてみせると、誓ってもいた。だけど。

「講師に付く前に、保護者であったエルローズとの面談を要求する」

「アトーフェに行ったんだけど、家族もしくは正当な理由のある第三者以外の面会は禁じられているのですって。受け持ちの生徒の学習内容の確認《かくにん》は立派な面会理由になると思うのだけど」

……ふたりが姉さまを狙《ねら》ってると言う事実の前に、尊敬の念も霧散《むさん》する。

「――生憎《あいにく》ですが、現在の僕の保護者は王家ですので姉さまへの報告の義務はございません。それに僕は自分が一人前になったと思えるまでアトーフェへは行きませんので、悪《あ》しからず」

「「な、んだと」」

思わず半眼になって先生方に告げると先生方が驚愕の面持《おもも》ちで固まっていた。

学習内容の確認くらいで、修道院の面会がかなうと思っているお二方の方が、よほど驚愕だよ！

……すると殿下が、耐え切れないとばかりに噴《ふ》き出した。

驚いて殿下を振り返ると、クルト先輩の肩にもたれながら、笑い転げている。そして常ならば静かに控えているクルト先輩が、険しい顔を隠《かく》しもせず先生方を睨《にら》みつけていた。

当の先生方と言えば、殿下と先輩の視線に気付くと、驚愕のなりを潜《ひそ》め、静かに視線を受け止めていた。

「――なるほど、馬を射に来たか」

蹴《け》り返されたようだがな、と殿下が笑えば。

「……出遅《でおく》れた」

と、クルト先輩が呻く。

「先輩？」

「……いや、何でもない」

出遅れたとはどういう意味なのだろうと訊《たず》ねても、クルト先輩は言葉を濁《にご》すだけだ。

「殿下、アトーフェに面会の許可を」

「どうにかできるものなら、とっくにしている」

先生方の言葉に殿下は肩《かた》をすくめながら答えた。その後は先生方と殿下が顔を突き合わせて何かを話し込んでいるようだった。

「へえ従姉《いとこ》が？」

「私も見たこともない魔《ま》法陣《ほうじん》を使っている」

「魔力糸を使って見慣れない陣形《じんけい》を模《かたど》っているの。あれは、とても強力な魔法陣だわ」

「……それが本当ならば実に興味深い報告だね」

何を話しているのか分からなかったけど、姉さまのことだろう。

その時抱いた小さな疑問も、やがて日常の中に霧散していった。

ギリム先生とマリア先生の授業が学園で始まった。

示される理想は高い。到達《とうたつ》するために自分を駆り立てた。学園で訓練に明け暮れる毎日。

その日はガイル殿下の提案で、組み手をすることになった。

クルト先輩の凛《りん》とした佇《たたず》まいは、どこか姉さまと似通っている。

物腰《ものごし》の柔らかさ、言葉遣い、平民の生徒に対する礼儀も、貴族のそれと変わらない。

なのにひとたび剣を握れば、にじみ出るオーラは夜叉《やしゃ》のそれ。

剣筋も見事で、かわすのが精一杯《せいいっぱい》。切り込むなんてかなわない。

しなやかな剣士だ。その美しい剣さばきを少しでもまねしたいと食い下がる。けれど、スピードも精度もかなわない。

一撃一合《いちげき》、身体に言い聞かせるように、大事に切り結ぶ。

打ち合った後、どう切り抜ければ良かったのか検討しあう。クルト先輩は真剣《しんけん》に僕《ぼく》の話を聞いてくれる。本当に良い先輩にめぐり合えたと思う。

すると、練習に付き合って模擬刀《もぎとう》を振《ふ》っていたガイル殿下が、くくっと笑った。

ん？　と先輩と二人で殿下の方を見ると、汗《あせ》をぬぐいながら殿下が近づいてきた。

「……クルト、アラン。そのまま四時の方角を見てみろ。珍しい生き物に会えるぞ」

殿下が僕らにささやく。

なんだろうと殿下の言う通り、四時の方角を見渡《みわた》した。

さっと建物の影に隠れた墨染《すみぞ》めの衣装が、目の端《はし》に残った。

思わず、ばっと殿下を見て、クルト先輩を見た。クルト先輩も同じように驚いた顔だった。

もう一度、そろそろと目線を向けると、ちょうど同じ様にそろそろと建物の陰から顔をのぞかせる小動物が見えた。

クルト先輩が肩をぽんと叩いて、ふわりと目元を細めて笑ってくれた。

ガイル殿下が僕の髪《かみ》を片手でぐしゃぐしゃにして、まるで太陽のように笑った。

一緒に喜び合える仲間がいるって事はなんて素晴らしいんだろう。

僕も声を上げて笑った。

姉さま、姉さま、僕らの姿が見えますか？

僕はあなたの誇りになれていますか？

あの路地裏で、金の有無《うむ》が人生を分けると、骨の髄《ずい》まで刻み込まれた僕だった。努力は無駄《むだ》だと誰もが口をそろえて言い切った。だけど努力を惜しまず頑張《がんば》れば、いつか願いは叶《かな》うのだと、叶えるために努力をするのだと、あなたが僕に教えてくれた。

だから、姉さま。力を付けて守れるようになるから、迎えに行くまで待っていて。

＊＊＊

「アトーフェの修道院に、ものすごい能力者がいるらしいぞ。守護の陣《じん》が刺繍《ししゅう》されたお守りが良く効くんだ」

鍛錬所でそんな噂《うわさ》が立ったのは、いつだったたか。

姉さまのことだとすぐに分かった。

「いつアトーフェに行っても売り切れててさ。何とか手に入れたいのだ」

「修道院の次のバザーはいつだ？」

「アトーフェ近郊《きんこう》の孤児院《こじいん》でも、同じお守りを売っているのを見たぞ」

「なにっ、どこの孤児院だ？」

鍛錬場《たんれん》で汗を流す兵士や、近衛騎士、城の警備兵や、侍従《じじゅう》たちまで、よく効くお守りの噂《うわさ》話《ばなし》をしていた。

若い侍女《じじょ》たちに人気なのは、思いが伝わるお守りで、家族持ちに人気なのは家庭内の平和や家族の健康を祈願《きがん》したお守りだそうだ。

すごい人気だな、流石《さすが》、姉さまだと嬉しくなった。

またとある日、ディクサム公爵家《こうしやく》の奥方様《おくがた》が、学園に見学に来ると知らせがあった。

名のある剣士も魔術師《まじゅつし》も、学生だって浮《う》き足立《あしだ》った。奥方様の記憶《きおく》の片隅《かたすみ》に少しの残像を残すだけで、将来が決まると騒いでいた。

優勝者には金一封《きんいっぷう》と公爵家直々の推薦状《すいせんじょう》、そして公爵令嬢《こうしやくれいじょう》の祝福のキスが渡されるそうだ。

令嬢に好きな人がいたらどうするんだろうと思ったけど、他人事だった。

だから、公爵家主催《しゅさい》の勝ち抜き戦が開催《かいさい》される日も、何の気なしに壇上《だんじょう》を見上げたのだ。

「……あれ」

栗色《くりいろ》の髪の華奢な女の人が見える。でもどこかで見たような気がして、僕は目を細めて壇上にいる女性を見つめた。

「……もしかして、エルローズ殿《どの》じゃないか？」

クルト先輩が訝《いぶか》しげに呟いて、気が付いた。

壇上の公爵令嬢席に、姉さまが座っていた。

優勝賞品の目玉は、公爵令嬢の祝福のキスだ。姉さまのキスが、景品になってる！

嘘だろう、と青ざめた。

「……公爵夫人も人が悪い」

殿下がすっと目を細めた。

「アラン、付き合う。始めから飛ばすか」

クルト先輩が模擬刀を手に取った。纏う空気が鋭利《えいり》さを増した。

「クルト、前衛を頼《たの》む。アランは波状攻撃《こうげき》で遊撃《ゆうげき》。俺《おれ》は防御《ぼうぎょ》に回る。飛ばすぞ！」

殿下が力の篭《こも》った声を上げた。それに応《こた》えて、僕らも動き出した。身体が奮《ふる》い立つのを感じた。

第一戦から、殿下の仰《おつしや》るとおり飛ばしていった。

攻守《こうしゅ》を変え、クルト先輩と連係し相手を翻弄《ほんろう》していく。試合が終わるごと、姉さまの座る壇上を見上げた。

頬《ほお》を真っ赤に染めて、毎回真剣な顔で僕らの戦いを見てくれている。

そのきらきらした眼差しが、良くやったと言ってくれてる様な気がして、自然と口角が上がった。

クルト先輩が肘《ひじ》で僕の胸を突《つつ》いてくる。殿下が僕とクルト先輩の肩に手を回して笑う。三人で声を上げて笑いあった。

危なげなく勝ちのこり、ここを勝ち抜けば決勝戦と言う所で、とうとうギリム先生と当たってしまった。

「連係速度を上げていくぞ。一撃離《いちげきり》脱《だつ》、緩急つけて攻《せ》める。いいな？」

殿下の言葉に頷《うなず》いた。

……でもやっぱりギリム先生は強かった。

序盤《じょばん》、クルト先輩が地面を蹴って上空から振り下ろした剣《けん》は、ギリム先生にあっさりとかわされた。茶色の長い前髪《まえがみ》の間からのぞく青い瞳《ひとみ》は冷めたままだ。クルト先輩の動きに合わせて、ギリム先生の足元を狙った僕の剣も、するりとかわされた。

舌打ちひとつしたクルト先輩が、身を低く保ったまま、剣先で闘技場《とうぎじょう》の床石《ゆかいし》を削《けず》りながら速度を上げてギリム先生に肉迫《にくはく》する。僕も逆方向から接近戦を狙って走る。

身体の表面に淡《あわ》く輝《かがや》く防護膜《まく》が張《は》り巡《めぐ》らされたのを見て、クルト先輩と目線をかわした。ギリム先生の正面近くまで走りこみ、直前で方向転換《てんかん》する。クルト先輩が上空から剣を振り下ろし、僕は足を狙って身体を深く沈《しず》めた。

ぱんっと派手な音と共に殿下の防護膜がかき消された。

クルト先輩が殿下の防護膜が無効化されたことに驚きの表情を露にし、剣を振り下ろす勢いのまま、床石に食い込ませた。

回り込んでいた僕も、風の攻撃魔法《こうげきまほう》を剣に乗せ、なぎ払《はら》おうとするも、剣に纏わせた風魔法を一瞬《いっしゅん》で無効化されてしまう。

その時、クルト先輩の次の一撃が風を切り裂《さ》いて、ギリム先生の正面に到達していた。今度こそ決まったと思ったその瞬間、ギリム先生は顔色一つ変えずに、掌《てのひら》で刃《やいば》を受け止めていた。

嘘だろう、と瞠目《どうもく》したのも束《つか》の間《ま》、次の瞬間には吹き飛ばされていた。

……気が付いた時には三人とも、床石に転がっていた。

「降参か？」

開始の合図を受けた場所から、ギリム先生は一歩も動いていなかった。しかも無手のままだ。淡々《たんたん》と降参を促《うなが》す先生に、殿下が深くため息をつき、頷いた。

──僕《ぼく》達は負けたのだ。

圧倒的《あっとうてき》な力の差だった。

追いかけても追いつけない悔《くや》しさは、五歳《さい》の頃《ころ》に味わった苦さだ。

その強さが羨《うらや》ましくて悔しくて、睨んでも、ギリム先生は気付いてくれない。はなから相手にされていないのだ。

ギリム先生は試合が終わってから観覧席を気にしていた。何かを探す眼差しに、まさか、と思った。

姉さまの目は、ずっとギリム先生に奪《うば》われたままだ。

アクラウス家にいた頃は、切ない目でギリム先生を見る姉さまを、子供にするような気安さで、甘くいなすだけだったのに。

そのままずっと気付かないでいてくれれば良かったのに。

──ギリム先生の姉さまを見る目が変わっていた。

姉さまと目が合ったのか、嬉しそうに先生の口元が緩《ゆる》むのを見て、焦りにも似た感情に支配された。

なんで今頃《いまごろ》、気が付いたんだ。何で気付いてしまったんだ。

あんなに鈍《にぶ》くて、姉さまを子供だと思って意識なんかしてなかったくせに。

ギリム先生はいつの間にか、姉さまを求める男の目を持っていた。

それでは僕に勝ち目は無いじゃないか。

ギリム先生が姉さまに手を伸《の》ばせば、姉さまは躊躇《ためら》いなく、その手を取るだろう。

……僕がいくら頑張っても、姉さまの帰る場所には、もう、なれない。

忸怩《じくじ》たる思いで、でも姉さまの幸せのためなら、この胸に渦《うず》を巻く喪失感《そうしつかん》も飲み込んでしまおうと思っていた。姉さまの一番になれない現実はつらいけど、ギリム先生をあんなに慕《した》っていた姉さまの為ならば、と諦《あきら》めたのに。

マリア先生との最終戦で、ギリム先生の変装がとけて、大賢者《けんじゃ》様だったと分かってから、姉さまの様子がおかしい。

姉さまと思いが通じ合っているんだから、ギリム先生がリム導師でも関係なく、二人は結ばれて、めでたしめでたしとなるだろう、と思っていたのに。

……先生、いったい何やってるんだ。僕よりずっと大人で、頭も良いだろうに。

姉さまは今まで見たこともないくらい、傷ついた顔をしていた。

あんなに悲しげに、あんなに儚《はかな》く笑う姉さまを見ることになるなんて、思ってもいなかった。

表彰式《ひょうしょうしき》の後、居ても立ってもいられなくて、殿下とクルト先輩と一緒《いっしょ》に姉さまの所へ急いだ。

ギリム先生とマリア先生のお二人が、名を偽《いつわ》っていたことは驚きだった。

でも、姉さまがギリム先生……もといリム導師の手を取るつもりがないことの方がもっと驚きだった。

名前を偽らせた負い目があると姉さまは仰ったけど、本当はその手を取りたかったに違《ちが》いない。

だって姉さまの微笑みは、淡く儚く悲しみの色を深くしている。どうして、思い合っているのに手を取ろうとしないのか、考えても姉さまの深い考えは判《わか》らない。おそらく、罪人の娘《むすめ》であることを気にしているのだろうけど。

だけど姉さまは、僕らを心配させまいと、胸に痛い微笑《びしょう》を浮かべながら、話題を変えてしまった。

日々の生活の様子を楽しげに教えてくれたけど、その仕事内容が、一層、姉さまに忍《しの》び寄る魔《ま》の手の存在を浮かび上がらせる。ロリコンの執着《しゅうちゃく》恐《おそ》るべし。

一度リム導師とは腹を割って話をすべきだろう。

不安定な僕らと、おろおろする姉さまを見て、ディクサム公爵子息のナウィル様が、部屋まで送る様にと、僕と姉さまを送り出してくれた。

姉さまをエスコートして歩いているのに、心は晴れない。

「姉さま、僕と一緒に暮らしましょう？　寮《りょう》には住み込みのメイド用の部屋だってあるんです。もちろん姉さまをメイド扱いするわけないですけど、表向きは僕付きのメイドとしておけば、一緒に暮らせます」

泣きたくなるような気持ちのまま訴《うった》えると、姉さまは目を丸くして僕を見た。

「アラン、わたくしはあなたの足枷《あしかせ》にはなりたくないの」

「姉さま、姉さまは足枷なんかじゃありません」

「でもわたくしが弱いことは知っているわね？　殿下の側付きの地位はこれからも続くの。わたくしは守りの要《かなめ》にもなれない、弱点でしかないわ。わたくしがもし目の前で剣を突き立てられそうになっていても、アランは殿下を守れる？」

「僕は！　僕が殿下も姉さまも守るから！」

繋《つな》いでいた手をきつく握《にぎ》った。姉さまが一瞬目を見開き、それから花のように微笑んだ。

「ありがとうアラン。とても強くなったのね、でもね、わたくしもあなたと同じくらい、あなたを守りたいのよ。おかしいかしら？」

「姉さま」

「わたくしはあなたの姉ですもの。姉は弟の前では見栄《みえ》を張りたいものよ。あなたのこの手はとても力強いわ。頑張っているのが良くわかる。ねえ、アラン。わたくしはもう十分守られているの。今度はこの国をあなたの手で守ってちょうだい」

「姉さま。僕は姉さまを守り抜くために、訓練しているんだ。姉さまもこの国の人もちゃんと守るよ、だから」

「それが、アランの夢なのね？」

「は、はい」

「素敵《すてき》な夢ね。わたくしはあなたがとても誇《ほこ》らしいわ」

「姉、さま」

呆然《ぼうぜん》と呟《つぶや》いた僕に、姉さまがふふっと笑うと頬に唇《くちびる》を寄せてきた。

甘い花の香《かお》りがして、胸がドキッとした。

姉さまの唇が耳たぶにくっつくほど近くによせられて、ぎゅっと目を閉じる。吐息《といき》だけが触《ふ》れるそこで、姉さまが囁いた。

「（……アラン、公爵家控え室に賊《ぞく》が潜んでいるようだわ。先生方を呼んで来て）」

「────姉さ、」

どうして、と唇が動くがそれを遮《さえぎ》るように言葉を重ねられる。

「アラン様、エスコートありがとうございます。どうぞ、殿下の下へお戻《もど》りくださいませ」

有無を言わせぬように、声が厳しさをまとう。

微笑《ほほえ》みながら、姉さまは、僕の覚悟を尋《たず》ねている。

薄《うす》い青の瞳が静かに僕を射抜《いぬ》いた。

隠れている賊の目的は公爵家だろう。

おそらく女一人なら油断すると姉さまは踏《ふ》んだのだ。油断を誘《さそ》い、その間に取り押さえる為の人員を確保する。

一時の情に流されず、それが出来ますか。……そう、耳元で囁かれた気がした。

試《ため》されているのなら、最良の結果を。

あなたの前に提示するものは、すべて完璧《かんぺき》に満足させるものでなければならない。

ならば、僕のとるべき道はひとつだけだ。

「……こちらこそ、お役に立てて光栄です」

完璧な礼を姉さまの前で披露《ひろう》する。教えられたとおりに右手のこぶしを胸に当て、左手を後ろに回して優雅に、アクラウスの一の姫の弟ならば。

そして、姉さまが望むとおり、憎《にく》い男を引き連れて、最速でここに戻ってみせる。

僕は踵《きびす》を返し、ことさら優雅に足を進めた。角を曲がって、すぐに走り出す。

後ろは振り返らなかった。

リム導師、僕はあなたを許さない。姉さまをあんなに夢中にさせておきながら、あんな顔をさせてしまったあなた。

なのに、そんな憤《いきどお》りも、押し殺《ころ》すしかない。

助けたいと思う人を目の前に、憎い男を頼《たよ》らなければならないジレンマが胸を焼く。

力をつけたつもりになって、いきがっていても、はるかに遠い実力差に歯噛《はが》みした。

「ギリム先生！　公爵家控え室に、賊がっ」

ノックももどかしく扉《とびら》を開けて、先生方に告げると、最後まで聞かずに、彼らは部屋を飛び出した。僕も慌《あわ》てて追いかける。

姉さまの下へ戻った時には、すべて終わっていた。

どうやら潜んでいた賊は姉さまが取り押さえた様だった。その後も何かと構いたそうな先生方は、姉さまをアトーフェまで送ると言い出したけど、当の姉さまのお断りにあって、がっくり届けた。

りと膝《ひざ》を突いていた。

嘆《なげ》いている先生方を尻目《しりめ》に、姉さまはひとりで帰るつもりらしい。

ならばせめてと、掃除《そうじ》が全部終わるのを待って、馬車の発着所まで送り届けた。

「……姉さま、次はいつ会えますか？」

「まあ、アラン。すぐに会えるわ」

そう言って、ふわりと微笑んで姉さまは馬車に乗り込んでいった。

——夜半、王城を揺るがしたのは、東の端で引き起こされた隣国《りんごく》の国境侵攻《しんこう》だった。

救援要請《きゅうえんようせい》にすぐさま軍が編成された。リム導師やマリウス医師も従軍し、指揮をするのは将軍閣下だと言う。

ものものしい出《い》で立ちを、学生達と寮から見送るしかなかった。

殿下は険しい顔で、侍従と連絡《れんらく》を取り、夜半にも拘《かか》わらず、すぐに王城へ向かうことになった。

クルト先輩と腰《こし》のものを確認して、殿下に付き従う。王城内は蜂《はち》の巣を突《つつ》いたような慌《あわただ》しさだった。

「……やはり、か。導師が出ると聞いたから、まさかと思ったが」

王城では侵攻を受けた場所が、すでに特定されていた。

アトーフェの修道院が襲《おそ》われたという。

お守りの作り手を差し出せといわれ、拒《こば》んだら、隣国兵士が腹いせに修道院に火を付けたのだという。

お守りの作り手が火にまかれて死んだという。

緑の手の能力者が、隣国の兵士に逆らい、斬り殺されたという。

お守りの作り手と、緑の手の能力者は、世間に知られていないが、同一人物だ。

冷水を浴びせかけられたように身体が冷え切った。

馬鹿だった。

強引《ごういん》に馬車に乗り込んで、姉さまが止めても一緒に行けばよかった。

一緒にいたからどうなるものでもないのは判るけど、手を取り合って逃《に》げられたかもしれない。姉さまの代わりに、刃を受け止めることができたかもしれない。

僕が不甲斐《ふがい》ないばかりに、たった一人で、姉さまを――。

「――アラン！　聞け！」

殿下に頭を鷲掴《わしづか》みにされて、顔を無理やり上げさせられた。

「……で、んか」

のろのろと瞳をあわせる。

喉《のど》の奥《おく》がひりついて、声が出ない。泣きたいような喚《わめ》きたいような、得体の知れない感情が渦巻《うずま》いていた。

「大丈夫《だいじょうぶ》だ、アレは生きている。救援要請が早すぎる。修道院の襲撃《しゅうげき》はアイツがアトーフェに帰る前の事だろう」

殿下がそう言って、顎《あご》をしゃくった。

殿下が示す方を見れば、陛下と宰相《さいしょう》閣下が指示を飛ばしていた。

「……リム導師と、マリウス医師、は」

「迎えにいったのだろう」

クルト先輩が静かに続けた。

「隣国の侵攻ごときでおたつく我《わ》が国《くに》じゃないさ。そうだろう、アラン」

強張《こわば》った全身から、安堵《あんど》のあまり力が抜けていく。

真《ま》っ直《す》ぐに僕を見つめてくる、殿下とクルト先輩の顔を見上げた。

「——姉さまは、無事、ですか?」

「万が一、怪我《けが》をしていても、死人で無い限り治せるだろう。むしろあの二人がそろっていて、治せない者なんかいない」

殿下はそう言ってにやりと笑った。

「……なあ、アラン。将軍なら、陛下の命を受けたらすぐに出る。リム導師とマリウス医師は、こっちが頼んだからって、はいそうですかって出てくれる御仁《ごじん》じゃないぞ。それこそ、」

「「自分からそれを望まぬ限り」」

殿下とクルト先輩、そして僕の声が重なった。

ゆるゆると頭が動き出す。

ああ、そうだ。そのとおりだ。

それならば、彼ら二人は従軍を望んだのだろう。

姉さまを助ける為《ため》に動くことを、彼らは望んでくれたのだ。

ならば、姉さまは大丈夫だと安堵した僕に、殿下が声を落として囁《ささや》いた。

「……だが、真実はどうあれ、父上はアイツを死んだ事にしたいらしい。アラン、お前も辛《つら》いだろうが、時期を待て」

殿下の表情が、少しすまなそうに見えるのは、気のせいじゃないだろう。

でも、殿下のおかげで希望が持てた。

それならば、姉さまの誇れる弟として、無様なまねをさらす事は出来ない。

姉さまのように艶《あで》やかに、姉さまのように凛として、この場を制するだけだ。

「――待つのには、慣れております」

まっすぐに顔を上げ、僕は微笑んだ。

ある殿下は呟く

驕《おご》るな。甘《あま》えるな。

努力は当然、結果は必然。

その身を飾《かざ》るものすべて、国家のためにあるのだから。

幼い頃から言い聞かされた言葉の数々。

持って生まれたその方は、いと尊き国のための生贄《いけにえ》。その身の内の血潮のひとしずくまで、国民の血と汗の結晶《けっしょう》である血税で賄《まかな》われている。

王と王妃《おうひ》を父母として、胎《はら》に息づいたその瞬間《しゅんかん》より、その身も心も魔力のすべて、国土国民に捧《ささ》げ殉《じゅん》じる国の獣《けもの》なのだから。

――祖父の、父の、重圧に押《お》しつぶされることはなかった。

期待に応える事は楽しいことだったし、嬉《うれ》しい事だった。

傅《かしず》く者共が称《たた》える声は王城へも届いた。

……王子殿下は聡明《そうめい》でいらっしゃる。英明でいらっしゃる。

我が国はこれでまた百年の栄華《えいが》を約束された。

その稀《まれ》なる色を持つ、高貴なるお方よ、宝石よ。

王家王族は完璧である。

アクラウスに嫁《とつ》いだ一の姫以外は。

凪《な》いだ心に一石を投じられた瞬間だった。

アクラウス家の悪名は、広く深く、この国を覆《おお》っていた。

一の姫とは当代陛下の御妹君《おんいもうとぎみ》。その嫁ぎ先、国の膿《う》みを一箇所《かしょ》にまとめたのか、悪名が走る。

私が生まれたときも、危険視されたそうだ。

陛下《ちち》すら叔母上《おばうえ》が何か仕掛《しか》けてくるだろうと思っていたのだろう。

事実、父自身、何度も命の危機があったのだから、その危惧《きぐ》も当たり前の事か。

昼夜を問わず仕掛けられる刺客《しかく》の攻撃に、父も近衛騎士《きし》もふりまわされた。

だが、ようとして尻尾《しっぽ》を掴《つか》ませない狡猾《こうかつ》さに誰もが歯軋《はぎし》りし、激怒《げきど》した。

生まれてすぐに悪意に晒《さら》され、命を狙われていた私は、幼いながらも王族特化に目覚めていたようだ。

刺客の放った凶刃《きょうじん》を弾《はじ》いた強固な盾《たて》。初めは単なる幸運だと思われていたそれは年々強固になり、広範囲《こうはんい》に発動するようになっていった。

毒を弾き、刃を弾き、害する意志を持ち近付く者を弾き飛ばす。父上が誇らしげに私を見るのが嬉しかった。

そして、三歳の誕生を祝う会で、私の防御魔法《ぼうぎよまほう》が発動した。

アクラウス家当主夫妻と、彼らと懇意《こんい》にしていた貴族たちが、軒並《のきな》み弾き飛ばされたのだ。

騒ぎ出す男女と、その喧騒《けんそう》の中、平然と佇む少女の姿は印象的だった。

弾き飛ばされた男女は、そこここで呻《うめ》いている。だが少女のみ、衣服にも寸分の乱れも無い。

どこまでも澄《す》んだ、水の色の瞳が私を見つめていた。

ひょいとスカートを持ち上げて、従姉は礼をとった。

私が無意識に発動した結界の「内側」で。

防御壁《ぼうぎよへき》の「外側」で、呻いている彼女《かのじよ》の父母を見ることもなかった。

「ごきげんよう、陛下。お誕生日おめでとうございます、ガイル殿下。わたくし、どちらで父母を待てばよろしいのでしょうか」

父上の瞳が、面白《おもしろ》いものを見るように細められたのを、覚えている。


父や祖父が表立って、従姉に手を貸すことは無かったと記憶している。

ただ従姉は、音に聞こえるアクラウス家の悪行に染まっているようには見えなかった。

先代が潜《もぐ》り込ませた間者から届く報告書を、ずいぶん後になって読ませてもらったことがある。読み終わってやはり、と思ったものだ。

従姉は、父母に迎合《げいごう》することはなかった。

自分を放置する両親を、時折恋《こい》しがりながら、すれ違いの生活を送る。たった六歳の女の子は、かろうじて生きていた。

起床《きしょう》してから洗顔身支度《みじたく》、簡素な食事はいつもひとりきり。自分の小さかった頃を思い出し、果たしてそれができたかと自問した。

判らない事は執事《しつじ》や、古参の侍女頭に尋ね、家庭教師をもたない身で精一杯、知識を得ようと屋敷《やしき》の図書室に通っていたらしい。見かねた執事に文字を教えてもらい、計算を覚えたようだ。

母親のように浪費《ろうひ》に走ることも無く、父親のように美食に走ることも無い。彼女は、夫妻にとって忘れられた、手のかからない娘だった。

客観的に見たことのみを伝えてくる、間者の定期報告書に変化が出るのはこの頃《ころ》からだ。

アクラウス夫妻の悪行の証拠《しょうこ》と、その娘の近況《きんきょう》を嘆く声だ。

嘆かわしい事に、従姉の両親は彼女に愛情はおろか、マナーを学ぶ為の教師すら与《あた》えなかったらしい。

存在を忘れ去られている彼女の近況を知らせる報告書には、せめてまともな家庭教師を遣《つか》わして欲《ほ》しいと書かれていた。

それほどに彼女を囲む周囲は過酷《かこく》だったのだろう。

私には、リム導師とマリウス医師が先生として付いていた。

私の教育にこの二人は欠かせない人物だ。

いつだったか、彼らが祖父と言い争っていた事があった。

古い報告書は、記憶の底を刺激《しげき》する。思い返すとその情景が鮮明《せんめい》に浮かんだ。

「なぜ私が。やっと安心して眠《ねむ》れると思ったのに」

「あの女の目にまた自分が映るのかと思ったら、死にたくなるんだよ」

「……女装でもしていけばよかろう。アレは見目良い男と見ると節操無しだが、女の姿形をしているものには、欠片《かけら》も興味を示さんぞ」

「なぜそこまでする必要がある。余罪なんか掃《は》いて捨てるほどあるだろう。いい加減、切り捨てろ」

「リムの言う通りだよ。今更《いまさら》なぜあの家に赴《おもむ》かねばならないのさ」

「あれで、擦《す》り寄《よ》ってくる悪党どもには、最高の餌《えさ》だ。尻尾をつかませなかった悪党を軒並み検挙するにはいい餌だろう。……だが今回はアレもアレの夫も関係ない。アクラウスの娘一人、見極《みきわ》めて欲しいだけだ」

「──貴様が行け。隠居《いんきょ》してひまなのだろう。私は陣の解析《かいせき》で忙《いそが》しい」

「わしが行ったら、騒ぎになるだけだ」

「私達が行った所で、騒ぐだろうに、耄碌《もうろく》したのか？」

マリウス医師が肩をすくめて、ため息をついた。

「何のための間者だ。報告は貰《もら》っているのだろうが」

「だからだ。せめて家庭教師を遣《つか》わしてくれないかとあった」

「アクラウスの間者は、マルクだろう？」

「そうだ」

「……あの、マルクが報告以外の言葉を書いたというのか？」

信じられないと言いたげに、青の瞳を見開いてリム導師が呟いた。

「――しかも家庭教師？　刺客をよこせって言ってるんじゃないの？」

「家庭教師だ」

「あのアクラウス家の娘にか？」

リム導師は心底嫌《いや》そうに呟きながら、首をかしげた。

「マルクも年をとったと言う事かな？」

マリウス医師は冷めた眼差しで嫌味を言っていた。

さんざん嫌がっていたが、祖父に懇願《こんがん》された二人は、結局変装してアクラウス家に行く事にしたようだった。

確かにあの容姿の二人がアクラウス家に赴けば、当主の悪行は表向き鳴りを潜めてしまうだろう。今まで裏付け捜査《そうさ》を行っていた間者の苦労も水の泡《あわ》になってしまう。

なによりも、父の妹である叔母から付きまとわれた苦い思い出が彼らに、ありのままの姿を晒すことを躊躇《ちゆうちよ》させたのだろう。

リム導師は特徴的《とくちようてき》な朱銀《しゆぎん》の髪と耳、理知的な眼差しを隠すために、茶髪《ちやぱつ》のありふれた鬘《かつら》を被《かぶ》る事にしたようだ。

それを見せなければ、元々あまり話すことの無い彼《かれ》は見事に化けた。

マリウス医師も特徴的な髪を隠すために鬘を被ったが、それだけでは叔母が視界に入ってくるかもしれないと女装してごまかす事にしたらしい。

初めは、すぐ行ってすぐに帰ってくると言っていた彼らだったが、やがて定期的に城を空けるようになった。

城を空ける先生方がどこへ行くのか気になって、行き先を聞いたことがある。

だが行き先を濁されて、追いかけても撒《ま》かれてしまった。彼らに認めてもらいたい一心で、時折城内から姿を消す彼らの後を、追いかけた。

何度も見失って、城へ帰る日が続く。

それでもエルフ二人の後を追うのは楽しかった。最早《もはや》、娯楽《ごらく》といっても良い。

そして、彼らの向かう先で、従姉を見つけたのだ。

従姉の目の前には、血走った目で従姉を睨みつける女がいた。

……その頃、アクラウス当主が騙《だま》して買い取った貴族娘が、娼婦《しょうふ》として販売《はんばい》されていた事を、私は知らされていなかった。

アクラウスの当主夫妻を罵《ののし》り、彼らを苦しめる千載一遇《せんざいいちぐう》のチャンスだと従姉にナイフを振りかざす女。鬼気《きき》迫《せま》る姿は、貴族令嬢《れいじょう》の優雅《ゆうが》さとはかけ離《はな》れたものだった。

私が恐怖《きょうふ》に固まり、追いかけてきた護衛騎士に確保された時、従姉は守る者などいない無防備な姿で、じっと女の目を見ていた。

「お前を殺せば、侯爵《こうしゃく》夫妻も嘆くでしょうね。私を、こんな汚泥《おでい》に沈めた侯爵が憎いのよ。それ以上に、私を、こんな目に遭《あ》うと知りながら、侯爵に売《う》り渡《わた》したお父様とお母様が憎いのよ！」

「……父母がしたことを庇《かば》おうとは思いませんわ。ただわたくしを害した所で、あのふたり、後悔《こうかい》など致《いた》しません。それよりも、それほどまでに憎いのでしたら、証言をしてくださいませ。決してあなたのお名前を出したり致しません。わたくしの父母がどれほど悪辣《あくらつ》で、どれほど恥《はじ》知《し》らずか、証言してくださいませ」

……従姉はまっすぐに顔を上げ、自分を害そうとする女を静かに見つめたまま、説《と》き伏《ふ》せたのだ。

敵《かな》わない、と思った。刃物《はもの》に怯《おび》えるでもなく、淡々と事実を認め、糾弾《きゅうだん》する女を説得するその胆力《たんりょく》に。果たして同じ立場に身をおいて、同じ事が出来るだろうか。

敵わないと胸に浮かんだ言葉を否定したくて、負けたくなくて、城に帰ると投げ出していた勉学に向き合うことにした。

だがいくら身体を鍛《きた》え、知識を増やしても、足りない。

自分を磨《みが》いても、はるか先に凛として立つ後ろ姿が見えるのだ。

たった三つの差が埋《う》まらない。

三年経過したからと言って、あのように行動ができるのかと何回も自問した。

もがくように、華奢《きゃしゃ》な背中を追いかける。

リム導師やマリウス医師には尚《なお》の事《こと》、弱みを見せたくなかった。

比べられるのはごめんだ。

「ふむ殿下、最近、勉強熱心で大変結構。魔力循環《まりょくじゅんかん》の手順をもう一度おさらいしましょう」

「たのむ」

「ほお、では私はマリウスの授業の後、攻撃魔法の解説をしよう。発動できずとも複数の魔法陣を持っていれば身を守れる。殿下は防御特化型だからいらぬと仰るかもしれないが、覚えておいて損はない」

「……リム。陣の解説が済んだら、この陣の構造式を書き出してくれないか。護符《ごふ》に組み込みたい」

「……もとより、そのつもりで組んでみたものだ」

授業が高度になっていく傍《かたわ》ら、時折エルフ二人が顔を突き合わせて、何事かを話し込んでいるのを除けば、いつもと変わらぬ日常だ。

だけど、以前よりも熱心に講義を聞くようになっていった。

「許されるものなら、殿下に会わせてやりたいね」

「許されるものならばな。現状では到底《とうてい》無理だ」

「まあ、確かに。しかし私達も何てまあ、面倒《めんどう》なことに首を突っ込んだものかな」

マリウス医師がひょいと肩をすくめて言った。

「降りるなら今のうちだぞ、マリウス」

「馬鹿《ばか》を言うな。言葉のあやだ」

「ふ。まあ、ぼやきたくなる気持ちも分からんでもない。なあ？　マリア先生」

「ぐっ！」

「……私に言わせてもらえば、どっちもどっちですよ、『ギリム』先生？　従姉《いとこ》は賢者様だと知らないのでしょう？」

にやりと笑って言ってみれば、二人とも苦虫を噛《か》み潰《つぶ》したような顔で私を見た。

「……殿下はもう少し厳しい授業をお望みのようだな」

「そのようだね」

そんな導師と医師の二人と、漫才《まんざい》のようなやり取りが出来る様になった頃、生徒がもうひとり増えたとマリウス医師が笑った。

あのアクラウス家に子供が引き取られたと言う噂は、すぐに耳に入った。

王族特化の身体的特徴《とくちょう》を持つ子供だそうだ。だが、外借腹《げしゃくばら》と叔母が蔑《さげす》んでいるらしい。

「叔母はともかく、従姉の様子は如何《いかが》ですか」

「付きっ切りで可愛《かわい》がっているぞ」

「二人で顔を合わせて何かしていると、可愛らしくて微笑ましい」

従姉はいきなり出来た弟を、邪険《じゃけん》にすることもなく、何かと世話を焼いているようだ。その可愛がり様は明らかで、子供を目で追っては、悶《もだ》えているらしい。

本人は隠《かく》しているようだが、隠しきれていないのが丸判りだと、リム導師が笑った。

「てらかわゆすつみって何を意味する言葉だろうな？」

「加護を祈《いの》る言葉かもしれんな……エルが良く呟いている」

「では、はあはあと、ぺろぺろは？」

「励《はげ》ましの言葉ではないのか？　よくあらんたんはあはあとか、あらんたんぺろぺろとか言ってるだろう。エルの使う独特な言い回しは解読が難しいな」

「同感だ」

だけど、次第《しだい》に先生方に余裕《よゆう》が無くなって来た。姉弟《してい》の絆《きずな》に妬《や》いている姿を、垣間見《かいまみ》られて楽しいなんて思っていない。

国の重要人物であるエルフ二人が、従姉に振《ふ》り回されているなんて、由々《ゆゆ》しき事態だ。弟に妬いていることに気付いていないリム導師と、すっかり弟に従姉の意識を奪われて、しょげるマリウス医師が面白いなんて、これっぽっちも思っていない。

「先生方、一体いつ変装を止《や》めるのですか」

問いかければ、二人ともうな垂れる。

リム導師もマリウス医師も、当初の叔母上回避《かいひ》のための変装を、今更ながら後悔しているようだった。それとなく私に間に入ってもらいたそうな顔をしていたが、知らぬ顔で通した。

……こんな面白いこと、止めるはずないではないか！

だが、時間は流れる。

子供は大人に近づいていく。従姉が、徐々《じょじょ》に花開く薔薇《ばら》のように、芳香《ほうこう》を漂《ただよ》わせはじめた。

先生方の眼差《まなざ》しが厳しさを帯びる。

アクラウス家の下衆《げす》の目に留まるのも時間の問題だ。

リム導師が防御の魔法陣《まほうじん》を描《えが》き、強制睡眠《すいみん》の魔法陣を描き、色欲排除《はいじょ》に駆《か》け回った。

媚薬《びやく》の解毒薬《げどくやく》をマリウス医師が処方し従姉に握らせると同時に、睡眠薬や下剤《げざい》を毎晩大量に下衆の酒に混入する。さらに念を入れて、複数の魔法陣を描いた護符を肌身《はだみ》離《はな》さず持っているようにと、従姉に言い聞かせたそうだ。

魔界《まかい》植物群から、男性の性衝動《せいしょうどう》に反応する植物を選び出し、リム導師が改良を重ね、実用化に向けて手《て》懐《なず》ける一方、マリウス医師は不測の事態でも解毒薬が作り出せるよう、森へ従姉を連れ出した。

間者もなるべく従姉のそばを離れないようにしているようだ。

危《あや》うい所で従姉の尊厳は守られていた。

従姉を巡る駆け引きが、従姉の知らぬ所で白熱していく。

アクラウス家に示された代価は、領地、金鉱脈、宝石鉱脈、軍部の発言権。

金を引き合いに、従姉をもらいうけようと画策する、恥知らずな男達は多い。

下衆は一番の高値をつけた男に、従姉を売るつもりのようだったが、もちろん実力行使に打って出る下衆もいた。

ある時、公務で訪《おとず》れた憲兵隊の詰《つ》め所《しょ》で、場が騒然《そうぜん》となる事件が起きた。情報が矢継《やつ》ぎ早《ばや》に入る。

五歳年下の異母弟の手を引きながら、憲兵隊を誘導《ゆうどう》するように、市街地を走る従姉を見つけてしまった。

攫《さら》われた人々を助けるために、自ら人身売買組織に足を向けていることは聞いていたが、まさかこんな下町にまで手を出しているとは。

「……なに、やっているんだ、あいつは」

従姉同様、弟も下衆な男の劣情《れつじょう》をかき立てる、魅力《みりょく》をもった少年のようだ。弟が下衆にかどわかされたのを、従姉が追いかけて助け出したらしい。

私としては、弟よりも従姉の方が危ないと思っていたが、世の中の下衆はいろんな趣味嗜好《しゅみしこう》の奴《やつ》がいるのだな、と遠い目になった。

従姉にとって異母弟は守るべき対象のようだ。危険も顧《かえり》みず率先《そっせん》して弟の盾になるので、肝《きも》が冷える。

今回のように始まりがどうであれ、弟をかばって市街地を走《はし》り抜《ぬ》けたなどと、あの過保護な面々が知ればどのような報復が待っているか、分からないのに。

事実、リム導師とマリウス医師がぶちきれて、取り成すはずのマルクまでが危ない目で侯爵夫妻を見ているようだ。どこをどう切れば、長く苦しむのか、痛みを持続させる事が出来るのか、三人があらゆる知恵《ちえ》を持ち寄って検討している姿は、自分が標的でなくて良かったと、心から思える。

そして同時に、彼らを敵に回したアクラウス家の凋落《ちょうらく》の音が、聞こえてくる切欠《きっかけ》だった。

検挙されていく違法《いほう》な奴隷商《どれいしょう》と、解放されていく人の数が増えていく。

従姉はたまたま奴隷売買の現場にかち合ったと言うが、明らかに情報源はアクラウス家の内部資料だろう。両親の目を盗《ぬす》んで、資料を読み、そのうえで活動しているのだろう。

初めはいやいや手を貸している風情《ふぜい》だった門番が、最近では従姉の指示に従って動くようになった。検挙率があがっている。

軽口を叩《たた》きながら、三つ先の角を目指して走り去る従姉の後姿を、見ていた。

堂々と手を貸せるあの男がうらやましい。

そろそろあの男を従姉から引き剥《は》がそうか。

従姉を見る目が本気になっている。いつものようにそこらの女と乳繰《ちちく》り合っていればいいものを。

そう言えば将軍が日頃《ひごろ》、後継者《こうけいしゃ》がいないことを嘆いていたから好都合だ。丸投げしよう。

表向きは、憲兵隊の活躍《かつやく》で違法《いほう》奴隷売買の摘発《てきはつ》が行われた事になっていたが、その陰《かげ》に、従姉の姿があった。

アクラウス家を徐々に追い詰めて行く包囲網《ほういもう》。

従姉の地道な証拠固《しょうこがた》めも、ようやく実るだろう。

後はアクラウス家から従姉を切り離すだけだった。何も言わないが、祖父だって、父上も母上もそうだ。みんな、従姉の行く末を気にしていた。

みんなが何とか彼女を救いたいと思っていたのだ。

そんな折、アクラウス家の養い子、アラン・グレイが魔法《まほう》素養を開花させたと報告があった。

「ガイル。アクラウス家当主、エルローズに会ってこい。アラン・グレイを差し出すか、放逐《ほうちく》するか。エルローズの覚悟《かくご》を見極めて来い」

王城で、父陛下に告げられたそれに、身が引き締《し》まる思いを感じた。

従姉。どうか、アランを手放すと言ってくれ。

そうすれば、裏で画策することなく、堂々とお前に手を差《さ》し伸べる事ができる。

天に向かって晴れやかに、これが私の従姉だと、宣言できるのだ。

ある公爵子息は奮闘する

エルローズと初めて会ったのは、学園の古い教会だった。その時はまさか、目の前にいるシスターがあのアクラウスの一の姫《ひめ》だなんて思いもしなかった。

人待ちをしていた僕《ぼく》の前にあらわれたシスターは、墨染《すみぞ》めの衣装を着ていても、下手《へた》な貴族令嬢より凛《りん》とした佇《たたず》まいで、近寄りがたい雰囲気《ふんいき》だった。たとえるならば崇高《すうこう》な使命を持った聖女のような。

……まあ、口を開いたら、そんな崇高なものじゃなくて、生身の人間だと思い知ったけどね。はじめはムカッと来た。何も知らずにずかずかと僕の領域に入り込んでくる無神経さに腹が立った。

でも、話をしていて、彼女が僕の姉さまを心配しているだけなのだと気が付いた。

彼女が口にしたことは、僕達家族が思っていたことと同じだったからだ。

……その頃《ころ》、僕の姉さまが悪い男に引っかかって、少し家がごたごたしていた。

父は怒《おこ》るし、母は泣くし、でも姉さまは男を信じたかったんだろう、頑《かたく》なまでに僕らの言葉を排除して、部屋に閉じこもっていた。

満足に食事すら取らない姉さまを心配して、部屋を訪ねると姉さまはベッドの上で泣いてい

た。

「姉さま」

そっと声をかけると、姉さまは顔をあげて僕を見た。

「ナウィルならわかってくれるわよね？　あの方は決してお父様が思っているような方じゃないの。優《やさ》しい方なのよ」

男がいかに優しいかを姉さまがぽつぽつと告げていく。

「恵《めぐ》まれない子供達への援助《えんじょ》を惜《お》しまず、時には支援《しえん》して……すばらしい志の方なのよ」

地方の小さな孤児院《こじいん》に赴いて、つたない手製の品物でも買い求めているのだと、姉さまは訴える。

事実、姉さまが握り締めているハンカチは、男から捧げられた物なのだろう。公爵令嬢《こうしゃくれいじょう》にはいささか不釣合《ふつりあい》な物だ。

僕の大好きな姉さまの碧色《みどり》の瞳《ひとみ》から、宝石みたいな涙《なみだ》がこぼれる。

男を思って泣く姉さまの姿に、いじらしさと、同時にそれを上回る程《ほど》の怒《いか》りを感じた。

本当は僕の意見だって父と同じだ。

意固地なまでに男に傾倒《けいとう》する姉さまに少し危機感を覚えていた。そんな内心を隠して、僕は姉さまに頷《うなず》いて見せた。

姉さまは安心したように微笑んでくれたけど、僕の頭の中の警鐘《けいしょう》は鳴《な》り止《や》まなかった。

姉さまは公爵令嬢に相応《ふさわ》しい教育を受けた方だ。見《み》え透《す》いた男の口車に乗せられるほど、御しやすい人ではなかった。

「姉さま、姉さまは泣いていても美しいけど、笑っているお顔が一番だよ」

「ナウィル、もしもあの方に学園で会ったら、連絡をくださいと伝えて？」

「……ええ。何とか連絡を取ってみます」

「ナウィル、お願いね？」

姉さまが慕《した》うほどには、あの男を信用できなかった。

大きな口をたたく割に、実績が伴《ともな》わない男だ。夢を語り夢に生きるのならば、それに伴う責任と義務を果たさなければならないのに、実力も、切り抜ける覚悟すら足りない。

けれども、夢を語る男に夢を見たのか、姉さまは男の味方は自分だけだと頑なだ。

（まるで洗脳されたか、魅了《みりよう》の魔法にかかっているようだ）

だから姉さまの前では、僕はことさら冷静に、姉さまの味方だよと言って安心させた。

そうでもしないと姉さまは、影につけている護衛すらまいて屋敷を抜け出すだろう。本気の姉さまに敵う相手はそういない。

そうしたら公爵令嬢アイラの夫がエリック・ダレスだ。笑えない。

取り返しが付かない事態に陥《おちい》るのはごめんだった。

あんな男を義理の兄とは認められない。

公爵家の情報網《じようほうもう》は伊達《だて》じゃない。家族、特に母と姉にべた甘な父が頑なに反対するんだから、それ相応の情報が入っているんだろうと踏んで父に尋ねてみれば、案の定、男の背後関係のきな臭《くさ》さが出て来たそうだ。

「なるほど、ディクサム家も舐《な》められたものですね。背後関係の洗い出しをしないと思っているようですから」

「クイーンを押さえられた状態だからな。やつの自信も判《わか》らんでもない」

「こんな後ろ暗い付き合いばかりの男に、なぜ姉さまは絆《ほだ》されたのかな。父上、魅了の術を疑ってはいないのですか？」

「アイラには悟《さと》られぬように解毒《げどく》、解呪の魔法陣をすでに試した。だが聞く耳持たぬままだ」

「……でもあの頑なさは何かの術だと思います。そうでなければアイラ姉さまほどの女性がどうして、あの程度の男に」

「リム導師が新たな魅了の術かもしれないと言っていた。解析の為にもアイラの持ち物で新たに手に入れたものをよこして欲しいと言われている。しかし、本当にどうやって気を引いたのだろうな」

「……媚薬でも焚《た》き染めたか、魅了の術式を、持ち物に組み込んだか。厄介《やっかい》だな」

父と次の手を思案していると、母がぽんと手を打った。

「いいものがあるわ！　お守りよ！」

母の思いつきの発言は、いつも突然《とつぜん》すぎる。付いていけるのは母の思考回路を熟知している父だけだ。

「……最近出回ってる、例のお守りか」

「お茶会でも噂《うわさ》の的なのよ。とても強力なお守りでね、買い手の願いを叶《かな》えてくれるの！　アトーフェの修道院で手に入ると、ジャスラーク家の奥様《おくさま》が教えてくださったの！」

「……バイオレット。わらにも縋《すが》りたい気持ちは私も同じだよ。だが迷信《めいしん》に関わっている暇《ひま》はないんだ。アイラはきっと薬か術式で操られているに違《ちが》いないのだから、今は聞き分けておくれ」

「でもでも旦那様《だんなさま》、探せばアイラに合ったお守りがあるかもしれないのよ！」

「……コウツウアンゼンのお守りは私も是非《ぜひ》、手に入れたいと思っているよ。だがまずはアイラだ。エリック・ダレスが悪意を持って近づいて来たのだという動かぬ証拠を掴まなければばいけないからね？」

甘ったるい雰囲気に胸焼けがしそうだが、コレが日常なのだから仕方がない。

父母の仲が良くて、目のやり場に困るだけの話だ。

「後はこちらが準備した報告書を、姉さまが読んでくれる事を祈るだけです」

「根気強く諭《さと》すしかないか……」

その日、頭の片隅《かたすみ》に小さく記された、お守りの情報。それは小さな、気に留める価値もない情報だった。

姉を残して学園の寮《りょう》に戻《もど》り、学園の内部からエリック・ダレスの情報を集める。

姉さまに目を覚ましてもらいたい一心で、エリック・ダレスの交遊関係や学園での素行、行動を調べ上げた。

エリック・ダレスは剣術科《けんじゅつ》の十回生で、優秀《ゆうしゅう》だったが、剣術に驕《おご》り、努力を怠《おこた》り、下位の者を侮《あなど》った挙句、あと少しというところで、徴用《ちょうよう》試験に落ちていた。試験の後の荒《あ》れようは凄《すご》かったようだ。

相手が不正をしたと難癖《なんくせ》を付け、殴《なぐ》りかかったというのだ。

何でも、対戦相手が優勝祈願《きがん》のお守りを持っていたから勝てなかったのだと、言《い》い掛《が》かりをつけたらしい。子供か。

未来を決める試験にお守りを持参している者など幾《いく》らでもいる。将来が掛かっているのだ、当たり前だろう。非常識と言うのは、言い掛かりを付けて殴りかかって来た貴様のような男の事をいうのだ。

だが、着目すべきはエリック・ダレスが執着《しゅうちゃく》したというお守りだ。

母が言っていたお守りの事もあるし、噂のお守りの効き目を知っていたのかもしれない。

「……少し調べてみるか。本当に効くのなら、姉さまの目も覚めるかもしれない」

奇妙《きみょう》な符合《ふごう》。だからこそ調べてみようと思ったのだ。

公爵夫人である母は昔から各地の修道院に寄付をしていた。

もちろんアトーフェへも援助の手を差し伸《の》べていたらしい。だからかアトーフェの修道院へ赴いたら、院長からとても丁寧《ていねい》な挨拶《あいさつ》をされた。母の行いが正しく民に伝わっていると気付けて嬉しかった。

修道院はちょうど週末のミサで、人で賑《にぎ》わっていた。

おごそかなミサと、その後の祭りのような賑わいに驚《おどろ》く僕に、優しい眼差しを向けて院長が語ってくれた。

「……昔はとても寂《さび》れた修道院でした。公爵夫人の寄付がなければ、冬を越《こ》せない時期もありました」

「とてもそんな風には見えませんね」

「ええ。おかげさまでとても熱心なシスターがおりましてね。色々な小物を作って売る事で、貴婦人の喜捨を待つのではなく、日々の糧《かて》を得る事ができるようになったのです。公子様、ミサの後に修道女たちの手製の小物や焼《や》き菓子《がし》などが売られます。売り上げはアトーフェの冬篭《ふゆごも》りの大事な予算になりますの。ぜひ、ごらんいただきたいと思います」

年配の院長は、誇《ほこ》らしげだ。寄付を待つだけでなく、修道院全体で知恵を絞《しぼ》り、自立の道を探《さぐ》った実績がそうさせるのだろう。院長の案内でミサの後に、バザー会場となった礼拝堂を歩いた。

近隣《きんりん》の住民や、明らかに貴族とわかる服装の女性までが品物を手にとって確かめていた。

「この地を治めるアクラウス家が没落《ぼつらく》したから、風当たりが強くなっているのではないかと母が危惧していましたが、この分では大丈夫のようですね」

もちろん、治めているとは名ばかりの、酷《ひど》い有様だったのだと母から話は聞いている。

孤児院に引き取られた子供や、若い修道女が隣国《りんごく》へ売られたこともあったという。抗《あらが》おうにもひ弱な修道女では太刀打《たちう》ちできず、公爵家の庇護《ひご》を求めてきたのだという。

「……なにごとも神の思し召《おぼめ》しですもの」

「時に院長、学園の生徒達がこちらで、よく効くお守りを買い求めていると聞いたのですが」

「学園の生徒さんに人気なのは『セイセキコウジョウ』や『ガクギョウジョウジュ』でしょうか。あとは……『レンアイジョウジュ』なども人気ですよ。まあ、公子様には無用でしょうね。それから、申し訳ございませんが、あいにく縫《ぬ》い手が一人だけなので、すぐにはご希望の物をご用意できないのです」

今日はこちらにあるだけなのですと、申し訳なさそうに示した。

「そうですか、実は、姉におかしな男が付きまとっていて、家族みんなが心配しているんです」

「まあ、公爵夫人もそれはさぞかしご心痛ですわね。……そうですね、何をお勧《すす》めしたら良いかしら、シスターローズ」

院長が、お守りを並べてあるテーブルの向こうで作業中のシスターに声をかけた。

小柄《こがら》で細いシスターはお守りを作っている最中だった。座ったまま針仕事を続けるシスターが、院長の質問に首を捻《ひね》った。

「ストーカー撲滅《ぼくめつ》ですね。悪縁《あくえん》、災難除《よ》けか……うーん……それでは、こちらの『家内安全』などいかがでしょう」

「すと……？　カナイアンゼンとは、一体どのような効能があるのだ？」

「皆様《みなさま》誤解されておりますが、これは単なるお守りです。皆様の心の支えとなるだけのものですので、護符ほどの効力はございませんわ。それでもよろしいと仰《おっしゃ》る方にのみお譲《ゆず》りしているのです。……家内安全とは、家族みんなの健康と、健《すこ》やかな日常生活を祈る言葉です。家族一人一人がお互《たが》いを思いやって生活すれば、たとえ悪い風が吹《ふ》いていても、やがて良い方向へ動き出すという意味の言葉ですわ」

「……悪い風が吹いても、か。そうあって欲しいものだ。良いだろう、迷信だろうがこちらとしては藁《わら》にも縋りたいところなんだ。買おう」

「願いがかなうと良いですわね。お姉さま思いのあなたの心が、どうかお姉さまに届きますように。ストーカーさんの心無い行いが止みますように。あなたのご家族が笑顔《えがお》になれますように。アトーフェのシスター一同お祈り申し上げておりますわ」

小柄なシスターの優しい声が、やけに胸に響《ひび》いた。

この時はまだ、本当に姉さまの目を曇《くも》らせている悪い風が、消《き》え失《う》せるなんて、思ってもいなかったのだ。

何かのきっかけになれば良いと思いながら、アトーフェを後にして、姉さまにお土産《みやげ》と称《しょう》して手渡《てわた》した「カナイアンゼン」のお守り。

それを手にした姉さまが、憑《つ》き物《もの》が落ちたような顔で呟《つぶや》いた。

「――わたくし、どうしてエリック・ダレスなどとお付き合いしていたのかしら……」

「――え？」

一瞬《いっしゅん》、姉さまの言葉の意味が掴めなかった。目を見開いて姉さまを見つめる僕の前で、姉さまの瞳にみるみる力が戻っていく。ぼんやりと濁《にご》っていた碧の瞳が凛と輝《かがや》いた。

「わたくしどうして、お父様やお母様の言葉を聞かなかったのかしら。どうして、エリック・ダレスの言葉以外、信用してはいけないと思い込んだのかしら。わたくし、なんて浅慮《せんりょ》なことを為《な》そうとしていたのでしょう。ナウィル、お父様はいらっしゃるかしら。お母様は？　すぐに謝罪に行かなくては」

「ね、姉さま？」

姉さまの変貌《へんぼう》に驚く僕を尻目《しりめ》に、姉さま付きの侍女《じじょ》が、嬉しそうに目を輝かせ、進み出た。

「お嬢様《じょうさま》、差し出口をお許しくださいませ。公爵様にお取次ぎを願い出て参りましょうか？」

「ええ、お願い」

「かしこまりました！」

くるりと踵《きびす》を返し、走り出す侍女の姿に、またも驚く。

公爵家に仕える侍従侍女《じじゅうじじょ》たちは洗練された振《ふ》る舞《ま》いを叩き込まれた者ばかりだ。なのに、誰《だれ》もが嬉しそうに明るい顔で、無作法を仕出かした侍女を見送っている。

……姉さまを心配していたのは何も僕ら家族だけではなかったのだ。

公爵家に仕える者達すべてが、姉さまを案じて、何か出来ることはないかと、気配りをしていたのだろう。

現に僕の後ろに立っている侍従長も、笑っている。

「それでは先触《さきぶ》れも参りましたし、お嬢様、参りましょうか」

「ええ。参ります。ナウィルはどうしますか？」

「僕は少し遅《おく》れていきますよ。母上が飛び上がって喜ぶでしょうし、父上の涙など見たくありませんからね」

ひょいと肩《かた》をすくめて見せると、姉さまが恥《は》ずかしそうに微笑《ほほえ》んでくれた。

「ごめんなさい、ナウィル。みんなにも心配かけてしまったわね。この埋め合わせは必ずするわ。では、参ります」

毅然《きぜん》と顔をあげて前へ進む姉さまを見送った。

その堂々たる姿に、もう大丈夫《だいじょうぶ》だと胸を撫《な》で下《お》ろす。

――そして、姉さまの部屋に取り落とされたハンカチに気が付いた。さっきまで姉さまが握《にぎ》り締めていた、あの男からの贈《おく》り物だ。僕は侍従長に命じて、持ってこさせた布で、ハンカチを包《つつ》み込んだ。

「直接触《ふ》れてはいけないよ。薬が塗《ぬ》りこまれているか、術式が組み込まれているかもしれない。このまま、リム導師の研究室へ届けてくれないか」

言付けを託《たく》しながらこの後、どうやってエリック・ダレスを追い詰めてやろうかと考えた。

ディクサム公爵家を甘《あま》く見た報《むく》いを受けてもらわなくてはならない。

高く伸びた鼻っ柱を叩き折り、僕の姉さまを弄《もてあそ》んだ罪を自覚してもらおうか。

「……そうだな、学園の教会で待ち合わせると良いかもね。姉さまと良く逢引《あいびき》していたらしいし。相応の罰《ばつ》を受けてもらわなきゃ、僕の腹の虫がおさまらない」

まあ、その後、ディクサム公爵家だけの問題じゃなくなるのだが。

物語の始まりは実はどこにでも転がっている。

少年が少女に出会うその瞬間《しゅんかん》なんか、まさにそうだ。

でも、出会ったばかりでは、その人が自分の中でどのような位置に立つかなんて、判らないままだ。だから平気で顔を突《つ》き合わせて、口論したりもできるし、睨《にら》みあって悪態を吐《つ》いたりも出来る。そう。初めてエルローズと出会った時のように。

『────よろしいですか、お姉様のためにも、エリック某《なにがし》ごとき小物と会ってはなりません！』

あの日出会った小柄なシスターに、嵐《あらし》のような日常に追い込まれる羽目になるなど気付かずに。一生で、そう何度も無い、衝撃《しょうげき》の出会いを経験しているなんて知りもせず。

母と姉さま以外に心が動かされる女性に初めて出会った。

母上のように可憐《かれん》で、姉さまのように健気《けなげ》な、美しい薔薇の花は、自分の魅力に気付かない。

自己評価は限りなく低く、国の要職に就くなどありえないと思い込んでいる。

自分がどれほどのことをしているか気づかないまま、彼女の功績は驚愕《きょうがく》と共に受け止められている。

彼女《かのじょ》が単なるお守りと称する物の効能はすさまじいものだ。

リム導師の詠唱魔法《えいしょうまほう》を撥《は》ね除《の》け、マリウス医師の毒薬をあっさりと解毒する。

それどころか、話によれば枯《か》れた大地に緑を芽吹《めぶ》かせ、痩《や》せた土地の地力回復に一役かったのだという。

なのに、当の本人は、自分の魔法素養の微弱《びじゃく》さを盾《たて》に、偶然《ぐうぜん》だと言い切るのだ。

あの奇妙な魔法陣を前にして、よくもそんなことをしゃあしゃあと抜かしたものだと溜《た》め息《いき》を吐いた。

そんな彼女の人柄《ひとがら》ゆえか、もとより彼女の味方だった大伯父上《おおおじうえ》様が彼女の後見を言い出した。

同時に彼女の人柄を見極めていた父と母も、姉さまの恩人である彼女の庇護に乗り出した。

国と王族を守る為《ため》に存在するディクサム公爵家が彼女を守ると、決断したのだ。

静かに目を閉じ、父母を動かした小さなシスターの姿を思《おも》い浮《う》かべる。

凛とした少女だ。――――何かが一本抜けてることは否《いな》めないが。

「ローズ。お前あんまり目立つな。狙《ねら》われてるぞ」

「まあ、何のことですの、ナウィル様」

大伯父上様の診察室《しんさつしつ》を訪れて、いつの間にか大伯父上様付きになったエルローズを捕《つか》まえて、そう言った。

大伯父上様の診療鞄《しんりょうかばん》を持って後に続くローズは、墨染め衣装で埋没《まいぼつ》しているつもりのようだが、微妙《びみょう》に埋まりきれてない。大判のマスクで顔を隠したくらいで、好色な貴族の目がごまかされるものか。

きょとんとした顔で僕を見上げてくる、墨染め衣装の小柄なシスターなんか、別室に連れ込まれたらお終《しま》いだ。

こうしてディクサム家で掴《つか》んだ情報をエルローズに聞かせる形で大伯父上様に流している間も、当の本人はどこ吹く風だ。話を横で聞いている大伯父上様のにこやかな視線が絶対零度《れいど》になっていくのに、危機感が無い。

忠告ついでに、もうひとつ耳に入れておこうと思った事柄《ことがら》を思い出した。

「……それから、豊作を願う農民の願いまでいちいち聞くな。言うがままにしてたらそのうち、女神《めがみ》だ。お前、崇《あが》め奉《たてまつ》られたいのか」

「ま！　おかしなナウィル様。豊作までお守りのせいにしてはいけませんわ。皆様の努力の賜《たま》物《もの》ですよ」

ころころと笑うエルローズに、やれやれと思う。

「笑い事じゃないと何回………ローズ。お前、何を作っている……」

何の気なしにエルローズに目をやって、僕は固まった。

エルローズは大伯父上様の診察室がひまな時、刺繍《ししゅう》をして過ごすのだと聞いていたが、実際作っているところを見たのは、今日が初めてだった。

「え？　恋愛成就《れんあいじょうじゅ》のお守りですわ。もうじきアトーフェのバザーがあるんですのよ。最近、安産祈願や家内安全ばかり刺《さ》してましたので、こちらも少し作っておこうかと」

「――――没収《ぼっしゅう》っ！」

「え！　な、なぜですの、返してくださいませ、ナウィル様！　マ、マリウス医師《せんせい》ー、ナウィル様がひどいんですのよ！」

思わず彼女が刺していた物体を取り上げて、頭上高く持ち上げた。

取り返そうとぴょんこぴょんこ跳ねるエルローズをかわす。

慌《あわ》てて大伯父上に助けを求めるエルローズは、可愛いだけで悪くない。悪くはないが、これは駄目《だめ》だ。

こいつ同様、表に出したら駄目なやつだ。

「どうしたんだ、いじわるなんて、ナウィルらしくもない」

「――――これ、姉さまに贈られた例の『ハンカチ』です」

渡してなるものかと、エルローズの跳《と》ぶ先を見極《みきわ》めながら、口早に言い切ると、大伯父上様がぴしりと固まる珍《めずら》しい瞬間を見てしまった。

大伯父上様に取っても、これは頭の痛い事実だろう。

「この阿呆《あほう》の説得をお願いします」

「まあっ！　阿呆と仰るほうが阿呆なんですのよ。さあ、返してくださいませ！」

「……ああ、すまない。軽く意識が飛んでいたよ。そうだね、ローズ。ナウィルの言う通り、これは当分出荷《しゅつか》禁止だ」

「え、えぇー！」

「リムに連絡《れんらく》しなくては。構図に関しては私も興味があるから、『レンアイジョウジュ』のお守りは王城で管理して必要だと思われる人物にのみ、陛下の手から下賜《かし》するように手配しよう。今後は勝手に売り出してはいけないよ？」

「そ、そんな……」

大伯父上様の言葉に、目の前のエルローズがへにょりと眉《まゆ》を寄せた。その愕然《がくぜん》とした顔に、罪悪感を刺激《しげき》されるが、心を鬼《おに》にして、眉にぐっと力を入れた。

他人の一生を左右するくらいの威力《いりょく》がある、危険な代物《しろもの》なのだ。そうほいほいと作られて、手売りされては敵《かな》わない。

まあ、当初の予定通り、お守り作成に一定の規則を用いるようにしないと、このあんぽんたんが危なすぎるとの認識《にんしき》を、大伯父上様に植え付けられたから良いかと、思っていたら。

「……そんな、そんなに……」

「エルローズ？」

目の前でエルローズがプルプルしだしたかと思ったら、がっと顔を上げ、ぐぐいと詰め寄って来た。

「そんなに効き目があると仰るのでしたら、なおのこと、クルト様とアランに、どうしてもお揃《そろ》いを贈りたいのです！　マリウス医師《せんせい》、後生ですから、どうかお許しくださいませっ」

「あ……うん。他ならないローズの頼《たの》みだ。進言してみるよ」

エルローズに甘い大伯父上様が、苦笑《くしょう》しながら頷いている。

いいんですか、新たなる魅了の術かと疑われた危険物なんですよ！

「良かった……。当社比五倍は心を込めて作るつもりですので、よろしく、よろしくお願いいたします」

――待て、お前。ただでさえ危険物認定《にんてい》なのに、さらに破壊力《はかいりょく》を増すつもりか！

花開くように笑うエルローズは、たしかに弟思いだけど、いくら高評価な弟とその友人でも、そんな危険物を与《あた》えて良いのだろうか。

……まあ、大伯父上様が認めた彼《かれ》らに限って、理不尽《りふじん》な使い方はしないだろうが。

気を取り直して、僕は大伯父上様に向き直った。

「……さて、申請《しんせい》方法は陛下が窓口ですか。それともマリウス医師ですか？　僕も今から予約しておきたいので、人物評価の審査《しんさ》基準を教えてくださいね」

「ナウィル……」

お前もか、と言いたげな眼差しで僕を見る大伯父上様に、にっこりと笑い返す。

いつ、最愛の人が現れるのか、それすら道途中《とちゅう》の僕にはわからない。

だからいつか出会う最愛の人へ贈れるように、今からお守りの申請だけはしておこう。

そして、エルローズ。

お互い最愛の人に巡《めぐ》り会えなかったら、その時は、お前の行く末に手を貸してやらないことも無い。

薔薇には害虫が群がるものだ。

庭師として雇《やと》うなら、ディクサム家の剣《けん》と盾ほど頼《たよ》りになるものはないぞ。

それにお前とこの先を過ごすのは、とても刺激的《しげきてき》な毎日が送れると思うんだが、どうだろうか。

ある門番は奮起する

いつもと同じ、代わりばえの無い日だった。門を通り抜ける馬車の通行証を確認《かくにん》し、荷台に不審者《ふしんしゃ》が潜《ひそ》んでないか、禁制品を積み込んでないか確認して、書類にサインして通過していくのを見送るだけの。

いつもの風景、いつもの仕事。最近は少しばかり時間をかけて取り調べを行っていたけど。苦情を言うやつは、じゃあ、あんた調べられるとまずいものを積んでいるのか、と言って黙《だま》らせた。

それはずっと続くと思っていた日常だ。朝日が昇《のぼ》り日が暮れるまで、変わらずにずっと続くと思っていた。

台風みたいな少女が、目の前に現れるまでは。

「ヴィアル・ダルフォン！　あなたを男の中の男と見込んでお願いするわ。わたくしに力を貸してちょうだい！」

勢い良く扉《とびら》を開けて言い切った少女が、固まった。

俺《おれ》の首に手を回して明日の約束をねだっている女に驚いたのだろう。ここではこんなの挨拶《あいさつ》代わりなんだが、とりあえずキスをかわしながら、女越《ご》しに固まったままの少女を見た。

台風少女は両足を踏《ふ》ん張《ば》って立ちすくんだまま「これがりあじゅうか……」と呟いていた。リアジュウってなんだ。

その少女の後ろにはひっそりと付き従う男の姿があった。一目で堅気《かたぎ》じゃないってわかる男だ。そいつが見守る少女は、顔立ちの美しさといい、簡素だが縫製《ほうせい》のしっかりした服を身につけている事といい、どこからどう見ても貴族娘《むすめ》だった。ありがとうございます、厄介事だ。

上から下までじろじろと見てから、俺はひょいと肩をすくめた。

「……お嬢《じょう》ちゃんがどうして俺の名前を知っているのかは、おいといて。お子様は早く帰ってママのおっぱい飲んで寝《ね》な。もう少し育ったら相手してやるよ。将来有望そうだし」

こうして少し下品な物言いをしておけば、お育ちの良い貴族娘なんか二度と詰め所に顔を出すまい。

ここのところ、あまり治安がよくないから、こんなお嬢ちゃんがふらふらしてたら大変だ。すぐに攫われるのが目に浮かぶ。

パン屋のジュリアは一月捜《さが》しても、痕跡《こんせき》すらない。八百屋のベネも、宿屋のレティも、親がほんの少し目を離《はな》した隙《すき》にいなくなった。

そしてまた一週間程前、酒屋のミルーシャがいなくなったと騒《さわ》ぎになった。

四人ともこの界隈《かいわい》では器量よしで知られた娘だ。ちゃんと着《き》飾《かざ》ればそこらの貴族娘も敵《かな》わない。

そして彼女《かのじょ》達が行方《ゆくえ》不明になった時に、見かけられた馬車には紋章《もんしょう》が付いていたらしい。市外を回る乗合馬車には紋章なんぞない。紋章付きの馬車とは、貴族仕様だ。

貴族が関係しているのかもしれないと判ってからは、行方不明者の捜索《そうさく》もおざなりになった。

おおっぴらに捜索も出来ない。せいぜいが領土内から出ようとする荷馬車の荷物を全部調べて見るくらいだ。

それだって、門番の班長からはやり過ぎだといわれる。

投げやりな気分で、そんなことを考えていた俺は、目の前で「お……お子様ではありませんわっ」と訴《うった》えてくるお嬢ちゃんに意識を戻した。

お嬢ちゃんの付き添《つ》《そ》いの男が「いえいえお嬢様は充分《じゅうぶん》お子様でございます」とにこやかに答えている。……宥《なだ》める気が無いのか。無いんだな。

「聞いておりますの、ヴィアル様！　わたくしエルローズ・ディアロズ・エメンタル・アクラウスと申しますの！」

「……へえ、え。高貴なお方の一粒種《ひとつぶだね》がなんでまたこんな、門番の所に」

一瞬、息が詰まった。耳がどうにかなったのかと思ったくらいだ。きな臭い貴族代表、悪事を見ればアクラウス家を疑えと言われるほどの、悪徳貴族だ。

目の前の天使と見紛《みまが》うお嬢ちゃんが、あの悪名高いアクラウス家の令嬢《れいじょう》だと言うのか。

驚愕の色を隠《かく》せない俺の前で、お嬢ちゃんが腕《うで》を組んで顔をあげた。

「あなたが毎日探しものをしていると伺《うかが》ったのです。領地内を出て行く荷馬車の床板《ゆかいた》まで剥《は》いで探していると……。ねえ、ヴィアル様」

「……さてね。俺がなにを探しているかなんて、あんたに関係ないだろう。それとも、アクラウスの名を持つあんたが、俺の行動を牽制《けんせい》しに来たのか？」

おそらく、険しい顔をしていたのだろう。そんな俺の顔をまじまじと見上げて、少女は嬉《うれ》しそうに笑ったのだ。

「あなたがわたくしを信用するなど、天地がひっくり返ってもありませんわね。よぉく判っておりますわ。……実は今日は弟の社会見学なのです」

「は？　社会見学？」

何を言っているんだ、このお嬢ちゃんは困惑《こんわく》した。

「ええ。お父様の領地経営術を勉強しようと思いまして。たとえば円滑《えんかつ》な商取引の秘訣《ひけつ》ですわね。商品の見極めや搬入《はんにゅう》方法、商品搬出《はんしゅつ》の手順、在庫管理と帳簿《ちょうぼ》の付け方とか、商品管理の方法とかを実際にこの目にして学習しようと考えておりますの」

「子供の戯言《たわごと》に耳を傾《かたむ》けてる暇はねえ。俺は今仕事中だ」

検問をやめろとでも言ってくるのかと身構えた分、拍子抜《ひょうしぬ》けだった。

所詮《しょせん》、ガキだ。親が手を出している『仕事』を知らない、お花畑の中に住む幸せなガキ。

そんな少女の姿を、一歩下がった場所で付き添いの男が微笑ましげに目を細めてみているから始末が悪い。止めないのか、あんた。

「わたくしはエルローズ。アクラウス家のエルローズなのですよ？　父が扱《あつか》う新しい商品を自分の目で確かめたいと思ってなにがいけないの？」

「おまえ、」

必死に食い下がるお嬢ちゃんが、そんなことを言い始めた。アクラウス家が新しく扱う商品だなんて、胡散臭《うさんくさ》いことこの上ない。

「わたくしはおまえじゃありませんわ。エルローズという名前がありますのよ。このまま、ここに張り付いて馬車相手に立ち回るか、わたくしのような高貴な子供がふらふらしているのを心配して後をつけるのか、選びなさい。そうそう自慢《じまん》ですけど、わたくしの弟は天使みたいに愛らしいですのよ。あなたのような、りあじゅうにはあげませんけどね！」

「いや、俺、別にいらねーし」

お嬢ちゃんの言葉を理解しかねる。まさか、このお嬢ちゃんは、アクラウス家の商品取引の場所へ付いて来いと言っているのか？

「わ……わたくしのアランはこの世のものとは思えないほど、愛らしいんですのよ！　後で欲《ほ》しいと思っても遅《おそ》いんですからねっ！」

……いや気のせいだな。なんだこのブラコン。

「お嬢様もこの世のものとは思えないほど、かわいらしゅうございますよ」

にっこりしながら言い切った付き添いの男の言葉に、虚《きょ》を突かれたのか、お嬢ちゃんは顔を真っ赤にして、ぷるぷるしていた。

主従なのだろう、二人のやり取りに、俺は観念することを決めた。

このお嬢ちゃんは俺をどうしたって巻き込むつもりなのだ。ならば貴族の意向に乗るのが世の常だ。しがない門番に否やは無い。

「……まあ、ちっと待ってろ。班長に持ち場を離れるって言ってくる。貴族娘に護衛を頼まれたっていえば、認めるだろう」

――それが、始まり。

精一杯虚勢《せいいっぱいきよせい》を張っている、アクラウス家のお嬢様と、怖《こわ》い執事《しつじ》マルクとの出会いだ。

驚いたことに嬢ちゃんが持ち込む情報は、それなりに正確だった。

「今月のいつかは判らないのですが、ちょうど下弦《かげん》の月が出る頃にここを馬車で移動するはずなのです」

とか。

「この珍しい紫《むらさき》の花が咲《さ》き乱《みだ》れる頃に、この家に少女達が集められているはずなのです」

とか。

「この祭日の間に、ここで違法《いほう》薬物の売買契約《けいやく》を結ぶはずなのです」

とか。

まあ、微妙な情報だったが、おおむねの場所と時期を特定できたのは幸いで、違法薬物売買の場を押《お》さえることが出来たり、行方知れずになっていた少女達の何人かは連れ戻すことが出来た。

だが、お嬢ちゃんの最大の功績と言えば。

「平民風情《ふぜい》が無礼であろう！　この建物の所有者はトラース伯爵家《はくしやくけ》だぞ！　ひかえよ！」

「申し訳ありませんが、侯爵令嬢《こうしゃくれいじょう》と令息の二人が行方不明ですので、迅速《じんそく》な捜査《そうさ》をと厳命されております。これ以上御身分《ごみぶん》を盾に捜査妨害《ぼうがい》をなさいますと、いらぬ疑いを掛けられることに相成りますが、それでもよろしいでしょうか」

「……ぐ、だ、だが」

お嬢ちゃんのおかげで、えらそうな貴族相手にこんなやり取りが出来るようになった。

——ただ、ごくたま～に頭の痛いことがある。

頑なに屋敷《やしき》に入れないようにする男をどう排除《はいじょ》するかと考えていると、屋敷の中から派手な破壊音《はかいおん》が聞こえてきた。

硝子《がらす》が割れる音と、何かを打ち鳴らしている音だ。

「何事でしょう、緊急事態《きんきゅう》のようですし、こちらの手勢をお貸ししますよ。行け」

「い、いらん！　入るなっ！」

入り口を死守せんと立ちふさがる男を尻目に、少人数で入り込んだ。

「ヴィアル班長！　見つけました！」

嬉しそうに報告する憲兵達と、ここ最近の頭痛の種を見つけた。

「憲兵様。この方、人攫《ひとさら》いですわ。わたくしと弟が高く売れそうだと仰ってましたの」

「ちっ、違う！　私は、保護しただけだ！」

「嬢ちゃん……」

……ごくたま～に、本当に嬢ちゃんが捕まってる事があるから、どうしようもない。

薄《うす》い水色の瞳に涙を浮かべた少女は、たしかに庇護欲を誘《さそ》うが。

「憲兵様～。助けてくださいませ～（棒）」

――こんの、ドへたくそ。

口元が笑ってるぞ、うまくいっただろうと言わんばかりの顔で、俺を見るんじゃねえ。

エルローズと出会ってからこっち、検挙率は上がっていたが、胃痛薬を飲む頻度《ひんど》も上がっていた。

まあ確かに、平民の女子供を捜すより、貴族子女が行方不明だとすれば、貴族相手でも強気に出られる。

いつもなら盾に使われる貴族身分が、こっちの大義名分……武器になるのだ。

平民風情がひかえろっと居丈高《いたけだか》に言われても、捜しているのは侯爵令嬢と令息だと言えば、誰もが黙るのだ。そりゃあそうだ。自分の家よりも家格の高い家のごり押《お》しに否と突きつけられる者はいない。

……まあ、まかり間違《まちが》ってもアクラウス家の、とは言わないが。

そうなると、腰《こし》の重かった同僚《どうりよう》達も、手を貸してくれるようになっていった。

毎回捕《と》り物に関する情報を提供しに来るエルローズは、詰《つ》め所《しょ》の花となっていた。

むさくるしい男所帯の憲兵隊詰め所が、日替《ひが》わりで掃除《そうじ》当番を回すほどの、綺麗《きれいず》好きの集まりと化しているほどに。

エルローズが腰掛《こしか》ける椅子《いす》は、門番の班長や、憲兵を纏《まと》める隊長の椅子より、グレードが高いって知っているだろうか。

そしてそんな椅子を調達する為に、憲兵達で小銭《こぜに》を出し合ったことも。

そんなある日、いつものようにアランと連れ立って詰め所に顔を出したエルローズが、定位置の椅子に座った。

お土産と称して差し出した籠《かご》に野郎《やろう》共の目が釘付《くぎづ》けになる。最近、詰め所のみんながエルローズに餌付《えづ》けされていた。

「アトーフェの修道院に大きなシイの木があるんですのよ。シイの実はえぐくて虫しか食べないと思われておりますが、暖炉《だんろ》の灰を混ぜた水で煮《に》て、川に一週間晒《さら》せばおいしく食べられる、とマリア先生が教えてくださいましたの。おやつに如何《いかが》ですか」

「え、これ、シイの実のクッキー？」

……一瞬あっけにとられたのか、流石《さすが》にすぐに手を出す憲兵達はいなかった。それにアランが食いつく。

「姉さまが作るクッキーは本当においしいんですよ。僕《ぼく》も好きなんです。木の実もふたりで拾いました」

「ふうん。ん、おー、うまいじゃねーか」

ひょいと一枚摘《つま》んで口に放り込み、バリバリと噛《か》み砕《くだ》いた。ほんのり苦味が残るが、バターの香《かお》りがこうばしくて悪くない。

「ヴィアル本当か？　シイの実なんてリスさえ食わないだろう？」

「いや食ってみれば判る。マジでうまい」

もう一枚摘んでひょいと口の中に放り込んだ。

「当然ですわ！　ちゃんと味見もしました。冬の間の備蓄品《びちくひん》になるかもしれないと、ギリム先生と研究中なのです」

そうなのか、と恐《おそ》る恐るクッキーを口にする憲兵達の、険しい顔が笑顔に変わった。

後はもう、競《きそ》うように籠を漁《あさ》る男達の姿があるだけだ。

調べてみたらとっても栄養豊富な木の実だったのだ、と嬉しそうなエルローズにシイの実に関する世間一般《いっぱん》の常識を説くのは諦《あきら》めた。たしかに美味《うま》かったし腹持ちも良さそうだ。しかも、シイの実なんて町中どこにでも転がっていて、鳥の餌《えさ》にもならない邪魔《じゃま》者《もの》だ。

「……なあ、孤児院《こじいん》の関係者に教えてやらないか。シイの実が食えるようになったら、ずいぶん助かる奴等《やつら》がいるぞ」

「おお、そうだな」

「でもさ嬢ちゃん、マジでこれくらい美味いと、売れるんじゃねえか？」

「どうでしょう、シイの実クッキー、売れますかしら、爺《じい》？」

「お嬢様が手ずから作ったと言えば、完売間違いなしでしょう」

（（あー、たしかに））

憲兵隊詰め所にいる男達の意見が一致《いっち》した。

「……バザーか。次はどんなものを出す予定なんだ？」

「そうですわね、『家内安全』と『交通安全』かしら。あとは『恋愛成就』に『商売繁盛《はんじょう》』かしら。爺、アラン、後はなにが良いかしらね？」

少女は王都でアクラウス家が関わる悪事を暴《あば》く為に走り回る他に、アクラウス家の領地であるアトーフェへ出向いては慰問《いもん》を行っていた。

近郊《きんこう》の修道院で簡単な読み書きを教えたり、子供でも出来るようなお菓子《かし》の作り方を発案して広めているらしい。

「ケンコウダイイチも頼む」

思わず胃の辺りをなでながら、そう言葉にすると、エルローズが目を丸くして俺を見た。

「なんということでしょう。りあじゅうなのに神経性胃炎《いえん》なんて、これがりあじゅうのりあじゅうたる、ゆえんですのね」

「だから、リアジュウって何の意味だよ。俺の名前はヴィアルだっつーの」

そんなことを言い合っていると、詰め所の扉がばたーんと開いた。あぁ、なんか前にもあったな。こういうの。そっと、胃のあたりをおさえた。

入ってきたのは――――。

「ヴィアルゥッ！　お仕事終わった？」

「今日はマレーネ姐《ねえ》さんの、お披露目《ひろめ》があるのよ。花を贈って差し上げる約束忘れたの～？」

「あ？　俺が忘れるわけないじゃないか。レネディも、シャルムも、シーラルも、披露目の時は花を贈っただろう？　だからミーシャも、ラウラも心配するな」

「ああ～ん、だからヴィアル好き～」

「とと、おい、」

「マレーネ姐さんが待ってるから、はやくいきましょうよ」

ミーシャとラウラは娼館の新人で、借金奴隷《どれい》だ。俺の両脇《りょうわき》にしなだれて腕を絡《から》めると、次いで、ふふんと言わんばかりにエルローズを見据《みす》えた。

エルローズは笑顔のまま固まっていた。

そして爺と呼ばれる男の纏う気配が鋭《するど》さを増し、少年アランの笑顔が黒く凍《こお》りついた。

「ほう。お嬢様が信頼《しんらい》を預けるに足りる男だと思うておりましたが……、下半身が緩《ゆる》いのは論外ですな」

「へぇえ、ヴィアルさんって、もてもてなんですねぇ」

「まあ、アラン、ヴィアル様はまだ真実の愛に目覚めてないだけなのよ。だから、りあじゅうなのは仕方ないの。ピンクの髪《かみ》の毛《け》が示すように、彼は桃色《ももいろ》隊員なんですからエロス担当は仕様なんですのよ！」

「ちょッ、俺の髪は赤で……」

「ふふふふ。次の捕り物から、必ず僕も付いていきますからね、姉さま？」

「しっかり護衛しなければなりませんね、獣《けもの》から」

アラン少年に笑ってない目で見られて、爺と呼ばれる男には釘《くぎ》を刺された。

俺の腕にしなだれかかっていた、ミーシャとラウラは、良い笑顔だった。

……それからもエルローズの信頼に応《こた》えるため町中を奔走《ほんそう》した。お前の考えを理解して、お前が示す先へ、一秒でも早く到達《とうたつ》する。大抵《たいてい》、爺と呼ばれるマルクとアランが一緒《いっしょ》だ。

マルクはとても鋭敏《えいびん》で容赦《ようしゃ》ない闘《たたか》い方《かた》をする。アランも顔に似合わず他人の隙を突くのがうまい。

そのマルクが真面目《まじめ》な顔で言ってきた事がある。

「桃色隊員殿《どの》は、もっと魔法《まほう》回路を意識なさったほうがよろしいですよ」

俺に生まれつき火の魔法特性があることは知っていたが、指の先に炎《ほのお》を灯《とも》すくらいのものだし、魔法回路なんて意識したことは無い。

「俺は桃色隊員じゃありませんよ」

むすっとしてそう言えば、傍《かたわ》らに控《ひか》えて、相手の出方を窺《うかが》っているアランが「じゃ、エロス隊員」とぼそっと呟いた。

「はっはっはっ。いえね、冗談抜《じょうだんぬ》きでもったいない戦い方をしておりますので、ひとつ助言をと思ったのです。よろしいですか、剣を自分の腕の延長だと思うのです。指先に炎を灯すことが出来るのでしょう？　指先を剣の先端《せんたん》までと思ってごらんなさい。……さあ」

「できませんよ、そんなお貴族様みたいな闘い方」

「諦めたらそこで試合終了《しゅうりょう》ですよと、尊い先生が姉さまに教えて下さったそうですよ。あなたは、自分の可能性を自分で断《た》ち切《き》るのですか。これ以上姉さまをがっかりさせないで下さい」

「俺は」

……囚《とら》われの女性達や、少年少女達を救出し感謝を受けるたびに、誇《ほこ》らしくてもっと強くなりたいと願った。

でも本当は、戦って彼ら彼女らを救出してくると、輝くような微笑《ほほえみ》でエルローズが迎《むか》えてくれるからだ。

その反面、憲兵達の誰か一人でも怪我《けが》をしていると顔が曇る。そんな顔をさせたくなくて、剣をふるい、己の技量を磨《みが》く。

詰め所の扉を開け放ち、名指しで俺を指名したあの日から、俺たち平民の憲兵達の仕事意識は劇的に変わった。

貴族が引き起こす不始末を、なあなあで済ませていた班長が降格され、城詰めの貴族階級を持つ騎士団の隊長が、班長を兼務《けんむ》するようになった。

領土領民は宝であるとの認識が、やっと城の人間にも伝わったのだ。

最近では成果を評価してくれたのか、城詰めの騎士も応援《おうえん》に来てくれるようになった。

そして今までは個人で行っていた訓練が、集団で行われる統制されたものになってきた。その為に開放される場所は、王城に併設《へいせつ》された闘技場《とうぎじょう》だ。

難点は、筋肉達磨《だるま》のオヤジが、しつこく剣を向け、追いかけてくる事か。

でもこれも、お前がしがない門番でしかない俺を、高く評価してくれたおかげだ。

俺を信用して、信頼を預けてくれたその無垢《むく》なまなざしに映る、比類ない騎士としての理想形に近づきたい。お前の中にある理想の俺になりたいのだ。

だから強くなりたいと、そう思う。

「……強くなって、誰よりも強くなったら、俺のトレードマークはこの赤い髪で、桃色じゃないとアイツに認めさせてやる」

エルローズの涙《なみだ》を枯らすのは、この先もずっと、俺だけでありたいと願うのだ。

あるエルフは復讐する

望みはただひとつだけだ。
わが妹の忘れ形見が生きやすいよう、導く事。
人界の令嬢ならばこなさねばならない課題を、山と積み、宝石を磨く。
あの子の血をより良く継《つ》いだバイオレットは、私の課題を吸収し成長した。
これならば予定より早く後継《あとつ》ぎとして襲名《しゅうめい》させられると喜んだ。それも束《つか》の間。
天から降《ふ》って湧《わ》いたような第一王女降嫁《こうか》の話だ。

「大伯父上様」

「そんな顔をするな、バイオレット。ガーナードがくるのだろう？　婚約者《こんやくしゃ》をもてなす事も、淑女《しゅくじょ》の仕事だ。もう一度惚《ほ》れさせるつもりで迎《むか》えなさい」

王女には目を覚ましてもらおう。長く人界に留《とど》まっていた理由は、妹の子達の行く末を見守る為だ。

わたしは誇り高きエルフ族の血を引くもの。人としての枠組《わくぐ》みに組み込まれて良しとする、存在ではないのだから。

幸い、降嫁の話を持ちかけたのは、古参の貴族で、陛下や宰相《さいしょう》にはまったくその気がなかっ

たことが判明したので、恙無《つつがな》く公爵位《こうしゃくい》返上が叶《かな》った。

面《つら》の皮を塗りたくりそれで自分が美しいと勘違《かんちが》いしている第一王女が何か叫《さけ》んでいたが、人間の言葉だったのだろうか。あんな汚《きたな》らしい言葉を吐く女が、王の娘だとは嘆《なげ》かわしい事だ。

バイオレットに公爵位を譲《ゆず》り、しかるべき時、ウィリアム伯爵家次男ガーナードと添わせ、ガーナードが公爵位を拝命した。

婿《むこ》の人選には気を遣《つか》った。バイオレットを幸福にしてくれるという絶対条件の下厳選に厳選を重ねたものだ。

人物が何をおいても一番で、文官、武官、商人、農民と、他国も含《ふく》め独身者を調べつくした。家柄《いえがら》は二の次、三の次だったが、白羽の矢が立ったのが伯爵家の出身で、都合のいいことに次男のガーナードだ。もしも相手が平民や商人だった場合の根回し案が、これで必要なくなったので、天の配剤《はいざい》と喜んだものだ。

ディクサム公爵家は長いこと王と王妃《おうひ》の剣であり盾だった。私が爵位《しゃくい》を中継《なかつ》ぎできたのもそのせいだ。これは正統な血筋でなくとも、剣と盾となりうる知性を持つものであれば爵位を公《おおやけ》に受けられるという証明にもなった。

バイオレットは先々代の公爵の孫で、先代の公爵の娘である。そして中継ぎであり、同時に後見人でもある私の教育のもと、公爵位を戴《いただ》くにふさわしい淑女となった。

ガーナードは武門の誉《ほま》れにふさわしく、剣で名の知れた男だった。そのくせ頭脳戦もこなす戦術家だ。これほど剣と盾にふさわしい男はいないだろう。しかもガーナードはバイオレットにべたぼれだ。

これで後顧《こうこ》の憂《うれ》いは無くなったと、思っていた。

――あの女がガーナードにも目をつけたのだ。

病的なまでに気高いものに執着《しゅうちゃく》する女だ。バイオレットが危《あや》うい。

あの女は結局は自分だけが愛《いと》しいのだ。他者の痛みに思いをはせることもなく、想像する事すらできない俗物《ぞくぶつ》だ。

愛しい「自分」の望むままに、願いをかなえようと浅ましくもがく獣だ。

魔物《まもの》のような性根と、悪辣《あくらつ》な眼差《まなざ》しには見覚えがあった。

あの子を鎖《くさり》で繋《つな》いで痛めつけていた人間共と同じ腐《くさ》った眼差しだ。

あの子と同じ目に、バイオレットが遭《あ》うかもしれないと思うと居ても立ってもいられなかった。

万難《ばんなん》を排《はい》し、彼女の行く先を払《はら》うつもりで事にかかろうとしたが、ガーナードに先を越《こ》された。しかも一切《いっさい》の容赦がなかった。

もうバイオレットは私が守らなくても大丈夫《だいじょうぶ》なのだなと、安堵《あんど》と少しの寂《さび》しさの中、目を閉じた。

妹《マリア》の残した孫娘《バイオレット》は、ガーナードのよき片腕《かたうで》となるだろう。時には華《はな》やかな先鋒《せんぽう》となって敵陣《てきじん》に果敢《かかん》に攻め入《い》り、相手をかき乱す鮮《あざ》やかな刺客《しかく》だ。ただ庇護《ひご》されて良しとする女では先が無いと、情報整理や撹乱術《かくらんじゅつ》を教えこんだ。

息のあった二人は時々とんでもないことをやらかした。

即位《そくい》間近の殿下《でんか》の恋心《こいごころ》を見抜《みぬ》き、相手の伯爵令嬢《はくしやくれいじよう》を突《つ》き止《と》めたまではよかった。

その令嬢を着飾らせた上で、私の婚約者を決める舞踏会《ぶとうかい》に引っ張り出したのだ。

怜悧《れいり》、智謀《ちぼう》で知られる殿下が、令嬢と踊《おど》る私をぎりぎりと睨《にら》んでいた。

バイオレット監修《かんしゆう》の下、言われるままに目の前にいるのは、マリアだと想像してみた。一瞬《いつしゆん》溢《あふ》れだした愛しさのままに令嬢に微笑《ほほえ》んだら、曲が終わると同時に令嬢の手を殿下が掻《か》っ攫《さら》っていった。

幸せな錯覚《さつかく》に陥《おちい》っていたので、手を伸《の》ばして切なく目を細め、我にかえった。

マリアと踊った幸せな記憶《きおく》は、何年も前のことだ。

「若いな」

他人事とばかりに参加して、ただ楽しんでいたリムが苦笑しながら私にワインを差し出した。

「ああ、幼いな」

「仕方がないだろう。人の生は短くも一瞬《いつしゆん》だ。種を残す為には、番《つがい》に対する状態異常が激しいほど、確実に次代に繋げる事ができるだろう？」

「……リム、人の恋愛《れんあい》感情を状態異常に分類するのはやめろ」

「ではなんとすればよい？」

「認識の誤変換《ごへんかん》か？　動悸《どうき》息切れ、体温上昇《じようしよう》等《など》の精神的、身体異常をもたらし、正常な判断力の低下と認識《にんしき》の阻害《そがい》を引き起こす。一種の魅了《みりよう》か自己陶酔《とうすい》……。おや、こうして分析《ぶんせき》してみると恋愛とは立派な病気だね」

「私はお前も大概《たいがい》だと思う」

せいぜいため息をつけばいい。

「ま、いいさ。幸せな夢を見れただけ、手を貸した甲斐《かい》があった」

リムにそう返しながら、視線の先で令嬢に告白している殿下を見ていた。

真摯《しんし》な顔で結婚《けっこん》を申し込む殿下と、頬《ほお》を染めて聞き入る令嬢。幸せそうな令嬢の笑顔《えがお》に妹の影《かげ》が重なる。あの子もああして、幸せそうに微笑んで。

ディクサム公爵の手をとったのだ。

マリア。

お前を攫い、鎖に繋いだアクラウス家の凋落《ちょうらく》を、この目にするまで、私は里へは帰らない。

即位した陸下の所に王子が産まれ、教師として城へ赴《おもむ》くことになった。聡明《そうめい》な王子は、かつての陸下を垣間見《かいまみ》るようだ。リムも楽しそうに王子の相手をしている。

殿下の魔法素養は防御《ぼうぎょ》特化のようだ。

王子の三歳《さい》の誕生会で、アクラウス家一門が軒並《のきな》み弾《はじ》き飛《と》ばされたのは愉快《ゆかい》だった。

重なるはずなど永遠に無い、存在だった。

そのアクラウス家に入り込めとの前王の言葉に、苛立《いらだ》ちが募《つの》った。

あの屋敷に入り込む日は、アクラウスという名の家がなくなる日のはずなのに。あの女の目に留まったら厄介《やっかい》だと、女装して赴くことに決めた。マリアと同じ色合いの鬘《かつら》をかぶり、碧《みどり》のレンズをはめる。

先代が何を言おうと関係などなかった。リム同様に、さっさと帰るつもりだったのだ。マルクとの接触《せっしょく》は屋敷に隣接《りんせつ》した別棟《べつむね》で行われるはずだったが、そこにいたのは慇懃《いんぎん》なマルクではなく、鶏《とり》がらのような少女だった。

薄い金色の髪は手入れが良くないのか艶《つや》を失っていた。水色の瞳《ひとみ》は白い顔の中で一際《ひときわ》大きくこちらを見上げている。色を失った頬は子供特有の丸さは無く、かさついた肌《はだ》が目に付いた。手指の細さ、爪《つめ》の色、首や腰の細さに、一瞬《いっしゅん》浮かんだのは、鎖に繋がれた酷《ひど》い状態で見つかったマリアの姿だった。

だが、これはあの夫婦《ふうふ》の娘だ。関係など無いと断じて胸の奥《おく》の痛みから目をそらした。

少女はエルローズと名乗り、家庭教師の先生かと尋《たず》ねてきた。即座《そくざ》に否定すると、残念そうな顔で、でも嬉しそうに椅子を勧《すす》める。

「……執事はどこへ行った？　話をしたいのだが」

「じいは、ゆうこくにならないと、こちらへはまいりませんの」

そう言って六歳の娘が茶器を扱い、丁寧《ていねい》にお茶を出してくれた。

「……おままごとにしては上手ね、だが来客に茶を出すのは侯爵令嬢の仕事ではなくてよ。侍《じ》女《じょ》は何をしているの」

「じじょは、おりませんの」

女言葉で揶揄《やゆ》すると、娘は困ったように眉尻《まゆじり》を下げてわびる。

白い手指が茶器を使い、赤い唇《くちびる》に触《ふ》れて傾く。こくりと喉《のど》が動くのを確認して、手を出した。

「……うまいな」

「……ええ」

思わず呟《つぶや》けば、少女が嬉しそうに目を細めた。

「じいがじゅんびした、とくべつなおちゃですの。かていきょうしのせんせいがたに、おだししなさいって、いれかたをおしえてもらったのです」

「私達は家庭教師では無いぞ」

マルクに教えてもらったのかと思いながらも否定すれば、少女は頭を振《ふ》る。

「いいのです。おきゃくさまだもの」

やせっぽちの少女。

鎖に繋がれた、あの子の様だ。

（だが、ちがう）

人の気配がないな、と呟くリムに軽く相槌《あいづち》を打ちながら観察を続ける。

錯覚だ。この少女は憎《にく》いアクラウスの血縁《けつえん》で、あの子を戒《いまし》め甚振《いたぶ》った、あの男の血に連なる者だ。私が私とあの子の尊厳をかけて報復を与えなければならない、アクラウス家の一員だ。

睨むように少女を見据え、訊《たず》ねた。

「いつも、君はここで何をしているの？」

「わたくし？」

「側付きの者はいないのか」

「……じじょは、とうさまとかあさまのものなの」

「……ほう」

「いいこにしていたら、とうさまとかあさまに、きっとほめてもらえるから、ここでかあさまをまっているの。ほんをよんで、おそうじをして、わからないことはじいにたずねたり、じじょやりょうりにんにたずねておしえてもらって……」

なんて馬鹿《ばか》な、一人ぼっちの子供。

自分が捨て置かれていると言う事実に気付きもしないのか。

侍女の姿はおろか、護衛の一人すらいない異常に気付きもしない。

自分達の周りには余るほどの人員を手配しておきながら、年端《としは》も行かない娘にひとりの従者もつけないなど、侯爵《こうしゃく》家としてありえない暴挙なのに。

なんて愚《おろ》かな、一人ぼっちの子供。

それでも両親の愛を信じているというのか。あの女が子供を振り返る事などないのは明白なのに。

持てはやされて話題の中心にいなければ癇癪《かんしゃく》を起こす勘違い女は、子供とは言え、エルローズに他者の意識を奪《うば》われるのが嫌《いや》なのだろう。

そしてこの現状からも、あの女だけでなくアクラウス家の当主も、娘に興味がないのは明白だった。おそらくその場限りの、いい子にしていなさいという言葉に縋《すが》っている子供に哀《あわ》れさえ覚えた。

……私が教えてやろうか？

自分の現状を正確に判断できない少女に。

父母を慕《した》う子供に、「現実」を教え込むのはなんと暗い喜びに満《み》ち溢《あふ》れている事か。

少女の抱《いだ》く父母の甘《あま》い幻想《げんそう》を打ち破り、国中から忌《い》み嫌《きら》われている血筋の下に生まれて来たのだと囁《ささや》いてやったら、嘆くだろうか。

一つ一つ、少女の胸に傷を作り、こじ開けて見せたら、少女は絶望するだろうか。

「わかった。明日といわず今日から私があなたの家庭教師になりますわ」

「かていきょうしのせんせい？　ローズの、せんせい？」

「ええ、そうよ。私はマリゥ……マリアよ」

「マリアせんせい！」

何も知らない子供が笑う。教えて欲しい事が沢山《たくさん》あるのと笑う。咎《とが》める眼差しでこちらを見るリムには、私の思惑《おもわく》が分かっているのだろう。この哀れな子供を、私が妹になぞらえて、鎖に繋ぐのではないかと危惧《きぐ》しているのかもしれない。

鎖に繋いで恐怖《きょうふ》で支配してもむなしいだけだ。そんなことで喜ぶのは低俗《ていぞく》な人間だけ。もっと根底から、雁字《がんじ》搦《がら》めに支配してやるのだ。

慕っている父母から引き離し、私に依存《いぞん》して、すべてを捧《ささ》げるほどに、縛《しば》りつける。思想も願望も明日への希望さえすべて、私に捧げてしまえるように、心も身体も支配下に置くのだ。

（そうだな。とりあえず……健康体にしないと。弱っている子供を甚振っても、気分が悪くなるだけだからな。そう、明日死んでいたら気分が悪いじゃないか！）

明日持って来る物を吟味《ぎんみ》しよう。何がいいだろうか。

このやせ具合だと胃が食べ物を拒否《きょひ》しかねない。食が細くなっているのは間違いないだろうから、栄養価の高い食べ物を与《あた》えて、胃をびっくりさせてやろう。

……だがあまり胃が受け付けないと、苦しむ様を楽しめなくて困るな。軽くてあっさりしたものから準備しようか。何がいいだろう。

バイオレットが風邪《かぜ》を引いた時にねだる、ドガドの実はどうだろう。森のバターと呼ばれるドガドは濃厚《のうこう》だけど口当たりはさっぱりして、しかも消化も良いのだ。ちょうど今日買って帰ろうと思っていたじゃないか。そうそう、さわやかな口当たりのアズの実も買って帰るつもりだったんだ。帰り道に商業地区を廻《まわ》って行こう。

あとはシャンプーとコンディショナーは外《はず》せないな。ヘアオイルとボディクリームも忘れてはいけない。きっとこの子供は使ったことのない香りに驚《おどろ》いて顔をしかめる事だろう。そこですかさず熱いお湯をなんども頭からぶちまけるのだ。嫌がって逃《に》げても、知らぬ振《ふ》りで押さえつけて、ごしごしと泡立《あわだ》ててやろう。泣こうが喚《わめ》こうがかまうものか。あのごわごわの髪のままでは、世話をする私の手腕《しゅわん》を疑われてしまうじゃないか。滑《なめ》らかな指触《ゆびざわ》りになるまで決して許さないと、今決めた。

そうだ、それにあんな下品な娼婦《しょうふ》が着るような仕立ての悪い薄っぺらい服じゃ、私の仁徳が疑われる。悪徳の家の生まれにはふさわしいだろうが、もっと違《ちが》う服を見繕《みつくろ》ってやらねばなるまい。動きやすさを吟味して、手触《てざわ》りの良い柔《やわ》らかな素材がいいだろう。おそらくこの子供は、母親が好むような派手な色合いを選ぶだろうが、私の趣味《しゅみ》に合わないから却下《きゃっか》だ。もっとこの子供に似合う色合いは……い、いやいや、目立たず周囲に溶《と》け込む色合いがいいだろう。紺色《こんいろ》なんかどうだろうか。襟《えり》の高い清楚《せいそ》な装いが、あの子供には良く似合うだろう……い、いやいや、掃除が好きな様だし、メイド服がわりに与えてやろう。そうだ、メイドとしてこき使ってやればいいんだ。小間使いとして！

掃除、洗濯《せんたく》、裁縫《さいほう》が完璧《かんぺき》に出来れば没落《ぼつらく》しても、雇《やと》い口があるはず……侯爵令嬢がメイド扱いされるのだ、屈辱《くつじょく》だろうなぁっ！

う、だが涙目で見上げてくる薄幸《はっこう》少女なんか、下手《へた》な所に奉公《ほうこう》に出せないな。マリアのように攫われて檻《おり》につながれ……い、いやいや、それこそ望む所じゃないかっ！

これは宿敵の娘を心置きなく甚振る為《ため》の、下準備だ。

せいぜい太らせて、信頼を勝ち取ってから、絶望を与えてやろう。

「……こんなものか」

目に付いた子供の好きそうな嗜《し》好品《こうひん》や、暖かな素材の子供服、勉強用にと手に取った教材絵本が、私の屋敷の一部屋を占領《せんりょう》していた。

……おかしいな、いつの間に。

食料庫を覗《のぞ》いても同じような状態だ。やけに子供が好む食べやすい食材が増えていた。

だがまあ、良いかと、その中から、選びに選《えら》び抜《ぬ》いた最高級品を持って、再度アクラウス家を訪《おとず》れた。


「……なにを、している」

「あ、せんせい」

侯爵令嬢が、トイレ掃除をしていた。

思わず女言葉もすっ飛んだ。半眼《はんがん》で睨みつけるが、こちらを構うそぶりもない。

「じいが　せんせいがくることを　おかあさまやおとうさまに　いってはだめですと。ひとりで　おむかえしなさいと　いわれましたので。きもちよく　すごしていただくには　おそうじが　いちばん　ですもの」

もう少しで済みますからと、小部屋を追い出された。

思わず頭を抱《かか》えてしまったが、気を取り直してあたりを見渡《みわた》した。

少女に与えられた部屋はこの一角だけなのだろう。子供の手で整えられた部屋は、公爵として城に上がっていた私にとって、不足ばかりが目立つ。簡素な椅子とテーブルに、装飾性《そうしょくせい》より実用性重視の室内はまるで虜囚《りょしゅう》の部屋のようだ。

眉《まゆ》を寄せたまま、そのまま別棟の厨房《ちゅうぼう》に足を向けた。

案の定、竈《かま》には火の気配は無く、調理人の姿も無かった。

食料庫の扉《とびら》は開け放たれたまま、棚《たな》にあるはずの備蓄品も見当たらない。あの子供は一体なにを食べて暮らしているのだろうかと、眉をひそめた。

「おや。随分《ずいぶん》とお早いお着きですね」

「マルクか」

「いけませんね、時間は守っていただかないと、お嬢様《じょうさま》がお困りになります」

先代の間者であるマルクが、銀盤《ぎんばん》にスコーンとドライフルーツ入りのマフィン、サンドウィッチを盛り込んで立っていた。あいかわらず足音を立てないやつだ。

「ですが、ありがたい。目を盗《ぬす》んで参りましたもので、すぐに戻《もど》りませんとなりません。本当にわがままな姫君《ひめぎみ》で困るのですよ」

「……これが食事か」

「ええ。あの夫妻はとにかく肉とお菓子さえあれば満足する『美食家』ですから、どうしてもこんなものになってしまいますね」

……それでも無いよりはましなのだろう。

宿敵の娘《むすめ》の置かれた現状に、なぜか苛立ちが募る。

「マルク。屋敷から外へ出しても大丈夫か」

「……今はまだ幼いので気にも留めませんよ」

「午前中なら寝《ね》ているだろう、どうだ?」

「ええ。夜通し遊んで翌朝は昼過ぎでございます」

「ならば、授業は午前中に終わらせる。森へも足を運ぶからな」

「どうぞ良しなに」

……そうさ、せいぜい太らせてから、絶望を刻み込んでやればいい。

それまでは、猶予《ゆうよ》期間だ。

そう心に決めて前を向いた。

不思議と胸の痛みは無くなっていた。

あるエルフの呟き

人界に渡《わた》ってから幾星霜《いくせいそう》がすぎただろうか。

故郷へはもう何年も帰っていない。

それほどに刺激《しげき》に満ちて楽しい時間だった。

人は早く老いる。周りにいた人間が入れ替《か》わり立ち替わり変化しても、世の流れと静観していた。

国が興《おこ》り、国が潰《つい》え、また立ち上がる。人とは情熱的で、享楽的《きょうらくてき》で、貪欲《どんよく》だった。

土地を奪い、人を奪い、食料を資源を奪い合う残酷《ざんこく》さの反面、慈《いつく》しみ愛し、支えあう面も持ち合わせている。

歴史の狭間《はざま》で、潰える国を何度も見た。嘆きの中、立ち上がる国を何度も見た。

そしてまたひとつの国の時代が終わり、次が台頭する瞬間《しゅんかん》に立ち会った。

澱《よど》みと膿《う》みをすべて吐《は》き出《だ》し、燃やし尽《つ》くした瓦礫《がれき》の中から這《は》い出したその王は面白《おもしろ》い男だった。この男の死に様を見届ける為に、男に付き合ってもいいかと思えるほどの。

別の居場所を捜《さが》すのが面倒《めんどう》だったのもあるが、その国でまた終焉《しゅうえん》を見るまでと、腰を落ち着かせた。

幸いエルフ族に敬意を払《はら》う国だったので、比較的《ひかくてき》楽に暮らすことができた。

魔法陣《まほうじん》の構築の研究も楽しかった。

例外は女性だ。

臭《くさ》い匂《にお》いを振りまき、厚く塗《ぬ》りたくられた表皮を見せびらかす。

尾羽《おばね》を見せ合うことで優劣《ゆうれつ》を定める鳥の様だ。

塗りたくることがヒトと言う種の求愛行動だと知ってはいたが、毒を塗りたくる醜《みにく》さに眉をひそめ、拒絶《きよぜつ》すると甲高《かんだか》い声で泣き喚く。

女の家柄が高ければ高いほど煩《わずら》わしさは増した。

良家の子女をたぶらかした、色目を使ったなどと言い立てられて辟易《へきえき》する。

良家の子女とやらは、無断で部屋に押し入った挙句、伸《の》し掛《か》かってくるものなのか。眠《ねむ》れない夜が続けば、部屋に戻る事もなくなった。

女の周りに侍《はべ》る男たちも、敵意を露《あらわ》に仕掛《しか》けてくる。攻撃魔法《こうげきまほう》や刃《やいば》など黙《だま》っていてもかわせるが、研究に支障を来《きた》すのは受け入れがたい。

こちらは何も仕掛けていないのに、娘を誑《たぶら》かしたと怒《ど》鳴《な》り込まれても困る。名も顔も知らない女をどうやって口説けるというのだ。

王は施政者《しせいしや》としては上等だった。エルフの知恵《ちえ》に敬意を表し、私の周りに侍ろうとする貴族娘を排するために動いてくれた。

示されたのは一枚の紙。

朝、陽《ひ》が昇《のぼ》る前から、城の中の研究施設《しせつ》で魔法陣《まほうじん》の解析《かいせき》。朝昼兼用《けんよう》の食をはさみ魔法陣の分析、立証、お茶の時間もそこそこに実験、評価、検討。夕刻に少しの野菜を食《は》んで、さらに精度を上げるために、魔法陣形を細かく理論立てていく日常を、時間軸《じく》で示しながら説明してくれたのだ。

「その方たちの言うように導師が娘に関わる時間など無いに等しい。ほとんど城の研究室で生活しているな。自室へ帰ることも最近は無いそうだ。何でも、あられもない姿で導師のベッドに潜《もぐ》り込んでいた女がいたそうで、これは城の衛兵の証言もある。もちろん、導師の側付きの者の証言もあるぞ。導師が自室に戻った時すでに入り込んで待ち構えていたそうだ。恐ろしい事よな」

「で、ですが、娘《むすめ》はこの者と恋仲《こいなか》だと！」

「恋仲なのは私の娘だ。妄想《もうそう》も大概にせよ！」

「娘は貴様に愛を囁かれたと……」

「……なるほど、夜這《よば》いをかけていたのは貴殿《きでん》の娘達か。城の警備兵を買収したのか、脅《おど》したのか」

玉座にかけた王は、あきれを隠《かく》そうともしなかった。

「その方ら、娘とじっくり話すべきだったのだ。導師の美貌《びぼう》を見れば、懸想《けそう》するのも致しかたないが、城の警備兵を買収したのは許せん。買収に応じた警備兵の名前と所属すべて述べよ。恋だの愛だの、浮《う》かれていられるのも今のうちと心得よ！」

「陛下」

なおも言葉を続けようとする貴族たちを前に、リム導師付き侍従《じじゅう》の一人が、前に出た。

「恐れながら、進言の許可を賜《たまわ》りたく存じます」

「良い。許す」

「私共が導師に代わって令嬢《れいじょう》方の面会をお断りしておりました。お嬢様方にはそれが不満だったのでしょう。ですからこのように、御実家《ごじっか》を動かしたのではないかと推測いたします。ですが、紹介状《しょうかいじょう》無しの面会など在り得ません。それが家族であってもです。研究室内部は機密事項《こうじ》であり、魔道師《まどうし》にとって重要な職場なのです。情に訴《うった》える前に明確な訪問理由を述べて、正式に面会依頼《いらい》を通せばよろしかったのです。まあ、導師の流し見る眼差しに恋を感じたなどと、魔法研究室へ通達しても通るわけありませんが。そして本当に恋人同士《こいびとどうし》だと仰《おっしゃ》るのならば、なぜ森のエルフたる導師にとって、毒にあたる、香水《こうすい》や、人工物で身を飾《かざ》るのをお止《や》めくださらなかったのか。エルフにとって、人工物は劇薬です。本当の恋人ならば導師が苦手とする金気《かなけ》物《もの》を排し、人工物を排し、清廉《せいれん》とした装いでお越《こ》しいただけるはずではないですか。……私共は導師の従者でございます。導師の仕事を円滑《えんかつ》に進めることが最大の使命です。それには導師の健康状態の管理も含みます。

私共はまずお嬢様方に、森のエルフたるリム導師に目通りを願うならば、香水、化粧《けしょう》をお止め下さいと進言致しました。ですが返る言葉は暴言ばかりで一向に聞き入れて頂けなかったのです」

「なるほど。導師の仕事を邪魔《じゃま》する慮外者《りょがいもの》、もしくは魔法陣の構成式をねらう敵国の間者と認《にん》識《しき》しても仕方のないことだな。従者の判断に異を唱えるものはいるか？」

王の言葉にそれまで居丈高《いたけだか》だった貴族たちが、小さくなった。

貴族はそれで済んだ。

問題は王族だった。

王の傍らに立つ王妃は、前へ出ようとはせず万事控《ばんじひか》えめの芯《しん》の通った女性だった。

生まれた息子《むすこ》は特異的な身体能力を所有する、優秀《ゆうしゅう》さ。

王が頭を抱えるほど残念なのは、娘《むすめ》だった。

確かに可愛《かわい》らしいと思ったことはあった。ドレスのフリルに埋《う》もれるような子供だ。

楽しいことが好きで、おいしいものが好きで、ほめられるのが大好きな子供。けれど過ぎた賛辞は堕落《だらく》を生み出した。

王と王妃は矯正《きょうせい》しようと動いていたが、父母である前に一国の王と王妃、しかも国を立て直したばかりで、旧態貴族の反発は大きかった。

娘と話し合いをしようとしても、その娘のひがみ根性《こんじょう》のせいで、すれ違いはさらに増え、しかも厳しい言葉に拒否反応をしめす。将来国を背負《せお》う気概《きがい》を持った兄と違い、楽な方へ流されやすいこの娘は、この国に巣食う旧貴族の毒虫に捕《つか》まった。

甘やかし誉《ほ》めそやすだけの側近、わがままを聞き入れる侍女、癇癪《かんしゃく》を引き起こし、王の娘という立場を利用して追《お》い詰《つ》めていく娘に、理を説き、仁を説く教師はやめさせられた。

耳に心地《ここち》良い言葉のみを投げかけられることを望んだ娘は、肥料をたっぷりと施《ほどこ》された毒花のように周囲に異臭《いしゅう》を放つようになった。

比較《ひかく》対象の兄が優秀すぎたのだ。彼《かれ》がいれば王国は安泰《あんたい》。一人娘の王女はスペアとしても見てもらえなかった。

だがそれも仕方がないだろう。資質に差がありすぎた。

努力が嫌い。勤勉が嫌い。美しい物や人に執着して、侍らせて悦《えつ》に入り、自分より身分の低い美しい侍女を痛めつける。

第一王女である自分にもすべて傅《かしず》くのだと思い込んだ傲慢《ごうまん》と我欲《がよく》。

王の資質を疑った事はないが、娘はいけない。

節制のない生活で弛《たる》む身体を金に飽《あ》かせたドレスで飾り、甘い言葉しか吐き出さない、優男《やさおとこ》を侍らして、女王然と振舞《ふるま》う。

王妃が娘を嗜《たしな》めたその夜、後宮に火が放たれた。幸いすぐに消し止められたが、王妃は亡《な》くなった。

誰《だれ》もが疑惑《ぎわく》を胸に秘《ひ》め、口に出さないまま、国葬《こくそう》で泣き喚く王女を冷めた目で見つめていた。

王は娘を矯正する事を諦《あきら》めたのか、国内で娘を貰《もら》ってくれる家を探し始めた。王女は他国の王妃になることを願っていたようだが、国の恥《はじ》を晒《さら》すだけだ。

真っ先に挙がった名前がディクサム公爵家。

王国の剣《けん》となり、盾《たて》となる筆頭公爵家だ。ディクサム公が相手と知ると王女は嬉々《きき》として従った。

だがディクサム公は、亡き妹の忘れ形見である孫娘が成長するまでと公言していた通り、座していた場を辞して後継《こうけい》に譲ることで降嫁の打診《だしん》を蹴《け》った。

後継である女公爵に王女が降嫁できるはずもなく、この話は立ち消えた。

娘の嫁《とつ》ぎ先《さき》がアクラウス家になるまでの数年。

悪夢としか言い表せない日々だった。

「邪魔するぞ、マリウス」

「診察《しんさつ》の邪魔だ、帰れ」

あの声が聞こえていないはずないだろうに、ぬけぬけと。

私の名を呼ぶ鼻にかかった甘い声に虫唾《むしず》が走った。ふりふりのどぎつい色合いのドレスも、少し近寄っただけで特定できる香水の悪臭《あくしゅう》も、金物で飾り付けられた頭からつま先までもおぞましくてたまらない。

あれが一国の王女だというのだ。何と言う悪夢だろう。

いっそのことエルフの里に逃げ込むかとまで、思いつめていた。

「貴様が貰っておけば私にまで被害《ひがい》がなかったのだぞ」

「あんな化粧お化け貰ったら、後継問題でディクサム家が倒《たお》れる。あいつの孫娘が独り立ちするのを見届けるまでの、中継ぎ公爵の約束だったからな。横槍《よこやり》はいらない」

「姪《めい》っ子《こ》は元気か」

「バイオレット女公爵、だ。少しずつ、様になってきている。まあ、もうじき公爵夫人だがな」
「婿はウィリアム伯爵家《はくしゃくけ》の次男だったか？　あれも目を付けられていただろう？」
「王女様は、色男が好きだからな」
「ああ、とんでもなく病的なほどにな」

公爵位を返上したのに、まだ付きまとわれるマリウスと、城の研究室に夜這いをかけられる私と、どちらが悲惨《ひさん》だろうかと考えた。

エルフは自由だ。人間の枠《わく》に収まることはない。

それはハーフエルフたるマリウスにも当てはまる。

そのマリウスが、曲がりなりにも公爵位を拝命して人界で暮らしていたのは、ひとえに妹の為で、その妹に瓜二《うりふた》つという孫娘の為だった。

それからも城の癌《がん》である王女は、散々周りに迷惑《めいわく》をかけた後、アクラウス家へ嫁いで行った。

悪の巣窟《そうくつ》と謳《うた》われるアクラウス家への降嫁だ。諸共《もろとも》に消し去るつもりなのだろう。

陛下もとうとう腹を決めたのだ。娘としての情も、妻である王妃の死で費《つい》えたのだろう。兄王子の妹を見る目も、絶対零度《れいど》の冷ややかさだ。

だがこれで長い夜《よ》討ち朝駆《あさが》けから解放される、と安心した。そうなると現金なもので、魔法陣の研究に一層力が入り、いつの間にか里に帰る気持ちも消えていた。

――重なるはずもない、運命だった。

改めてアクラウス家の名前が出たのは、六年後だった。先代陛下から、家庭教師の打診を受けた時だ。

マリウスと共に拒絶した。だが言いくるめられて、結局出ることになった。

あの女の目にだけは留まりたくなかった。目が合った瞬間、そこから腐り落ちていきそうな錯覚に陥る。見たら思わず目を潰《つぶ》してしまいそうだ。でもそれもいいかもしれないと思い直した。

それほどに最近のアクラウス家は目に余った。

仕方なく女装したマリウスと共に乗り込んだ、悪の巣窟で、やせっぽちの少女に会った。

「エルローズ・ディアロズ・エメンタル・アクラウスです。あなたがたがじいのいっていた、かていきょうしのせんせいですの？」

「……違う」

「違うわね」

「……そうですの。でもおきゃくさまはひさしぶり。どうぞおかけになって？」

人間の女は、幼くとも臭い香水のにおいと化粧のにおいに包まれた物体だと思っていた。

アクラウス家の別棟にひっそりと住んでいた少女は、清廉な水のにおいがした。

淡《あわ》い金の髪《かみ》、深遠までを見透《みす》かすような水の色の瞳が印象的な少女だ。

だが青白い頬は子供特有のふくよかさがなく、病的なまでに白い。手足も細くまるで鶏がらのようだった。

獣臭《けものくさ》さが欠片《かけら》もないのは人間が好む肉を食していないからか。細い手足は、良く見ると荒《あ》れていて、貴族の女がよく塗りこむような化粧油のにおいもなかった。

……そう言えばマルクの報告書によると、三年ほど前から父母との団欒《だんらん》がないと書かれていた。本当に別棟で放っておかれているようだ。

寂れているが荒れた様子のない室内を見渡す。そこに、居るべきはずの人間が居ないことに眉を寄せた。

「……執事《しつじ》はどこへ行った？　話をしたいのだが」

「じいは、ゆうこくにならないと、こちらへはまいりませんの」

そう言って六歳の娘が茶器を扱《あつか》い、丁寧にお茶を出してくれた。

「……おままごとにしては上手ね、だが来客に茶を出すのは侯爵令嬢《こうしやくれいじよう》の仕事ではなくてよ。侍女は何をしているの」

「じじょは、おりませんの」

マリウスが女言葉で揶揄すると、娘は困ったように眉尻を下げてわびる。

白い手指が茶器を使い、赤い唇に触れて傾《かたむ》く。こくりと喉が動くのを確認《かくにん》して、手を出した。

「……うまいな」

「……ええ」

思わず呟けば、少女が嬉《うれ》しそうに目を細めた。

「じいがじゅんびした、とくべつなおちゃですの。かていきょうしのせんせいがたに、おだししなさいって、いれかたをおしえてもらったのです」

「私達は家庭教師では無いぞ」

マルクに教えてもらったのかと思いながらも否定すれば、少女は頭を振る。

「いいのです。おきゃくさまだもの」

やせっぽちの少女でも、笑うと華《はな》やかな印象になるのだな、と思った。

だが大人の気配が皆無《かいむ》なのが気になる。

「いつも、君はここで何をしているの？」

「わたくし？」

「側付きの者はいないのか」

「……じじょは、とうさまとかあさまのものなの」

「……ほう」

「いいこにしていたら、とうさまとかあさまに、きっとほめてもらえるから、ここでかあさまをまっているの。ほんをよんで、おそうじをして、わからないことはじいにたずねたり、じじょやりょうりにんにたずねておしえてもらって……」

なるほど、別棟のもぬけの殻《から》の意味がわかった。

侍女も執事も父様と母様のもの。すなわち、アクラウス夫妻が酷使《こくし》するものであって、娘であろうとも傅く相手ではないということか。あの傲慢な王女の言いそうな事だ。実の母親でさえも毒牙《どくが》にかけたあの女なら、母子の情という物に意義を見出《みいだ》せないのも理解できる。

だがこんな小さな娘をたった一人で別棟に置き去りにするなど、なんというふざけた親だ。

そう思い至って、不味《まず》い、と思った。

私の隣《となり》に陣取《じんど》る女装男は、不遇《ふぐう》の妹を溺愛《できあい》し、その妹の忘れ形見に肩入《かたい》れし、その娘が残した娘にまで肩入れするほどの。

「わかった。明日といわず今日から私があなたの家庭教師になりますわ」

――――シスコンだったのだ。

「かていきょうしのせんせい？」

「ええ。そうよ。私があなたをどこに出しても恥《は》ずかしくない淑女《しゅくじょ》に仕立ててあげる」

マリウス、お前、バイオレットにも同じ事を言っていたな。

（……おい、判《わか》ってるのか、あのアクラウスの娘だぞ）

（判っている）

（……元王女に会う前に侯爵に会わないことを祈《いの》るぞ。お前の今の姿、判っているだろうな？）

（あ）

（難しい問題だな。女装を解けば元王女の、女装を解かなければ侯爵の、魔の手が襲《おそ》うとは。美貌とは罪なものだ）

（ふ、ふふふ。百魔獣《まじゅう》の王でも鼻をおさえて逃げるという、忌避材《きひざい》を調合しておく）

（……まぁ、がんばれ）

「かていきょうしのせんせい？　ローズの、せんせい？」

「ええ、そうよ。私はマリゥ……マリアよ」

「マリアせんせい！」

青白い頬にほんのりと乗った淡い朱色《しゅいろ》が、記憶の隅《すみ》から消えない。

それでも、もう二度とアクラウスの土を踏《ふ》むことはないと思っていたのだ。

あのマリウスが、仕事が終わるとどこかへすっ飛んで行くと聞くまでは。

人気《ひとけ》のないアクラウスの別棟でマリウスと一緒《いっしょ》に本を読んでいる少女の姿を想像するのはたやすかった。

それから時折、マリウスと共にアクラウスの別棟へ足を向けた。もちろん、鬘をかぶって変装した。

ひとり輪から離《はな》れて、勉強する姿を観察している。

少女はマルクの言ったとおり、離れでひとりきりの生活だった。

ひとりで着替《きが》え、ひとりで食事を取り、ひとりで勉強をしている。

教えてくれる人物がいなかったことも大きいだろうが、マリウスの指導で行われる勉強が苦にならない様子だった。瞳をきらきらさせて、嬉しそうに従っている。

マリウスに構ってもらえるのがそんなに嬉しいのか。

辞書を使う指先が、書面をなぞっていくのを見ていた。時折なぞる指が止まり、辞書をめくる音がする。かり、かり、とゆっくりと文字を書き取っている。時折手を休めて、紙面を眺《なが》めると微《かす》かに笑って、また没頭《ぼっとう》する。書き上げると紙束を持って、一目散にマリウスのところへ駆《か》けていく。それをうらやましいと感じた。

侍女がいないせいか、部屋の掃除《そうじ》も、トイレ掃除も少女の仕事だった。風呂《ふろ》の準備はさすがに荷が重いのか、侍女の手を借りられない時は、湿《しめ》らせた布で身体を拭《ふ》いて終わりにしていた。ひどい時には食事の準備すら忘れられている。たまたまそんな日に当たったのか、少女は文句も言わず水だけ口にして就寝《しゅうしん》していた。

暗闇《くらやみ》に泣く事もなく、少女を守るべき者の不在に絶望するでも、憤《いきどお》るでもなく、淡々《たんたん》と日常を重ねていく姿に、惹《ひ》かれていった。

マルクの嘆願《たんがん》が無ければ、その存在すら気付かず終わる、そんな希薄《きはく》な関係だ。

マリウスが女装してまで入り込んだアクラウス家の片隅《かたすみ》で、親猫《マリウス》の後を付いて回る子猫《こねこ》のような少女の何がそんなに気にかかるのかと自問した。

答えは出ない。

濃《こ》い緑の中の少女の姿は、見事に世界に溶け込んでいた。その存在感はまるでエルフのようだ。私の世界は無条件に少女を受け入れ、慈しんでいた。だが、少女が走りよる相手がマリウスなのが気に入らない。

「マリアせんせい、おはな」

ある日、課外授業と称《しょう》して連れ出した森の一角で、群生していた白い花に少女が駆け寄《よ》った。

「待ちなさいローズ、その花はっ！」

慌《あわ》てたようなマリウスの声が、重なる。その時にはすでに少女の手を掴《つか》んでいた。

「……触れるな」

「ふえ？」

「美しく見えても、これは毒の花だ、エルローズ」

今にも手を伸《の》ばして花を摘《つ》もうとしていた少女の手を引き寄せる。きょとんとこちらを見上げてくる水色の瞳に、苛立ちに似た感情を抱えた。

「ローズ、良く判らない森の植物に気安く触れてはだめだと言っておいたでしょう？　花にも葉にも触れていないわね？」

マリウスが医師の目で少女を検分しているのさえ気に入らない。掴んだ腕《うで》を引いて、背後に隠してしまいたくなった。

(なにを、ばかな)

この少女も、いずれ目に媚《こび》を浮かべ、唇に色を乗せ、伸ばす指先で男の首に爪を立てるのだ。女など皆《みな》同じだと、よく判っているではないか。

「……ギリム、止めてくれて助かったよ。ありがとう」

「森での採取は、充分《じゅうぶん》に気をつけてやらねば、こんな子供すぐに死ぬぞ」

「ご、ごめんなさい、せんせい」

しゅん、と眉を下げて謝罪をする姿に、怒《おこ》りすぎたかと反省する。

だがマリウスのドレスの裾《すそ》を握《にぎ》り締《し》めて謝《あやま》る姿が、その指が縋る相手が、気に入らない。

「子供は好奇心《こうきしん》のままに突《つ》っ走《ぱし》るものよ、ギリム。興味を持つことを悪いとは言えないわ。でも、危険な植物があると言う事実を忘れてはダメよ、ローズ？」

「はい。せんせい」

教え諭《さと》す女装教師と、生徒。

その関係に焦《あせ》りのような感覚が渦《うず》を巻く。

私の見ている前で二人は仲の良い姉妹のように顔を突き合わせていた。

ニコニコと笑い合うマリウスの顔が気に入らない。

なんだその甘い顔は、と憤りを感じていると、マリウスが少女の目の前に手品のように何かを差し出した。

「さあローズ、このキノコと、こっちのキノコ。食べられるのはどっち?」

「……待て」

「こっちのかさのまんなかがへこんでるほうがどくキノコです！　じくにふしがあるこっちのあかと、むらさきのしましまキノコはおいしいです！」

「お前も何を……いや、当たっているが」

マリウスの質問に手を挙げてはきはきと答える少女。

思わず突っ込んでしまったが、私はきっと悪くない。キノコの判別方法なんて貴族令嬢の必《ひっ》須科目《すかもく》ではないだろう。

「食べられるキノコの見分け方よ？　この後は食べられる山菜の見分け方と、実食なの」

「マリアせんせいのキノコりょうりはとってもおいしいです！」

ねーっと目線を合わせて微笑《ほほえ》みあう二人に、苛立《いらだ》ちが募《つの》る。

「マリアせんせい、これはたべられますか？」

「ああ、これね……」

「生では食用には向かんが、煮《に》れば食える」

「ギリム？」

「似た葉形のこっちの植物は、根に毒を含《ふく》んでいる。だが乾燥《かんそう》させれば回復薬になる。……植物に詳《くわ》しいのは、なにもお前だけに限ったことではないぞ。むしろ私のほうが、お前より詳しい。そうだろう、マリウス」

「マ　リ　ア　だ。確かに植物や魔法陣の解析はギリムのほうが詳しいが、お前一度断ったじゃないか。まさか本気で手を貸してくれるつもりなのか？」

「やぶさかではない」

「へえ。明日は槍《やり》が降るんだな」

別に、お前に懐《なつ》いている少女を見て、うらやましいと思ったわけではない。

だが、この少女に頼《たよ》られる自分を想像するのは、悪くない。

マリウスに向ける尊敬の眼差《まなざ》しが欲《ほ》しいと思ったわけではないのだ。

素直《すなお》に励《はげ》む姿に、手を貸したいと思った。それだけだ。

マリウスの課題をこなし、成果を褒《ほ》めると、花が綻《ほころ》ぶように笑うその姿を、もっと見てみたいと思っただけだ。今よりももっと近くで、そして出来れば私の手で少女を笑わせてやりたい。

彼女《かのじょ》の成長を促《うなが》すきっかけになりたいのだ。

通りすがりの他人ではなく、彼女の記憶《きおく》に残る相手になりたいのだ。

――ありふれた茶色の鬘《かつら》をかぶり、前髪《まえがみ》で顔の半分を隠す。

常ならばピンと伸ばす背筋をあえて丸める。

ゆっくりと、しかし急《せ》く様に足を進める。

今日の本は気に入ってくれるだろうか。開発したばかりの魔法陣の図柄《ずがら》を綺麗《きれい》だと言ってくれるだろうか。

王城の門をくぐり栗色《くりいろ》の髪をした長身の女の下へ足早に近づく。

女が抱えたバスケットを見下ろすと、女子供が好みそうな淡い色の布と色糸が沢山入っていた。

「それは?」

「ローズは刺繍《ししゅう》が好きみたいね。アクラウス家が落ちぶれても刺繍作家としてやっていけるように鍛《きた》えてみようかと思って。そっちは?」

「エルがこの間、私が構築した魔法陣を見て、綺麗だと言っていたから」

「ふぅん……ギリム、防御《ぼうぎょ》の魔法陣を開発してくれないかしら。刺繍のモチーフに使えるくらい最小の魔法陣を。あの下衆《げす》、この頃頻繁《ごろひんぱん》に別棟《べつむね》に来るようになったのよ。何を考えているのか丸分かりの顔でね。一石二鳥だわ」

そうねえ、不能になる魔法陣の開発でも良いのよ? と呟《つぶや》くマリウスの隣を歩く。男性機能の低下を促す魔法陣の形成と、よこしまな考えを持つ男を排除《はいじょ》する方法の開発が急務であることを悟《さと》る。

「提案に添《そ》えるよう開発を急ぐ。それからマリウス……お前、女言葉が自然に出るようになってないか？」

「ほっとけ」

……重なるはずなど無かった未来だった。

数年後、少女の異母弟が屋敷《やしき》に同居する事になって、少女はさらに奮起したようだ。競《きそ》い合うように弟と知識の扉を開けていく。少女は常に弟に自分と同じほどの課題を与えていた。

聡明《そうめい》な姉に触発《しょくはつ》された弟は、その才能を開花させようとしていた。王族特化の色彩《しきさい》を持つ彼ならば、直《じき》に魔法《まほう》素養を発現させるだろう。その未知な可能性にぞくぞくするほどの高揚感《こうようかん》を覚える。

アクラウス家の終焉《しゅうえん》を願いながら、その存続に手を貸している矛盾《むじゅん》に気がついてはいた。いたが、これほどの素質を持つ者を、鍛え上げられる機会など、早々無いのもまた事実。

だからこの子供達を、親から切り離す事はできないかと、マリウスと考え始めた。

だが弟の才能は目を惹《ひ》くものの、少女の魔法素養は格段に弱い。少女も自分の魔法素養の微《び》量《りょう》さを自覚していた。

だが彼女は、腐《くさ》ることなく試行錯誤《しこうさくご》を繰《く》り返《かえ》し、少ない魔法素養を活用する術を見出した。

糸に魔力《まりょく》をまとわせ、その魔力糸をより合わせて陣形《じんけい》を描《えが》くと言う離れ業《わざ》だ。

精巧《せいこう》で、緻密《ちみつ》な陣形は、弱い魔力を増幅《ぞうふく》させ強化させる事に成功していた。

そして描き出された陣形は、私の長い生でも一度も見たことの無い形だった。

それを為《な》した逸材《いつざい》がたった十歳《さい》の少女と言う事実。その無限の可能性を思えば胸が震《ふる》えて仕方がない。

だがアクラウス家の両親はどうしようもないクズだった。子に対する情など望む事自体が間《ま》違《ちが》いだったのだ。

アクラウス派の貴族が、頻繁《ひんぱん》に夫妻を訪ねて来ていたのは知っていた。いずれも質《たち》の悪い貴族として有名なやつらだ。だがまさか、自分の子供を悪党に褒美《ほうび》として差し出すなど、私達は考えてもいなかった。仮にも王族に連なる「元」姫《ひめ》が、自分の産んだ娘を娼婦《しょうふ》のように扱うなどと誰が思うものか。

――――その日は、授業の無い日で、本来ならば私はアクラウス家に立ち寄ることはなかった。

前日、エルローズが美しいと目を細めて見ていた魔法陣を、図案に落とし、ほんの気まぐれで訪れた屋敷。

これを目にすればきっと喜んでくれるだろうと、心は弾《はず》んだ。だがいつもの部屋に姉弟《してい》はいなかった。

「マルク、ふたりはどこだ？　部屋に居ないぞ」

「そんなはずは……まさか」

「……胸騒《むなさわ》ぎがする。探索《たんさく》するぞ」

魔法陣を展開させて、少女の微弱《びじゃく》な魔力を追いかける。

そうして居場所を突き止めると、以前少女に預けた魔法陣が展開されていた。

悪徳貴族が二名、魔法陣の中心で床《ゆか》に縫《ぬ》いとめられて身動きできなくなっていた。うまく作動したことを喜びつつ、男達を睨《にら》みつけた。下衆な思惑《おもわく》が見え隠れする毎日に、万が一の回避《かいひ》策《さく》を二人に授《さず》けておいたのが幸いした。

「エル！」

「ギリム先生！」

エルローズの水色の瞳《ひとみ》が、喜びの光を浮かべるのを誇《ほこ》らしく感じた。この笑顔《えがお》を浮かべさせたのは間違いなく私なのだ。

ざっとエルローズの全身を見て、怪我《けが》が無いかを確かめる。胸元《むなもと》が破れているのが気になったが、彼女は服の破れなど気にも留めず、アランの縄《なわ》を解こうと必死になっていた。

「アラン、もう大丈夫《だいじょうぶ》よ、爺《じい》と先生が来てくれましたもの」

「……エルが無事でなによりだ」

「まあ、わたくしを心配してくださるのはギリム先生と爺くらいですわ」

ほほほと笑い声を上げて、エルローズがアランの縄を解いた。

「———姉さまっ！　僕《ぼく》にかまわず逃《に》げてくださいと言ったじゃないですか！」

自由になった手で猿轡《さるぐつわ》をむしり取り、アランが叫《さけ》ぶ。

それにきょとんと目を見開いたエルローズが、瞬《まばた》きした後、ふんわりと微笑んだ。

「まあ、アラン。わたくしアランを置いて逃げる気などありませんわよ？　下手な男に貴方《あなた》を攫《さら》われてたまるものですか！」

どうやら姉を逃がそうと弟は奮起したようだが、姉は自ら男達の下に向かったようだ。アランは「そうじゃない」と唸《うな》りながら、エルローズに言い募る。

「あいつら、僕を囮《おとり》にして姉さまを誘《おび》き寄せるつもりだったんですよ？　僕は爺やを呼んで来てとお願いしたでしょう？」

「それはアランがかわ……コホン、優秀だから、彼らも必死だったのよ。わたくしは単なるおまけね」

――処置なし。

私はアランに向き直ると、噛《か》んで含めるように言い聞かせた。

「……アラン、諦めて精進《しょうじん》しなさい。この子は君が危険な目に遭《あ》えば、後先考えずに突っ込むぞ。取り返しがつかなくなる前に、君が強くなりなさい」

「まあ、ギリム先生ったら。弟を守るのは姉の当然の役目ですわよ？」

この子は自分の価値に全然、まったく、これっぽっちも気付いていない。

「……エル。君に男の劣情《れつじょう》についてもう少し講義しておく必要があるようだ」

「まあぁ。わたくし、男性生理は良ぉくわかっておりますわよ？」

……良くわかっていないことが判明した。

魔界植物群の中から凶悪《きょうあく》なやつを選び出し、捕獲《ほかく》改造することを実行しよう。

性衝動《しょうどう》に反応する個体があったはずだ。反射的に敵を撃退《げきたい》する物じゃないと、この姉弟は守りきれない。それどころか、弟を捕獲すれば、ほいほいと捕まる姉が相手だ。

考え込んでいた私の耳に、エルローズの嬉しそうな声が届いた。

「ギリム先生は、いつも一番にわたくしの心配をしてくださるのですね。先生の魔法陣と護符《ごふ》があるから、わたくしもこうして無茶《むちゃ》が出来るのです。先生には本当に感謝しているのです」

その笑顔に、腹の底から喜びが湧《わ》き上がる。

「ギリム先生？」

「……いや。危ない事はするな、エル。心配でたまらなかった」

この気持ちは一体なんなのだろう。

この少女を見ていると湧き起こる感情の渦《うず》に名前を付けられなくて、私は今日も悩《なや》むのだ。


アクラウス家の当主夫妻は巧妙《こうみょう》に法を掻《か》い潜《くぐ》っていた。違法《いほう》薬物の売買も、人身売買に手を出している事も、国の中枢《ちゅうすう》に食い込んで、権力を手に入れようと動いている事も分かっていたが、証拠《しょうこ》を残さない。

隠された証拠をかき集め、出さぬ尻尾《しっぽ》を掴み取ろうとする毎日。

だが私達は影《かげ》に徹《てっ》していた為《ため》、表立って行動することは無かった。

だから少女も、その弟も、私たちが裏付け捜査《そうさ》を行っていたことは知らない。

だが少女は自分の両親の仕出かした事件を、包み隠さず明らかにすることを選んだ。貴族としての誇りが、肉親の情を上回ったのか、国を脅《おびや》かす罪人として両親を告発したのだ。

それでも貴族籍《せき》を離れるとは思わなかった。

両親を追いやっても、アクラウス家がアクラウス家であるからこそ、貴族位に残るだろうと思っていた。だから姉弟の後見人になるべく、陛下に打診をしていたのだ。

そうだ、私だけではなく救いの手はいくつもあった。

最たるものは少女の伯父《おじ》である陛下で、少女の弟であるアランだ。

前者に縋《すが》れば先の未来まで安泰だ。後者に頼れば家の存続など容易《たやす》いだろう。

けれども彼女は、実の両親を獄《ごく》に繋《つな》ぎ、周りで騒《さわ》ぐアクラウスに連なる者共を炙《あぶ》り出し、諸《もろ》共《とも》に滅《ほろ》ぶことを選んだ。

その潔《いさぎよ》いまでの姿に、身の奥《おく》が震えたのだ。

たった十三の少女に、頭《こうべ》を垂れたくなるほどの尊敬を抱《いだ》いたのだ。

大切な守ってあげたかった少女は、その瞬間から尊敬し心をささげる女性となった。

彼女との繋がりを断ちたくなかった。けれど、家庭教師という繋がりは脆弱《ぜいじゃく》に過ぎた。こんなことになるのなら、もっと早く素性《すじょう》を明かして、協力するべきだった。

王城で暮らすのだろうと思っていた彼女が、マルクすら振《ふ》り切って、男子禁制の修道院へ駆け込むとは思ってもいなかったのだ。

だが、これでようやく素顔《すがお》をさらして彼女の前に立てる。

世の女性が絶賛するこの顔に、エルローズもまた頬《ほお》を染めてくれるのではないのかと、自惚《うぬぼ》れていた。

……現実は実に事務的な、家政婦の勤務内容についての会話に終止しただけだった。

それではマリウスの方が、好みなのかとそちらを見ても、事務的な会話に変化は無い。

人界に身を置いて幾星霜。

まさかこの私が、為《な》す術《すべ》もなく立ちすくむことになろうとは。

けれどそれも仕方がないことだ。まさか自分自身に妬《や》く日が来ようとは思ってもいなかったのだから!

マリウスよりは遥《はる》かにましだが、エルローズの心における『ギリム』の占《し》める割合の強さに目眩《めまい》がする。

だが、ギリムの正体をさらせばそれで、話は終わると思っていた。

エルローズの思いは私のもので、私の思いはエルローズのものだ。だから、謝って、許してもらえたら、手を取り合って先の未来を歩もうと、思っていたのに。

——まるで、今生《こんじょう》の別れのような面持《おもも》ちで、泣かれてしまった。

その涙《なみだ》さえギリムに捧《ささ》げられた物だと思うと、妬いていいのか誇っていいのか、判らない。

両思いのはずなのに、どうして彼女は私から逃げるのだろう。

追いかけて問い詰めたいと思ったのに、ディクサム公爵《こうしやく》夫人に止められて、それもできない。

恋の前に私はどうしようもなく、無力だった。

大切にしたい女の、涙さえ止められない。何が賢者《けんじゃ》だ、笑わせる。
けれども私は、もう君を諦める事が出来ないのだ。何度でも跪《ひざまず》いて、君の愛を乞《こ》おう。
エルローズ、君を愛している。

黒薔薇姫の三年間

高原のさわやかな風。

小川のせせらぎ。

緑の香《かお》りに乗って、耳に届くは小鳥のさえずり、朝の挨拶《あいさつ》――――。

「しゃぎゃぎゃぎゃぎゃぎゃっぎゃがっ！」

……今朝《けさ》も絶好調ですわね、ガーベラちゃん。

ごきげんよう、皆様《みなさま》。おかわりございませんか？

エルローズでございます。

ここ、エルフの里に参りまして、早三年の月日が経《た》ちました。

早すぎる黒薔薇の死は、わたくしが平穏《へいおん》な終焉《しゅうえん》を迎《むか》える為だと判っております。アランたんが心配でしたが、こっそり、爺を頼《たの》みにお守りを送り届けたりしたので、誤解は解けたと思っております。恋愛成就《れんあいじょうじゅ》のお守り、役に立ってるといいな。

ただ目くるめくラブの毎日を近場で見れないこのジレンマを、エルフの里の食の改善にぶつけることで解消しようと奔走《ほんそう》しました。

ええ、エルフの里は、とてものどかでしたよ。

明日にもあれな顔でダブルピースエンドかとガクブルしていたあの頃《ころ》が、夢のようです。

もう悪の華《はな》となる未来は無いのですから、思う存分異世界生活満喫《まんきつ》中です。

そしてこんにちは、明るい農村。

初めは警戒《けいかい》して寄ってこなかったエルフ族の皆様も、三年も経てば笑顔で接していただけるようになりました。

師よ、胃袋《いぶくろ》確保は戦略的に有効です。

この三年、必死でエルフの皆様のお口に合う物を考え続けました。

ここを放り出されたら死にますもの、身寄りも無いし必死です。

取っ掛《か》かりはエルフ豆腐《どうふ》でしたが、やはりイリとトジャの混合炊飯《すいはん》を推《お》したい、わたくし。

頑張《がんば》りました。

一年目。

寒村でも収穫《しゅうかく》できるイリとトジャを、爺と一緒に栽培《さいばい》しました。同時にエルフ豆と海塩、エルフ秘蔵の酒酵母《こうぼ》でイリ麹《こうじ》をつくり、味噌《みそ》を仕込みました。さらに余念なく周辺を散策し、食用植物を探しました。竹やぶに突進《とっしん》し跳《は》ね返されたり、巨大《きょだい》むかごを発見し、いもづるに絡《から》まれてたらガーベラちゃんに助けられたり、座布団《ざぶとん》大の空飛ぶしいたけに追いかけられたり、なんと言う波瀾万丈《はらんばんじょう》、アウトドアな日々。

二年目。

イリ米炊飯技術の普及《ふきゅう》に努め、トジャ餅《もち》の製造に成功し、普及に邁進《まいしん》するかたわら、新種食用植物の捕獲術を試行錯誤しました。明け方に竹が寝静まった頃ならばたけのこが掘れるとわかったのも、巨大むかごを物理で弾《はじ》き落としてからなら、自然薯《じねんじょ》掘り放題とわかったのも、空飛ぶしいたけだって、軸《じく》を切り離せば大人しくなると判ったのも、この頃《ころ》でした。

三年目。

安定して豆腐を作れるようになり、エルフの里に豆腐文化が花ひらき、精進料理の形が出来上がりました。エルフの皆様が、どこか遠い所を見つめながら、無知って怖《こわ》いと呟いておりましたが、たけのこの美味しさや、自然薯の底力、座布団から団扇《うちわ》大の大きさになった肉厚の干ししいたけの美味しさに、打ちのめされておりました。

美味《うま》かろう、そうだろう。

丹精《たんせい》込めた味噌のできに舞《ま》い上がり、イリ米を炊《た》いて味噌を塗《ぬ》り、焼きおにぎりを作ったあの日を思い出します。

せっかく火をおこしたのだからと、朝掘りのたけのこに、味噌を塗り炙《あぶ》ったり、しいたけもどきに味噌を塗って炙ったり、自然薯もどきに味噌を塗って炙ったり、翡翠《ひすい》色の厚揚《あつあ》げに味噌を塗って炙ったり。

ううう、うーまーいーぞー！　と叫んだあの日。

ご近所巻き込んでの即席《そくせき》バーベキュー大会があったから、今があるのです。

トジャは前世で言うもち米のようでしたので、蒸して搗《つ》いて餅にしました。

前世のわたくしでしたらこのままでもオッケーです。むしろ、つきたての餅に醤油《しょうゆ》と海苔《のり》で挑《いど》みたい所ですが、いかんせん、こちらの世界では未知の食材です。醤油なんかありません。あるのは岩塩、香り油、香辛料《こうしんりょう》です。

ですのでわたくし、ついた餅を薄《うす》く伸《の》ばして干しました。軽く炙って食べられる、冬の間の保存食の出来上がりです。

炙りたてに塩と香辛料を振って提供したら、あっという間に里に広まりました。ちなみに爺は揚《あ》げて塩を振るのが好みのようです。

味もさる事ながら、保存が利《き》くということで二年目からは里をあげて、イリとトジャの栽培に乗り出してくれました。

ですがこれで満足する黒薔薇ではありません。日本食の底力を照覧あれ！

干しあがった餅をいくらか頂いて、細かく砕《くだ》いて、塩と一緒に乾煎《からい》りします。

乾煎りすると、干し餅に若干《じゃっかん》残っていた水分のせいで、みごとぷっくりと膨《ふく》らんで、『おこし』になります。それをこちらの世界の花蜜糖《かみっとう》と言う水あめで固めます。

『雷《かみなり》おこし』の出来上がりですね。『雷おこし』のようにそのまま食べてもおいしいですが、わたくしはさらに、手を加えます。エルフ豆を乾煎りして挽《ひ》いた翡翠色のきなこと、花蜜糖を混ぜ、練り上げて薄く伸ばした皮で『雷おこし』を、海苔巻きのように巻きました。翡翠色のきなこをまぶして出来上がりです。

前世、大好きだったお菓子《かし》『五家宝』です。

本来なら圧力をかけてもち米を膨らませるのですが、そんな機械はありませんので、なんちやって五家宝ですが、ほんのりとした甘味《あまみ》と言い、鮮《あざ》やかな翡翠色と言い、雲上人にお出ししても恥ずかしくない一品だと確信しております。

エルフの里長《さとおさ》に、完成品を献上《けんじょう》したら、たいそうお気《き》に召《め》してくださって、日を置かずに求めにいらっしゃいます。

実際、目を離した隙《すき》に、雲上人が食べてます、し……。

「……まあ、おじいさま！」

難しい顔をして、ひと口サイズの五家宝をひょいひょいと口に入れていく、おじいさまの姿に呆《あき》れました。

エルフの里に着いて一番驚《おどろ》いた事は、やはりおじいさま――先代国王陛下の存在でしょう。

エルフの里の相談役みたいな役職についているらしく、人間との折衝一切《せっしょういっさい》を引き受けているようです。

どうりでおじいさまが城にいる日が両手で数えるだけのはずですわ。

指先についたきなこを舌先で舐《な》め取るその姿からは感じることはできませんが、歴戦の勇者であり、賢王と名高かったおじいさまは、エルフの里長であるおばあさまと仲が良いようです。

エルフの里にお世話になるようになってから、没落《ぼつらく》前に確かにあった、おじいさまとの隔《へだ》たりが、なくなったような気がします。こんなに気軽に声をかけられる方ではなかったのですが。

まあ、それも、わたくしが豚の娘《むすめ》だったから仕方のないことなのでしょう。

「あーっ！　わ、わしが頼んでおいたゴカホウ喰《く》いおったなーっ！」

「わしの孫が作ってくれたゴカホウだぞ。わしが食わんで何とする」

「わしが息子《むすこ》の為に作ってくれとわざわざ頼んだんじゃー！」

「……ふん」

……ほんと、里長と仲がよろしいですこと……。

「長様、数は充分ございますので、大丈夫ですわ」

「すまんのう、エルローズ。息子が里帰りするのは一世紀ぶりで、舞い上がっておったよ。ぜひあの子にも食べて欲しいと思っての。ほんに、これは、うまいもん」

百年ぶりの里帰りですか。エルフぱねぇ。

……そんなことを思いながら、表面上はにこやかに、爺を呼びました。

「爺、お二人を客間へご案内してさしあげて？」

「ええ、お二方どうぞこちらへ」

にっこり笑顔の爺が黒い。なんでしょう、寒気が。

「さあさあ、こちらへ（何度言えば正面から入ってくださるのですか。厨房《ちゅうぼう》の入り口は玄関ではありませんとあれほど言いましたのに）」

「う、む」

「むむむ」

にこやかな冷爺に首根っこを掴《つか》まれたおじいさまと、青い顔の里長様を見送って、お茶の準備をしました。

ワゴンにお茶のセットを載せて、客間へ向かいます。

「お待たせいたしました。粗茶でございます」

――この北方辺境にも、夏の風が届く季節になりました。

今日は前々から研究していた、小豆《あずき》もどきと、寒天を使った水菓子です。

木桶に氷水を張り、そこに差した細い竹ごとお出しすると、案の定お二人が固まりました。

「……エルローズ、すまんかった。次はちゃんと玄関から入る」

「うむ、なんかすまん」

すかさず謝る二人に、思わず笑ってしまいました。

「まあ、ほほほ。これは新作のお菓子ですわ。おじいさま、長様。……爺、お皿を」

「はい。お嬢様《じょうさま》」

「『菓子？ これがか？』」

薄い皿の上で、細竹をかまえ、細い錐《きり》で節に穴を開けます。

先端《せんたん》からつるりと出てきたのは、鮮やかな朱色の細長い円柱状のものでした。

「おお！ なんぞ、出て来おったっ！」

「水羊羹《みずようかん》と申します。こうして竹筒に入れておけば、形も崩れませんし、何より楽しいと思いませんか？」

「うむ。確かに楽しいのう！ わしもやってみたいぞ」

こちらの世界の小豆は赤かったので、違和感がありますが、食紅《しょくべに》入れる手間が省けたと思えば御の字です。色さえ気にしなければ、味も食感も小豆ですし、何よりおいしいのですから。

「アルンの種を砂糖で煮て、布でこしとって、海藻を煮溶かしたものとあわせて冷やして作りましたの」

「……なんと、この間持ち帰った海藻がこうなったのか」

「はい。おじいさまのおかげで、お菓子の種類が増えました。おじいさまに一番に味見していただきたくて、作っておりました。お出しできて嬉しいです」

フットワークの軽いおじいさまのおかげで、結構な量の海塩といろんな海草が手に入りました。

地元の民すら見向きもしない海藻らしく、ずいぶん不思議がられたらしいのですが、その分研究のし甲斐《がい》がありました。

「うむ、これはうまいの！　エルローズ殿《どの》は、まこと食聖じゃ。遠慮せずに嫁に来い！」

「ぼけたか」

「なにおう！」

おじいさまと長の漫才《まんざい》に、ほっこりしながら席につき、わたくしも懐かしいお菓子を頂きます。ん、甘すぎず、舌触りも完璧《かんぺき》ですね。

しばらく水羊羹を堪能し、お茶を頂いてほっとしていると、おじいさまがわたくしを見ました。

「……エルローズ、帰還の打診《だしん》があった」

「まあ、またですの」

一年目が終わりに近づいた頃から毎月毎月、何度も城から帰還命令書が届くもんだから、いい加減厭《あ》きました。

都合三年って言ったんだから、三年くらい我慢して欲しかったよ、伯父上さま。

でもそこは品行方正な黒薔薇。

お断りの手紙だけじゃ失礼だろうと、返事をしたためるたびに、新作のお菓子や、新しい刺繍を施したお守りなんかを返事とともに送り届けてもらいました。軽い引越《ひっこ》し並みの荷物でした。

無駄足《むだあし》にはならないと思うけど、宅配便扱《あつか》いしてすまん、憲兵様。

こっそり、アランたんへの私信も入れておいたので、陛下の手紙はあまり邪険《じゃけん》に出来ないのです。

帰還かぁ……。と、お茶を押し頂きながら、視線をさまよわせた。

「……確かに三年経ちましたわね、おじいさま」

「……あ、あー、そ、そうだな」

なんだか歯切れが悪いね、おじいさま。

「一度、お城に顔を出した方がいいのでしょうか？　ですが没落して家籍もないわたくしが、すんなりと入城できるとは思えないのです」

城のセキュリティはざるではないと思います。それに、没落した家の娘を王城に呼んじゃまずいんじゃないの？

「それに関してはマルクがいるから大丈夫だ」

「……そうですの」

本当に爺って何者ですの。黒薔薇を凌《しの》ぐチート臭を感じます。

「だが確かに頃合だ。これ以上引き伸ばすとうるさい奴《やつ》らが実力行使に出るだろう」

「はあ」

「特にあの二人にはまだまだ周辺を威嚇《いかく》していて欲しいからな。幸い隣国《りんごく》王城にとても綺麗な花が咲いたというし……」

「……はぁ」

隣国王城に花が咲いたのが周辺諸国のトップニュースになるんですか。日本並みの和《なご》やかさですね。

でも平和なのはいい事です。

たとえそれが永遠の平和ではなく、一地域のホンの数十年の平和だとしても、本編で描かれていたような、血で血を洗う戦いなんか見たくない。開戦の当事者になるのも真っ平ごめんです。

全世界に平和をなんて、おこがましい願いは抱きません。

ただ、せめてわたくしが知る親しい人たちが戦場へ出ることの無い、穏やかな時間を願わずにいられないのです。

そんな事を考えていたら、お茶のお代わりを準備しに下がっていた爺が、足早に戻《もど》ってきました。

「あるじさま、里の境界線に憲兵が現れました」

「やれやれ、とうとう痺《しび》れを切らしたか」

硬い表情で頷きあうおじいさまと爺の姿に、わたくしは逃れられない楔《くさび》のような物を感じたのです。

「……なぜ、そうまでして伯父上はわたくしを連れ帰ろうとなさるのでしょう……」

わたくしに価値など無い事は、ご存知のはずなのに。

「エルローズ？」

折れたはずの腹ぼてエンドフラグが、折れてなかったのかと、わたくしは今更《いまさら》ながら、本編の強制力に慄《おのの》いたのです。

「おじいさま。何度も足を運んでいただくのも、使者の方の負担ですわね。わたくし準備してまいりますわ」

ですが本編のようなバッドエンドは無いはずです。だからそんなに恐れることは無いのだと、自分に言い聞かせても腕のふるえは止まりません。

客間から廊下《ろうか》へ出て、自室として使っている部屋へ向かおうとした時、玄関扉《とびら》がノックされました。

通常、この屋敷にはリム導師監修《かんしゅう》の不《ふ》審者排除《しんしゃはいじょ》の魔法がかかっております。

スルーパスされるのは、おじいさま、長様、爺と、ご近所で懇意《こんい》にさせていただいてるお嬢様や奥様方《おくさま》です。それ以外の方は敷地内へ入ることが出来ません。すなわち玄関の扉をノックする事が出来るのは、危険人物ではないということです。

しかも番犬ガーベラちゃんが微動だにしません。

おじいさまと長様はここにいるので、最近始めた料理教室の生徒さんか、お菓子の注文でしょう。

「はい、ただいま」

だからわたくしは、ためらいもなく扉を開けたのです。

訪問客の顔を確認《かくにん》する前に、がっしりした胸板に迎え入れられるなど、思ってもいませんでした。

「ああ、エル、会いたかった……」

頭のてっぺんから、腰骨《こしぼね》直撃のエロボイスが降《ふ》ってきました。ぎゅううううっと抱きしめられて、息が出来ません。

「離せリム。ローズが潰れる」

ベリッと剥がされ、次もまた硬い胸板に視界を遮られました。これまたぎゅうぎゅうと抱きしめられて、命の危機を感じます。

しかし、この声には聞き覚えがあります。なんでリム導師とマリウス医師がいるのでしょう。

ふがふがしながら、胸板から顔を離《はな》そうと奮闘《ふんとう》していると、呆れたような声がさらにかかりました。

「マリウス、会いたかったのはお前達だけではないぞ。さっさと離せ」

「先生方、それ以上は僕が許しません」

「離してください。おそらく息が出来てない」

低い、耳に心地よい男の人の声でした。でもこちらは、聞き覚えがありません。

かろうじて緩んだ腕の中で、顔を精一杯《せいいっぱい》あげて、声のした方を見ました。精悍《せいかん》な面立《おもだ》ちの青年達が立っています。

年の頃は二十代前半でしょうか。

「やれやれ、久しぶりなのも、会いたかったのも、私達だけとはつれないな」

「こんな辺鄙《へんぴ》な所に引っ込んで、年に数回の手紙だけなんて！」

「生きていると知ってはいても、怪我でもしているんじゃないかと心配していたんだぞ。本当にお前は、悪い女だ」

ええと、見知らぬ男性に威圧されているのに、胸に迫る罪悪感は何でしょうか。

ただひとつ、言わせてもらいたい事があります。

「――だれやねん（どちらさまですの？）」

あ。

本音と建前、間違《まちが》えた――っ！

ど、どうしましょう。

ぽろっと、つるっと、本音が出てしまいました。この凍《こお》りついた場の空気を、誰《だれ》か、助けて、どうにかして。

この三年の気の緩みを思い知ってしまった黒薔薇です。遠く微《かす》かにぐったりだらける猫が見える。黒薔薇の阿呆《あほう》ーっ。

リム導師とマリウス医師は相変わらずお美しいお姿のまま、笑い転げています。眼福。

ですが彼《かれ》らの隣《となり》で、カチンと固まっている三名様。

背の高いパツ金ノーブルな青の瞳の青年二人と、同じくすらりとした黒髪《くろかみ》青瞳の青年に見覚えはありません。

ありませんが先ほどの言動で、初対面ではないと確信しました。これは大変まずい事態です。

貴族身分の貴《とうと》い方のお顔をド忘れするなんて。

彼らはリム導師とマリウス医師に同行できるのですから、王城でも優秀《ゆうしゅう》なのは明白です。

さらに王族特化の稀《け》有《う》な色彩を持つ男性がふたりもいます。

王城、すなわち陛下からおじいさまへの正式な使者と見ました。

おじいさまに取り次ぐ前に、わたくしはこの失態を回収しなければなりません。

わたくしの失態＝エルフの里の慢心と取られては一大事です。

平穏一番、これ大事！

さあ！　本領発揮の時間ですよ、猫！

卍解《ばんかい》、おっとと挽回、しますわよっ！

居住まいを正して、彼らの前に立ちます。頭の天辺《てっぺん》からつま先まで、全身に力を込める。

ゆっくりと裾《すそ》をさばいて腰を落とし、淑女《しゅくじょ》の礼をとりました。

「遠路お越しくださいました使者様方に、ご無礼を致《いた》しました。本来ならば御名をかかげ、来訪に対する御礼を込めてご挨拶せねばならない所、まことに非才なるこの身の蒙昧《もうまい》さか、御使者の方々のご尊名を失念してしまいました。何と礼儀《れいぎ》知らずな事かと、このエルローズ、恥《は》じ入るばかりにございます」

心して、はかな〜く映るように、繰り返し練習した角度で一礼して、ゆっくりと顔を上げていく。

「使者様方、無礼を承知でお願いいたします。ご尊名を伺《うかが》いたく願います」

せいそ〜で、はかなげ〜で、毒なんか持ってないよ、無害だよ〜ってところを見せながら、実はぐいぐい意見を通す。これが正しい貴族淑女のありようです。淑女（笑）の申し出に、騎《き》士《し》ならば否とは言えまい。さあ、吐け。

だけど、真ん中のえらそうな青年が、目を真ん丸く見開いて、わたくしをまじまじと見るのです。

あ、溜息ついた。その肩《かた》をすくめて「はあ、やれやれ」って仕草、腹が立つんだけど。いやいや、怒っちゃだめ。わたくしは淑女。わたくしは淑女。

笑顔の仮面の裏では大慌てで、膨大な本編知識や丸暗記した貴族名鑑を掘り返していた。分厚いページをめくるように、記憶を探る。

こいつではない。こいつでもない。だいたいこんな稀有な色彩持つ男性なんて、陛下と殿下《でんか》とアランたん以外にいたっけ？

従弟殿下《いとこでんか》が産まれた時、これでようやく、完璧な王族特化がふたりになったと貴族連中が騒いでいたよね。聞き間違いだったかな？

それに、この美貌《びぼう》。

腐女子の皆様にロックオンされて、同人誌上でカップリングされててもおかしくないよ。なのに同人誌の記憶にも残ってないなんて、黒薔薇も落ちたものね。

何度思い返しても、思い当たる人物に行き着かない。

とうとう途方《とほう》に暮れて彼らを見上げてしまいました。

わたくしに向かって三人で立つ彼らのうち、右隣側の金髪《きんぱつ》青年が、泣きそうな顔でわたくしを見つめているのに気付いて、ぎくりとした。

思わず速攻ひれ伏して、お詫びしたくなるくらい、悲しそうな顔だ。黒薔薇としたことが罪悪感に苛《さいな》まれるなんて！

だけど縋るようなその目を見ると罪悪感しか湧いてこないのだ。そのうち、その眼差《まなざ》しを見ていると、なんだか見覚えがあるような気がしてきた。

そうだ、あれは、あの最後の日。王城の門でアトーフェに帰るわたくしを追いかけてきたアランたんの眼差しに、良く似ている。

なんだか、胸がどくどく言い始めて、さらに膝《ひざ》ががくがくしてきた。

あ、あれ？

尊大な雰囲気《ふんいき》の金髪青年を真ん中に挟んで、左隣側の黒髪美形が、わたくしを見つめて苦笑している。この構図、どっかで見なかった？

黒髪の青年の優しげで涼やかな眼差しに、不意に心の奥底《おくそこ》をひっかかれた。

侮蔑《ぶべつ》に満ちた剣呑《けんのん》な眼差しに貫かれて息絶えるのも一興と思ったこともあった。従弟《いとこ》やアランにむける信頼《しんらい》の眼差しを、わたくしにもと望んだ事もあった。それは望むべくもない、妄想《もうそう》にしか過ぎない戯言《たわごと》と、知っていながらわたくしは——。

……おかしいな、一体いつそんなことを考えたのだろう。

三者三様の美貌を誇る青年たちを見つめていると、不意に記憶《きおく》があいまいになる自分がいました。

そして、彼らを見ていると、懐かしい少年達《しょたっこ》の姿と重なるのです。

ですが、そんなはずありません。

ありませんのに、真ん中の青年がいたずらに成功した少年のように笑うのです。

その、してやったりの笑顔、ものすごーく見覚えがある。

「いい加減、気付け。……従姉殿《いとこどの》」

「……まさか、まさか、ガ、ガイル殿下、ですの？」

そんなまさかの思いもむなしく、わたくしの言葉に満足したのか、横暴俺様《おれさま》系・金髪碧眼《へきがん》の青年は大きく頷き、笑いました。

わたくしはその笑顔に大きくよろめき、傍《かたわ》らの金髪青年を見上げました。

「……で、では、あなたまさか……アラン？」

「ええ。姉さま」

金髪碧眼の正統王子様系、金髪青年に視線を合わせると、蕩《とろ》けるような笑顔で肯定《こうてい》されました。

「で、では……」

がくがくと人形のように顔を動かして、残る黒髪の青年を見上げると、わたくしが問いかける前に、青年が口を開きました。

「クルトです。エルローズ殿」

本編ですら滅多に見られなかった（オリンピックか彗星《すいせい》並みと言われてた）レア級のクルト様の満面の笑みが目前で炸裂しました。

くらりと、めまいがしました。

わたくしは前世で読みふけった本編全十二巻の内容を思い返しました。

主人公アランの壮大な下克上の物語は、アランたんが五歳から十六歳までの、ほんの十年間のお話です。

十六歳以降のお話は、なかったのです――――。

＊＊＊

衝撃《しょうげき》の事実に、機能停止した頭を気合で動かし、ギクシャクする身体を無理やり動かして、アランたんに向かい合いました。呆《ほう》けてる場合じゃないぞ、黒薔薇。

「あ、あの、アラン。わたくし、なにがなにやら……」

「姉さま、陛下から先日、二十歳《さい》の祝いに子爵位《ししゃくい》を賜《たまわ》りました。姉さまがいつ戻られても大丈夫なように、屋敷《やしき》も整えてあります。もうおひとりで苦労などさせません。一緒《いっしょ》に、家に帰りましょう？」

にっこり笑顔のアランたんに、初《しょ》っ端《ぱな》からかまされました。お姉ちゃんはよろっよろです。

八歳だったかわゆい弟が、三年後いきなり二十歳になってました。

わ、わたくし、十六になったばかりなんですが。

どういうことだと目を白黒させていると、推定従弟殿下がにいっと笑った。怖っ。

「お前が王城から消えて、もうすぐ十二年になるぞ」

「で、殿下、殿下は……」

「私か。私は二十二になる」

意地悪く微笑《ほほえ》んだ従弟殿下の言葉に真っ青になった。

じゅっ、十二年、だ、と……！

そして今更ながらの前世知識が、エルフの里の不思議をずらずらと並べていったのです。

あ。ああ……あああっ！

北方辺境、陸の孤島、前人未到の秘境。ひとたび立ち入れば、同じ時を共有する事あらず
――。現実に立ち返れば、夢と成り果てる桃源郷、それがエルフの里。

浦島太郎みたいだと、読んで思ったのは、誰だ。

『わたし』だ！

ニヤニヤと人の悪い笑みをこぼしながら、殿下がわたくしを見下ろしてくる。

くっそ、三年前は見下ろしてたのに！　まだまだわたくしのほうが大きいと思っていたのに！

「変わらないな、従姉殿。ふふん、そうだな、これからは特別に『おにいさま』と呼ばせてやろう」

だ　れ　が　よ　ぶ　か　！

「お……ほほほ、ご遠慮いたします。恐れ多くて震《ふる》えが止まりませんもの」

怒《いか》りでな！

「まあ遠慮するな。私だって妹がもう一人増えたみたいで嬉《うれ》しい。ルナマリアもお前に会いたがっているぞ」

「……まあ、妹姫《いもうとひめ》がお生まれになったんですか」

「ああ、もうじき十二歳だ」

ミニチュア版従弟殿下を女装させて、しなをつくり従妹姫を想像していると、改めて懐かし

い声がかかった。

「エル。迎えに来るのが遅くなってしまった、許してくれるだろうか」

さっき聞いたばかりなのに、深く染み入るエロい声に、また心が動かされる。

「エルを迎えるに当たって懸念は残せないと国内に残る残存勢力や、隣国の悪党まで軒並《のきな》み解体していたら、存外時間がかかってしまった。けれど、もう君を指して、アクラウス家の一の姫と貶《おとし》める輩《やから》はいない」

記憶の中のあの人と、寸分違《たが》わぬ声の持ち主。当たり前ですね、同一人物ですもの。

「そうだね。この十二年、ローズを忘れたことはなかった。この一手が君を守る為のものだと信じて布石を打ってきた。ハーフエルフである私にとっても、この月日は長かったよ」

マリウス医師がリム導師に頷き返す。

「エル、さびしくはなかったかい？　里は楽しめたかな？　里長はわがままだったろう？」

「ずいぶんと活躍《かつやく》したそうじゃないか。伝え聞きではない、君の話を聞きたい」

艶《あで》やかに笑う二人の後ろに、あの方を探さずにはいられないのです。

少し猫背で、何の変哲もない茶髪《ちゃぱつ》の背の高い――幻だと知っているのに。

「おおギリム。帰ったのか」

わたくしは、はっと屋敷を振《ふ》り返りました。その名前は、もういないあの方の名前のはずです。

その名前を呼んだ人は、声からするに里長の可愛《かわい》らしいおばあちゃんのはずなんですが、振

り返り見たその人は、身長といいスタイルといい、まるで前世で言う所のトップモデルのようなゴージャス美女でした。

「（だれやねん、ふたたびぃっ！）あ、あの？　え、長様……ですよね？」

「うむ」

「母上」

は、母――――っ。

驚くわたくしを尻目《しりめ》に、母子二人は微笑みあいました。

「一世紀ぶりかのぅ、親不孝なやつめ」

「フフ。私がいないほうが、母上も身軽でしょう？　海岸沿いの村まで一緒に旅したそうじゃないですか」

「人間は短い時間で輝こうとするからのぅ。友を、記憶に焼き付けておこうと思ったまでのことよ」

「……まだ友人扱いから抜《ぬ》け出せないのですね」

「死者に敵《かな》う恋人《こいびと》などおらん。なれば、最高の友人となるが最上じゃ！　友ならば喧嘩《けんか》しても仲直りが出来る。男女の仲ならそうはいかん」

「そうとも限りませんよ」

顔を寄せ合って再会の挨拶を交わす二人に釘付《くぎづ》けです。わたくしは己《おの》が目玉が抜け落ちるかと思いました。

長い朱銀《しゅぎん》の髪、すっと通った顎《あご》、切れ長の青い瞳《ひとみ》、形の良い鼻に、厚ぼったい唇《くちびる》。女版リム導師がそこにおりました。男なら惚れずにいられない美貌の主です。

血の繋《つな》がりを確かに感じる二人ですが、あえて言いたい事がございます。

質量保存の法則、どこいった。

里長のおばあさまは、ちんまりとしたおばあさまだったのに、明らかに増えております。増し増しです。

特に胸部装甲のあたりなんか、わたくしも方法を伺いたい位の増え具合です！

「我慢できずにとうとう、迎えに来たか……」

「お……おじいさま！」

屋敷の中から、ゆったりと歩いて出てきたおじいさまと、その後ろに控えた爺《じい》の姿にわたくし、はっとしました。

そうです！　わたくし、おじいさまと爺を糾弾《きゅうだん》しなければなりません！

里長のおばあさまのメタモルフォーゼは、おじいさまが表に出ていらっしゃった瞬間《しゅんかん》解除されて、マスターヨー◯なお姿に戻ってました。

その使用前、使用後について、もろもろお尋《たず》ねしたい所ですが、今はとにかく。

「おじいさま、エルフの里と王都では時間の流れが違うって、なぜ教えてくれなかったのですか！」

「エルローズ」

「お嬢様」

「……あんまりです、おじいさま。あんまりです、爺。わたくし、貴重なアランたんの成長を、見守る事ができませんでした！」

「……たん？」

「たん……？」

「姉さま……！」

涙目《なみだめ》で彼らを見上げていると、アランたんの白皙《はくせき》の美貌に朱が走りました。

ああ……。

貴重な萌えの機会をふいにしてしまいました！

百花繚乱《ひゃつかりょうらん》の夜の戦いを見逃すなんて、黒薔薇、一生の不覚。

夜の賢者リム様の、納得の言葉攻めも。

人体の不思議を紐解《ひもと》くマリウス医師の魅惑の緊縛術も。

十年経って近衛《このえ》隊長になってるだろう、桃色《ももいろ》エロス隊員の安定のエロさも。

ナルだって女装癖がなければ理想の攻めです。つんつんつんのナルがデレる、あの瞬間が見たかったのに！

そして情熱と若さで支配する、王道俺様系ガイル殿下の毒舌羞恥《しゅうち》攻めかと思いきや、甘甘の王道攻め殺し。

ストイックに見えて夜はブイブイ、不言実行、言葉より身体で語るクルト様の、ねだるまで鳴かせる絶倫《ぜつりん》ぶりも、見る機会を失っちゃったじゃないか！

しかもアランたんたら、誠実を絵に描《か》いたような理想の王子様になっちゃって……。

まだ三年しか経ってないから、再会しても十一歳だと思っていたら、これだよ！

これはもう、羽化なんてもんじゃない。

王道王子様系、健気《けなげ》受けが、今や立派な戦う主人公だもの。

鍛《きた》え上げてるみたいだから、華奢《きゃしゃ》だった体つきもしっかりしてて、理想の攻め体形。

顔なんか、泣き顔映《は》える女顔だったのに、この十二年で精悍で凛々《りり》しい、洗練された男らしい顔つきになってしまって……。

お姉ちゃん的には、弟が立派になって嬉しいけど、複雑です。

べりきゅーで、ギガントかわゆすマイエンジェル。わたくしの癒《いや》しである、キングオブ総受けのアランたんが、いつの間にやら、攻め男子にジョブチェンジ。

……泣いて、いいですか。

＊＊＊

すべて（有機物であっても無機物であっても）に降りかかる平等とは、「時」であると認識《にんしき》しておりましたが、エルフの里だけは別物だったのを失念しておりました。

米飯無双してる場合じゃなかった。おいしかったけど。

お豆腐無双してる場合じゃなかった。おいしかったけど。

食材無双している間に、貴重なショタ萌えの時間が終わってました。

悲しい。

「そ、そんなに泣くなエルローズ。アランの成長を見守っていたかったのを分かってはいたのだが、情勢が」

「隣国の阿呆が攻めてきたりしたからのう。わしも止めたんじゃ。すまん、すまんの、ローズ」

申し訳なさそうなおじいさまと里長様の声に、我にかえりました。動揺している場合じゃない。

「し……失礼を致しました。みなさま、どうぞこちらへ。ただいまお茶の準備をしてまいります」

落ち着け。落ち着くんだ、黒薔薇《ばら》。

キッチンでお茶の準備を整えつつ、深呼吸をする。失った時間は戻りません、これ自明の理。失ったもE……こほん、ものは多々ありますが、終わり良ければすべて良しです。

アランたんが二十歳の青年になっていて、さらに陛下の覚え目出度《めでた》く貴族位を賜れたのは喜ばしい事です。が、反面わたくしにとってそれは死亡フラグ再びの恐怖《きょうふ》。

このお迎《むか》えの布陣《ふじん》を見るに、伯父上《おじうえ》様は本気でわたくしを連れ戻すおつもりなのでしょう。

……もしかして、貴重な王家に連なる娘と言う事で、血筋を売りにした政略結婚《けっこん》が計画されているのかもしれません。

農村で自由を満喫《まんきつ》していたわたくしにとって、王都は最早《もはや》監獄《かんごく》と同意語です。

ですが、わたくしは三年前、己に誓《ちか》ったのです。

必ずや、アレな顔でダブルピースを回避《かいひ》する事と、もうひとつ。

――いつか、本編を保身の為《ため》に引っ掻き回した責任を取るという事。

念願かなって没落した今、黒薔薇は、本来ならこの国の貴族として担《にな》わなければならない義務を全《まっと》うしなければなりません。それにはもちろん、政略結婚も含まれるでしょう。貴族子女なら当たり前、いわんや罪人の娘をやです。

嫁《とつ》いだ先で冷遇されようが、虐待されようが、獄中陵辱《りょうじょく》エンドよりははるかにマシです。

憂《うれ》いがあるとすればそれはアランたんの恋路《こいじ》だけでした。けれどもエルフの里のお迎えに、クルト様と一緒に来たと言う事は。

……ふたりの恋は順調とみなしてよいのでしょう。

わたくし如き悪党の心配など、彼らの恋の前には杞憂《きゆう》にすらならなかったのです。

そうよ。黒薔薇、こう考えれば良いのよ。

制服萌えの時間は終わっても、リーマン萌えがあるじゃないか。

職業騎士《きし》×魔法《まほう》騎士のカップルはさぞかし世のお嬢様方をハアハアさせたでしょう。クルト様、恋敵は多いでしょうが、末永くアランたんをお願いいたします。

さて、里長に借りたこの家には、小さいながらも貴族を迎えるに相応《ふさわ》しい貴賓室《きひんしつ》がございます。

おじいさまはもっぱらダイニングキッチンに出没するので滅多に使わないけど、従弟殿下が座ると納得の重厚さです。

間違っても重厚なこの部屋の、荘厳なテーブルで、干し餅《もち》作っちゃダメよねー。

そんな重厚な机の上座に、おじいさまと里長様が着き、長の隣にリム導師、マリウス医師が、おじいさまの左手に従弟とクルト様、アランたんが座りました。

それぞれにお茶とお菓子をお出しして、改めて、彼らを見つめました。

壮観です。

前国王陛下とエルフ族の長の無言の威圧感に匹敵する、何様俺様従弟様のふてぶてしさ。少しは謙虚《けんきょ》さを学ぶがいい。

三年前、おっと十二年前ですか？　と変わらない麗《うるわ》しの大賢者《けんじゃ》さまがゆったりと、戦うお医者さんは座っているだけで優美です。その存在感は半端《はんぱ》ありません。

さらに魅惑のツーショットで天国へと招待してくれるクルト様とアランたん。そこにいるだけで大輪の華《はな》を背景に咲かせる腐女子理想のカップルです。

なにこれ、まばゆい。

目覚めて見る天国なのか。吸い込む空気さえ芳香《ほうこう》高く華やいでいるよ。

「改めまして、ようこそお越しくださいました。殿下。リム導師、マリウス医師。クルト様。それから、アラン……。立派に、なりましたね。陛下に信頼されているようで安心しました。子爵位を賜るほど努力したのですね。わたくしはあなたが誇《ほこ》らしいわ」

おっとり優雅《ゆうが》を合言葉に、根性《こんじょう》で微笑みました。

アランたんのほっとしたような笑顔《えがお》に癒されます。

そこにいるだけで、奇跡のヒーリング効果。

苦労したんだろうに、それを欠片《かけら》も感じさせない姿に、お姉ちゃんは感激です。

でもね、プライスレスなその笑顔、間違っても変質者の前で披露《ひろう》したらだめよ。逞《たくま》しくなったとは言え、あなたの相手は海千山千の猛者《もさ》ばかりなんだから。いつ後ろを取られてアレな事になるか判《わか》らないのだから。

「……先ほどのあなたの申し出、本当に嬉しく存じます。ですが、アラン。わたくしはあの時、対外的に死亡を公表された死人なのです。あなたが思う以上に他領貴族の目は厳しいものです。わたくしがエルローズであると知られれば、罪人の娘を隠蔽《いんぺい》した罪に問われるかもしれません。また知られなくとも、痛くない腹を探られて、ありもしない王家への謀反《むほん》を疑われるやも知れません」

まずは正攻法で攻めてみた。正直、エルフの里の使節として、伯父上様に謁見《えっけん》することは出来るとしても、アクラウス家の生き残りだとばれたら大事だ。

「エル。それは杞憂と言うものだ。起こりもしないことを心配していては何も始まらないだろう?」

「リム導師、それはわたくしに近しい方だからこそのお言葉です。大概《たいがい》の人物はわたくしを知りませんが、わたくしが背負《せお》う家名はとても有名ですもの」

「ローズ。没落《ぼつらく》した家名を覚えている者もいるが、それを凌駕《りょうが》するほどにアランは良く働いたんだよ。誰も君たちを貶める事はできない」

「ええ。そのようですわね、マリウス医師。アランは自分の功績で爵位を得たのです。ならば何の功績もないわたくしが、成功したからと弟の下へ押《お》しかけていいはずもありませんわ」

……本音を言えば小姑《こじゅうと》になりたくないのよね。

グレイ子爵となったアランたんと、メイデン子爵・クルト様のひそかな逢瀬《おうせ》は、今もきっと続いているはずですから。

ラヴを邪魔《じゃま》する本編黒薔薇とは、一味違うのだよ。

……どっちが上かと悶《もだ》えはするけどな！

「ですが、このままだと姉さまの後見を争う者たちの騒動に巻き込まれてしまいます。どうか、僕《ぼく》の所へ来ると仰《おつしや》ってください」

がっと椅子《いす》を倒《たお》す勢いでアランたんが立ち上がった。その成長してもいじらしく、かわゆい必死な顔に、気合を入れて、はかなげ～に微笑《びしょう》を返す。

鼻息封印。血走るな、眼球。黒薔薇は萌えの為に身体を張ります。

「……その若さで子爵位を得たあなたは、これからもっと中央で活躍するでしょう。魔法《まほう》特性しかり、王族特化しかり。殿下の側《そば》で多忙な日々を送ることになるでしょう。良くお聞きなさい、アラン。以前もわたくしは言いましたね。わたくしはあなたの枷《かせ》になりたくないの。後見人の件だって、そんなに慌てなくても大丈夫《だいじょうぶ》よ。わたくしの後見人になろうとする奇特な方なんて、いないわ。そうね、伯父上様くらいかしら」

ふふ、と笑いながら言い切ったら、周りから、はあ～～と大きなため息を吐《つ》かれた。従弟《いとこ》はいつもの事ですが、リム導師やマリウス医師、おじいさまに里長様《さとおさ》までが、目を閉じて頭を振《ふ》っておいでです。

アランたんは右手で顔を押さえたまま固まってるし、クルト様は笑ってる。

……なんだか今世のクルト様って、笑い上戸ね？　レアなはずの笑顔が大盤振る舞いよ。

「従姉殿《どの》。お前まだ呆《ぼ》けてるんだな。いい加減その低すぎる自己評価を捨てろ」

従弟、失礼な。

「お前の後見人に名乗りを上げているのは、アラン・グレイだけではないぞ」

「そうだな。黒狐《くろぎつね》が手を挙げたと聞いておどろいたが、本当か、ガイル」

「本当です。お爺様。いいか、従姉殿。お前の後見に名乗りを上げた要人は、ここにいるリム導師、マリウス医師、アラン・グレイの他に、宰相《さいしょう》家であるイスラファン家、将軍職にあるジャスラーク家、さらにディクサム公爵《こうしゃく》家だ。ああ、もちろん、筆頭はドゥルーブル家当主であり、国王陛下である父上だがな」

「……な」

なんですと。

「子爵位拝命をアランの功績と言うのなら、今回の後見人達の名乗りはお前の功績だ。お前のお守りが紡《つむ》いだ縁なのだから」

「殿下？」

従弟殿の言葉に呆然《ぼうぜん》としていると、アランたんが殿下に食って掛かるように叫びました。

「姉さまの後見人は僕です！」

「……後見人に手を挙げている者のほかに、もっと厄介《やっかい》な奴らがいるだろう」

アランたんの声に、おじいさまがゆったりと茶を飲みながら呟《つぶや》きました。

「……ええ。まだ恥《はじ》知らずが我《わ》が国《くに》にいたことに愕然《がくぜん》としましたよ、お爺様。後見に名乗りを上げた者達の肩書きを見て、従姉殿との婚姻《こんいん》を、打診してきた馬鹿《ばか》者共の事ですね？」

従弟が目に剣呑な光を浮《う》かべながら、おじいさまに答えた。頭が真っ白になった状態で、おじいさまと従弟のやり取りを見ていた。

「まったく腹立たしいにも程《ほど》がある。恩着せがましい輩など、『後見人が誰であれ、血筋に難があるのは明白ですから、婚姻も難しいでしょう。もしよろしければ当家の次男と件《くだん》のシスター、縁を結ばせては如何《いかが》ですか』などと、父陛下に打診してきたそうですよ」

「……ほう。いったいどこの家の者だ？」

獰猛《どうもう》な眼差しを隠《かく》しもせず、おじいさまが従弟に尋ねた。

「あるじさま、ご心配なく。求婚者の釣書きは陛下に随時《ずいじ》送って頂いております。この私、自ら精査に精査を重ね、人品・病歴・性癖・借金額に至るまで暴いておりますので、あるじさまのお手を煩《わずら》わせることはございません。気がついた時には全てが終わっていることでしょう」

わたくしの背後に立った爺からも、おじいさま同様、冷気が漂ってきます。さ、寒い。なにこれ。いつもの様におじいさまの問いかけに答えているけど、耳に優しくない単語が聞こえた。

「じ、爺?」

人品、病歴はいいとして、性癖、借金って掘《ほ》り下げられたら逃《に》げ場がないじゃない。

特に趣味《しゅみ》嗜《し》好《こう》については、わたくしとてまっさら真っ白とは言えない、口に出せない業《ごう》があるのよ?

「お嬢様《じょうさま》、人柄《ひとがら》が第一ですので家柄は度外視しておりますが、輿《こし》入《い》れの暁《あかつき》には陛下より所領が下《か》賜《し》されますので、どうかご安心くださいませ。後見人の選定前の早い段階で送られて来ました釣書きの人物ですと、皆様《みなさま》お嬢様を心から敬愛し、誠心誠意お守りするとの誓約書まで付けてくださる、いずれも素《す》晴《ば》らしい方々ですので、安心なのですが、最近になって送られてくる釣書きの人物には、問題がありましてね。陛下もそれを心配なさっておいでのようで、私めに裏の裏まできっちり証拠《しょうこ》を取り、必ず公の場にて提示するようにとお言葉を頂いております」

「そ、そう? あまり危ない事はしてはだめよ、爺」

——良かった。

薄《うす》い本、手作りする前で良かった……!

爺のチート臭には気付いてたけど、素行調査までこなしているとは知らなかった。性癖まで掘り起こされたら、生きていけない。

マイスィートエンジェル・アランたんにばれたら、黒薔薇、生きてけない!

「なるほど、何度か屋敷に賊《ぞく》が侵入した形跡があったのは、マルクだったのか」

「ふうん、素行調査だったのか」

「陛下が、お二人はもしやロリコンと言う不治の病を発症していらっしゃるかもと疑っておられたので、性癖や痕跡《こんせき》を探《さぐ》っておりました」

「私はロリではない」

「ロリではないぞ。失礼な」

コンマ0秒の勢いで、リム導師とマリウス医師が爺に突っ込みました。

そりゃそうよね、ロリコンなんて不名誉なレッテル、いらないもの。でもどこをどう邪推《じゃすい》したら、このお二人がロリだなんて思われるの。伯父上様ったら。

「ええ。そのようでしたので安心致しました。それどころか数多《あまた》ある女性のお誘《さそ》いにも靡《なび》かず、この十二年まこと清貧な深窓の令嬢《れいじょう》のごとき性活に、陛下はもちろん私も感じ入るばかりでした。――筋金入り、と」

なんか、ためて来たよ。爺ったら、過保護なんだから。

「爺も伯父上様もお二人に失礼ですわ。こんなに素晴らしい先生方は、どこを探してもおりませんのに」

「――その抑圧された性欲がどこに向かっているかが問題なんです、姉さま」

「そうだな。一気に向かう先が彼女《かのじょ》一人では、危険だ」

「は？」

アランたんが結構毒舌だったのには驚《おど》きましたが、間髪いれずにクルト様が答えたのにも驚きました。息ぴったりー。

「……だからここまで来た。必ず守る」

「応援《おうえん》してますからね、先輩《せんぱい》」

あ、っちょ、クルト様とアランたんが見詰《みつ》め合って、分かり合って、すごく良い雰囲気。わたくしの灰色の脳細胞、仕事ですよ！　視神経からの情報を隅々《すみずみ》まで記録するのです。妄想の花を咲かすのを忘れちゃいけませんからね。

「……息子《むすこ》よ、おぬし、まだ嫁に承諾を得てなかったのか。わしてっきり、承諾を受けているものと」

「正式な求婚を行っているのですが、なかなか本気にしてくれなくて。ですが私の嫁は彼女だけです」

「……聞き捨てなりませんね、誰が誰の嫁ですか」

「なんじゃマリウス。きさまも妻問いのひとりなのか」

「……ええ。何度も手紙で求婚したのですが、本気にしてくれなくて困っているのです」

「どちらかと言うと父親、母親代わりでしたから、お嬢様には難しいでしょうね。特にマリウス様は」

「────マルク。抉《えぐ》らないでくれ」

右も左も鼻血もんの良い雰囲気。

だけどリム導師もマリウス医師も何を言ってるんだ。

それではまるで。

「まあ、ほほほ。まるで皆様、わたくしに求婚なさっているかのようですわね」

あ、いけね、ぽろっと。

引いてないかな。なに言ってんのよ、黒薔薇ったらー。

悪役回避してても、やっぱり培《つちか》ってきた悪の華は咲き誇るものなんだねぇ。

ほら、みんなあっけに取られてわたくしを見てる。やだな、ここ笑う所ですよ？

「……なにを今更《いまさら》、当たり前の事を言ってる。従姉殿」

「殿下？」

「この十二年……ああ、お前にとっては三年だったか、彼らは何度も書状で求婚してきたのだろう。いい加減焦《じ》らすのは止《や》めてやれ。だいたいここに来る人員選抜の激しさと言ったら……単騎でドラゴンの巣に殴り込みをかけたほうが、はるかにたやすいと言わしめた、総当り総力戦だったんだぞ。まあ、私は父上の名代、アランは身内だったから選抜には加わらなかったけどな。まさか、クルトがここまでやるとは思わなかった。順当に行けばディクサム公子ナウィルか、第一隊のヴィアルだと思っていたんだ」

書状ってあれですか。年に何通か届けられてたお手紙？

リム導師のお手紙は、わたくしの完璧《かんぺき》な家政婦スキルを褒《ほ》めてくださってるものだと思っておりました。確かに単なる家政婦によこした手紙にしては熱がこもっているなあと思いましたが。あなたの手料理が恋しいって、家政婦恋しいの間違《まちが》いじゃなかったのか。王都に帰ることになった暁には、あなたを迎えに行くとありましたが、あれって、お仕事続行のお誘いじゃなくて、妻問いだったのですか。

同じくマリウス医師のお手紙は、あなたがエルフの里で不自由してないか心配だと論じておりました。てっきり、不出来な弟子の家事スキルを心配しているのかと思いました。あなたが快適に暮らせるよう、私は屋敷を整え、いつでもあなたが笑っていられるよう、心身ともに支えていく準備がありますと締められていた手紙は、更なる家政婦の進化を求められているのだと思っておりました。マリア先生の上を行くって単身で銀河に殴り込みをかけるのと、同意語だと慄《おのの》きが走ったものです。

それからヴィアル・ダルフォンからは短い手紙が。

お前がいないと王都が静かでつまらないとか、どんなに腕《うで》を磨《みが》いても、お前と一緒に王都を駆《か》けたあの日のような高揚《こうよう》感を覚えない、とか。いつ帰って来るんだ、俺の剣を捧《ささ》げる相手が見当たらないと、愚痴《ぐち》が書いてありましたっけ。そんな事言ったって、詰め所に行くと必ず、美人なお姉さまと親密に話し込んでたり、ダイナマイトボディのお姉さまの谷間に挟まれてたりと、おたのしみだったじゃないか。

慰めが欲《ほ》しいならお姉さまたちに甘えなさいねと思ったものです。

ナウィルは近況《きんきょう》を細かく書いてよこしてくれました。

着々と階級を上げていくさまは、手紙を読んでいても臨場感に溢《あふ》れて、面白かった。

まあ、階級で言ったら、これ以上、上がり様がない、公爵家嫡男《ちゃくなん》なんだけど、男の子は一番に憧《あこが》れるものよね。いつでも来い。母上が待ってるぞ。と書かれていたので「家内安全」「無病息災」「容姿端麗《たんれい》」って縫《ぬ》い上げたお守りを、おかあさま宛に贈《おく》っておいた。

従弟は相変わらず上から目線で、自慢《じまん》話が八割がたを占める手紙を送ってきたっけ。何時《いつ》かなんか、防御魔法《ぼうぎょまほう》一辺倒だったけど、アランたんのおかげで盾《たて》の陣を攻撃《こうげき》に転用する術を思いついたって書いてきた事があった。攻撃魔法《こうげきまほう》まで覚えたら、何様俺様が加速すると思って、家のエンジェルに謙虚に教えを請《こ》うようにと釘《くぎ》を刺《さ》した。

そのアランたんは読むと切なくなる手紙ばかりだった。もともと綺麗《きれい》な文字を書くから、成長曲線に気付かなかったのよ。

姉さま、元気ですか、困りごとはないですか、足りないものはありますかとわたくしの心配ばかりで、待っていて、必ず迎えに行く、と書かれた手紙は、今も宝物です。

そして、クルト様は手紙ではなく、赴《おもむ》いた先の花や葉っぱを押し花にして贈ってくれたのです。

本編ではぜっっったいにありえない展開に、胸を締め付けられる気持ちを味わった。あんまり驚くと息がうまく出来なくなるのね。

今まで頂いた押し花は、少しずつ貼り合わせて一枚の絵にしてある。

リールレーヌからの手紙は嬉しかった。女の子と文通なんてどきどきする。恋の相談なんかされちゃって、わたくしの好きな人は誰なのかなんて聞かれて困ったわ。

アランたんに未練はなさそうで安心したけど、リールも幸せになって欲しい。

それからアトーフェのお母様たち。

風邪《かぜ》を引いてないか、身体を壊していないか、ちゃんと食べているか、危ない目にあっていないかと、日替《ひが》わりのように手紙が届いた。

恐れ多くも王妃《おうひ》様や公爵夫人と御令嬢からの手紙、宰相閣下のお嬢様や、将軍閣下の奥様《おくさま》からの手紙もあった。

皆《みな》さんが記してくださる言葉はいつも、元気ですか。

わたくしが書くお返事は、いつもありがとう、ばかり。

返しきれない恩ばかりが、降り積もっていったのです。

「従姉殿《どの》、このまま静かに暮らしたかったのかもしれないが、お前が与《あた》えた力は各方面に影響《えいきょう》を及ぼしている。お前を守る為に、せめて誰《だれ》かの庇護《ひご》下に入って欲しいのだ」

従弟がそんな事を言い出した事で、周りを固めていた男性陣の目の色が変わった。

「――――エルローズ殿、貴方《あなた》の記憶にある俺は、頼《たよ》りない子供だったろう。だが今は違《ちが》うと証明してみせる。どうか俺を頼ってくれ。今度こそ、俺にあなたを守らせてくれ」

クルト様が、縋《すが》るような眼差しで見つめてきた。一瞬《いっしゅん》、恋を錯覚《さっかく》してしまうほど、真剣《しんけん》な眼差しだ。

クルト様は行くあてのないわたくしを不憫《ふびん》と思ってくださってるだけなのに。しかも最愛の恋人の、唯一の肉親なのですから、責任感の強いクルト様が、恋人と一緒に引き取ろうとなさるはずです。わたくしたち、家族（確定）ですからね。

「エル。君は素晴らしい女性だ。凛《りん》として前を見て進むべき道を模索する君の姿に心奪われた。君がこれから進む道の先を知りたい。君と共に歩かせてくれないか」

リム導師があの頃《ころ》の様に教え諭《さと》すように言葉を重ねて下さいました。

「ローズ。これからを君に捧げたい。君の隣《となり》で一緒に時を過ごしたいんだ」

畳《たた》み掛《か》けるようにマリウス医師も、切なげな眼差しを投げかけてきます。

なんなの、この、キラキラしい落とし穴。

巷《ちまた》で流行《はや》ってる逆転現象、悪役ヒロインきゃっほうか、バッドエンド回避成功と有頂天になるでしょう。

そんで我が世の春と、イケメンはべらし王都に凱旋《がいせん》するでしょうね。

ですが悪役は所詮《しょせん》悪役にしかなれないのです。どんなに品行方正、公正明大に振舞っていても、フラグを回避したと思っていても、落とし穴が用意されているのが、悪役の悪役たる所以《ゆえん》なのですから。

おそらくこの十二年の間に、聡明《そうめい》でお優《やさ》しいお二人は、アランたんの幸せを思い、身を引いたのですね。もしかすると、恋を自覚する前だったのかもしれませんが。

気付かぬうちにお二人は、わたくしにアランたんを投影しているのかもしれません。

べりきゅーてらいけめんのアランたんとは似ても似つかぬわたくしですが、共通点がどこかに欠片《かけら》くらいあるのでしょう、たぶん。

「ローズ、ただ君が欲しいから、願うんだ。私の側にいてくれないか？」

「お願いだ。エル。君の見る夢を一緒に見させてくれ」

そんな、縋るような目で見ないで下さい。

わたくしにアランたんを重ねているのが判っていても、そのまなざしが強ければ強いほど、乞《こ》われているのがわたくしだと錯覚してしまいます。

そんな無様で、こっけいな姿など、あなたに見せたくはないのです。

「――――それぐらいにしておけ。エルローズが困惑《こんわく》している」

「おじいさま」

「年若いおなごに、求愛するのも良いが、もう少し相手の気持ちを思いやらんか」

「ここまで拗《こじ》れたのはお爺様のせいでもあるんですよ？」

従弟《いとこ》ー！

胡乱《うろん》な眼差《まなざ》しの従弟の突っ込みに、当のおじいさまは目を閉じて、ため息を吐きました。

「――――そうだな、すべてわしのせいだ」

おじいさまー！

おじいさまがわたくしを眩しそうに見つめ、目を細め、淡々《たんたん》と言葉を紡《つむ》いだのです。

「すまない、エルローズ。言い訳にしかならんが、わしはお前を見誤っておった。お前はわしの庇護をありがたいと思っているようだが、それは違う。わしがもっと早くお前に手を差《さ》し伸《の》べていれば、お前はここまで人を拒絶《きょぜつ》はしなかっただろう」

ずしんと胸に響く重い声でした。ですが、わたくし謝《あやま》っていただくようなことをされた覚えはありません。

「お……おじいさまがお心を痛める事はありませんわ。おじいさまがあの当時見て、感じた事は正しかったのです」

じっさい三歳まで、わたくしえらい、わたくし天才！　って、お母様譲《ゆず》りの選民意識を持った鼻持ちならない高飛車お嬢様でしたし。

「だがわしは、一番手を差し伸べねばならない時に、傍観していた。お前が大変な目に遭《あ》っている時も、一切《いっさい》手を貸さずに、高みからただ見ていただけだった」

従弟生まれた頃から、六歳まではサバイバルでしたものねー……。周りでちやほや持ち上げてくれていた人間が、ある日を境に一切いなくなったのは衝撃でした。

爺がいなかったら、あっさり餓死《がし》してたでしょう。

だから爺を差し向けてくれたおじいさまは、命の恩人なのです。

「傍観などと仰らないで下さい。……父母を見れば諦《あきら》めるのも当たり前です。時の王でなかったとは言え、おじいさまの影響力は果てがありません。おじいさまが出るそぶりをしたら、あの頃蠢《うごめ》いていた者どもは、逃げ隠れたでしょう。隠れてさらに陰湿に、この国を貪《むさぼ》った事でしょう。ですから、よろしいのです」

にっこりと微笑んで言い切ると、おじいさまは痛ましい顔でわたくしを見つめました。

「やはりお前は、わしに謝らせてもくれないな」

「謝るなど。おじいさまがどう思おうと、わたくしはおじいさまに助けて頂いたのです。謝罪を受ける気が無いのではなく、謝罪を受ける必要が無いのです。おじいさまはアクラウス家に爺を付けてくれたでしょう？　おじいさまが爺を差し向けてくれたおかげで、わたくし素晴らしい家庭教師の先生方に出会えました。わずらわしい社交界に出ることもなく、心穏やかにアランと暮らせました。お父様とお母様のことは……残念でしたが」

「エルローズ……」

おじいさまが感極まったように顔をくしゃくしゃにして、私を見ました。

「ほれ見ろ。わしが言った通りじゃろ。さすがうちの嫁じゃ」

「誰がお前んちの嫁だ！」

「ふん。謝って楽になろうなどと思わんことじゃ。口で謝るなんぞは容易《たやす》い。お前は今までの通り、言葉じゃなく態度と行動で謝意を見せればよいのじゃ。脳筋は脳筋らしくなぁ。もう謝罪ごっこは止めにするんだな。うちの嫁が困るだけじゃ」

「だから、誰がお前んちの嫁だ！」

やいやいと掛け合い漫才《まんざい》中の里長様のお言葉に、わたくし思わずぽむ、と手を合わせてしまいました。

「まあ、おじいさま。いやにフットワークが軽いと思っておりましたが、やっぱりご無理をなさっていたのですね！」

「いや、わしは無理なんぞしとらんぞ、エルローズ！　お前の役に立てて嬉しいんだ」

海沿いのエルフ村なんて、めちゃめちゃ遠いのよ。でも海水塩のおかげでにがりが取れて豆《と》腐《ふ》量産体制が整ったし、海藻各種を持ち帰ってくださったおかげで、寒天ができました。

「なんでも頼っていいんだ。わしだって、いつまでもマルクに負けておれんからな」

――なんでそこに爺が出てくる。

まあ、場も和やかになったし、わたくしもおじいさまの言葉に便乗しましょう。

お嬢様レベルカンストの実力を見よ！

「……可笑《おか》しなおじいさま。爺はおじいさまの言いつけ通りに行動しているだけですわよ？」

軽やかに明るく、場を盛り上げるように爛漫《らんまん》に。ほほほと深窓の令嬢らしく微笑《ほほえ》んで見せた。

――なんで皆さん、わたくしをガン見する。

（（全幅の信頼《しんらい》を勝ち得ているのは、マルクだけか……））

――そしてなんで、ため息をつく。

……それが昨日の事でした。

頭を冷やす為の時間を設けてもらい、日を改めて皆様と顔を合わせる事にしたのです。

現在のわたくしを知らないからこその求婚かと思いましたので、現状紹介を兼ねたお食事会です。

お出しする品や調理法を考えてお膳を整えました。

今のわたくしがお出しできる最高のお料理で、おもてなしを致《いた》します。

エルフ豆腐料理はオーソドックスに冷やして一品、茹《ゆ》でて一品、裏ごしして一品、揚《あ》げて一品、焼いて一品と、崩《くず》して野菜を混ぜて揚げて一品、包んで蒸して一品と、さまざまに化けさせました。海塩に、味噌《みそ》が大活躍《だいかつやく》。

見慣れない料理に、皆様目を丸くして見ております。

エルフ三名とおじいさまには精進《しょうじん》料理を、食べ盛りの若者三名にはさらに海産物と肉類を調理してお出ししました。エルフの里への出向という事で、彼《かれ》らが肉や乳製品を持ち込んでくれたおかげで、用意できました。

そして食事のお供はワインではなく、今年蔵出ししたばかりの純米酒です。

エルフの里でワインを造っているお宅で、イリ米使って酒も醸造《じょうぞう》してもらったのです。お試《ため》しの相手としては最高の相手です。なんたって王族ですから。

食前酒として出した純米酒は驚きと共に受け入れてもらいました。

「……旨《うま》い」

そうでしょう。そうでしょう。

作り手として、純粋《じゅんすい》な賞賛の声は、嬉《うれ》しい限りです。

「なんと飲み口のいい酒だ。これをエルが？」

「ええ。皆様に手を貸して頂いて、ようやく」

「へぇ。旨いな。従姉殿《いとこどの》やるじゃないか」

「さすが姉さまですね！」

「……実に滋味《じみ》深い味わいだ」

ふふふ。米を磨きに磨いて仕込みましたから、口当たりもまろやかで、すうっと入っていくでしょう。水だって酵母《こうぼ》だって吟味《ぎんみ》に吟味を重ねた一級品ですのよ！

「これは、製法を秘匿《ひとく》するべきか……？」

杯を傾《かたむ》けながらおじいさまが呟いた。

「おじいさま、気に入っていただけたでしょうか？」

「まさしく天の雫《しずく》だ。すばらしい」

うわーい。太鼓判いただきました！

「……おやローズ。君は飲まないのかい？」

「わたくし、未成年ですもの」

アランたん達は飲めるけど、私はまだいけません。お酒は二十歳《はたち》から。

「ローズはもう成人しているよ。結婚だってできる年だね」

「え」

はやっ！　この世界の成人、はやっ！

わたくしエルフの里に引っ込んでいる間に、成人してたらしいです。

その事実に驚いていると、あらかた料理を胃に納めたおじいさまが杯片手に言いました。

「おなごは、嗜《たしな》む程度で良いのだ。それにエルローズは成人したばかりだ。まだ早い」

皆様、納得したのか、それ以上は勧《すす》められる事も無く、わたくしは酒の肴《さかな》を追加する事に徹《てっ》しました。

ひとしきり酒と料理を堪能《たんのう》した方たちは顔を上げ。

「わしも陛下もお前を国のために使う気などない。後見に名乗りを上げた家の者もそうだ。お前は自分が好いた男の下へ嫁げばいいのだ。お前は充分《じゅうぶん》この国のために働いてくれた。可愛《かわい》い孫にこれ以上無体な真似をさせられるか」

驚きに言葉も出ない。わたくしを見つめて、ひとつ笑った従弟が、グラスを傾け、続ける。

「私も同意見だ。従姉殿、そろそろ観念して誰の後見を仰《あお》ぐのか、誰の下へ嫁ぐのか、決めてくれ。そして出来ればお前の婚儀は私達の手で行いたい。父上も母上もそれを望んでいる」

そんな、今決めろなんて。

「わ、わたくし、国のために嫁ぐのだと思っておりました。最大限の譲歩を引き出すのが使命だと思っておりましたから、恋など、とても」

罪人の娘《むすめ》ですから、拒否《きょひ》権など無いも同然と、端《はな》から諦めていた。

陵辱エンドでないだけマシ、と。

それに王家、公爵家、宰相家、将軍家のいずれに引き取ってもらっても、何のメリットもない。それどころか、貴族間、派閥《はばつ》間で要らない軋轢《あつれき》を生む元凶となる可能性もあるのだ。

「……伯父上様やディクサム公、宰相閣下、将軍閣下のお申し出はまことに光栄で恐れ多いことでございます。ですが、わたくしのようなシスター上がりの小娘を引き取っても、要らぬ軋轢を生むだけでございますわ。後見人のお話は無かった事に」

おじいさまの隣で静かに酒を飲んでいた里長様が、言いました。

「ぬぅ。エルフ族に食の喜びを授《さず》けてくれた恩人が無下に扱《あつか》われるのを黙《だま》って見ては居れぬ。

ローズになんぞ言いがかりを付けてくる者は、我らエルフ族の敵とみなす。そんな貴族など必要ないじゃろ。首を切るのに丁度良い目安じゃ」

「おお。そりゃあいい」

「じゃろー」

「お、おじいさま、長様」

意気投合して杯を酌《く》み交わす二人に、おろおろしているとアランたんが口を挟みました。

「姉さまは望まれて当然の方ですから、各方面からの婚姻の打診《だしん》は当たり前です。ですが後見人の名を聞いて、申し出を思いついた阿呆《あほう》に用はありません。さらに心を通わせる努力もせず、力に物言わせて、打診する相手など……この僕が許しません」

「……アラン」

――お姉ちゃんをきゅん死にさせる気ですか！

思わず胸元《むなもと》を両手で押さえて、きゅんきゅんしてしまいました。あやうく討ち死にするところでしたよ。主人公《ヒロイン》力、半端ねぇ。

お姉ちゃんが間違ってたよ、政略婚の駒になる気満々でしたが、反省する。

こちらは一分も譲らず、百万の利益を相手方から叩《たた》き出す気満々でしたが、アランたんがそう言うなら政略結婚、考えるのやめるよ！　……むしろぼったくるだけ、ぼったくってやるつもりだったけど、アランたんが言うなら、別な方法模索《もさく》して国に貢献《こうけん》するからね！

「姉さまは幸せにならなきゃいけないんです。僕としてはやはりクルト先輩が一番信頼に値する方なんですが」

「まあ、クルト様はアランのモノでしょう?」

「――――は?」

首をかしげるアランたん、かわゆい。

「いばらの恋に障害は付き物ですが、大丈夫。わたくし、ずっとあなた達の味方よ」

「……姉さま?」

「こい? 鯉《こい》? ……こ、こ、恋?」

「それとも、やはり世間的にカムフラージュが必要かしら? それなら、わたくしおじいさまのお墨《すみ》付きも頂けたし、嫁に行くあてもありませんし、喜んであなたがたの防波堤になりましてよ?」

政略結婚が無いというのなら、一度は断ったアランたんの後見を受け、アランたんのおうちに行くも良し、クルト様の求婚を受け、クルト様の家に行くも良し。

それならわたくしも煩《わずら》わしい結婚から逃れられますし、何より二人は気兼ねなく思いあえる。

それに二人は下級貴族とは言え、殿下《でんか》の覚えも目出度《めでた》き独身貴族。二人っきりの時間を楽しみたいと思っても、世間的に、彼らの株はうなぎのぼりに違いありません。彼らを狙う肉食《にくしょく》獣《じゅう》と化した貴族令嬢をかわす為にも、この申し出、受けた方がいいかもしれませんね。

「ねえさ、どういう……」

「あらゆる障害を乗り越えて結ばれた二人のために、このエルローズが一肌《はだ》脱ぐと請け負いましたの。大船に乗ったつもりで、お任せなさい！」

アランたんを見上げて、そう宣言いたしました。お姉ちゃんにまかせなさい！

「泥舟だな」

「いひゃい、いひゃい、いひゃい！　な……何をなさいますの、従弟！　あ、殿下！　いーひゃい、いひゃい、いひゃいっ」

音も無く忍び寄った従弟に、頭の両側を拳骨《げんこつ》でぐりぐりされました。

頭割れるうっと、逃げようとしてもがっちり押さえ込まれて、さらにぐりぐりっと。

「……き　さ　ま　一体何を勘違《かんちが》いしてる？」

「む、報われない恋人《こいびと》同士に、安らぎの空間を提供し、寛《くつろ》いで欲しいと願っただけですわ！」

涙目《なみだめ》で睨《にら》みつけると、極限まで温度が下がった瞳《ひとみ》がわたくしを見下ろしていた。うひいっ！

「だ・れ・と、だ・れ・が、報われない恋人同士だって？　どうしてそういう思考展開させるんだ！」

「まあぁ、殿下……」

流石《さすが》だね、従弟。幼馴染の恋路がそんなに心配か、とまじまじと見上げてしまいました。

それから淡《あわ》く微笑を浮かべました。

ま、赤くなった。ふふふ、皆まで言うな、同志よ。

「殿下、わたくし衆道《しゅうどう》には些《いささ》かの理解がありますゆえ、隠すことなどございませんわ」

しん、と空間から一切の音が消えました。

皆様の呼吸すら奪ったようです。

あれ？

「――――きさま　どこで　そんな　ことばを　おぼえてきたぁっ！」

ぐーりぐりぐりぐりっ。

「いーひゃい、いひゃい、いひゃい、いひゃいっ！」

激高して頭ぐりぐりを再開させた従弟を、誰か止めてください！

あっ！　爺《じぃ》！　目をそらさないでぇっ！

拳骨ぐりぐりの刑を受け、小一時間ほど説教されました。主に淑女《しゅくじょ》のたしなみについて。従弟ェ。

従弟は憤懣《ふんまん》やるかたないという雰囲気《ふんいき》でしたが。

「誤解も仕方がないことか」

悲壮感漂う顔で、おじいさまが呟かれた事で、説教終了《しゅうりょう》しました。解放感ぱねぇ。

「おじいさま？」

「……あれの色狂いは目に余るものがあった。あれの夫にいたっては、年齢性別問わず美しいものを穢《けが》す嗜虐《しぎゃく》に満ちた俗物《ぞくぶつ》だった。幼き頃からあのような両親を見ておれば誤解するのも致し方あるまい」

主に自分に言い聞かせるように、苦渋に満ちた顔でおじいさまが仰ったけれど。

……前世立派に腐《くさ》ってましたなんて言えない。しかも今世、ますます腐ってますなんて更に言えない。

「あるじさま、よろしいでしょうか」

爺の言葉に、おじいさまが鷹揚《おうよう》に頷《うなず》いた。

「あの頃、お嬢様の生活環境は劣悪の一言でございました。親の義務を放棄し、色事に浸《ひた》り、色欲に耽《ふけ》る姿を日々目の当たりにされ、屋敷《やしき》の中で守られるはずの幼子が、大人の狡猾《こうかつ》さ、汚さを日々突きつけられていたのです。しかも父親にいたっては……いえ、お嬢様がそのような誤解を抱《いだ》くのも仕方がないことと思います」

「獣め」

憤《いきどお》りに満ちたおじいさまが、吐き捨てるように豚を罵《ののし》りました。口にするもおぞましいと、その口調が言ってます。

……言えない。

アランたんを相手に各種色男で妄想《もうそう》してたなんて、口が裂けても言えない。

クルト様は困惑顔のアランたんと目を合わせて、ひょいと肩《かた》をすくめて、ため息を吐《つ》きました。

それから、苦い顔で笑いながら、わたくしに言ったのです。

「やはりもっと早く、怖がらずにあなたに俺《おれ》を知ってもらうべきだった」

「先輩」

「クルト様?」

わたくしが怖かったとおっしゃるのですか？

思わず顔をまじまじと見つめてしまうと、ふと笑ったクルト様が、わたくしの目の前に跪《ひざまず》き、そのまま両手を掴《つか》まれました。

なんすか、このどっからどう見てもプロポーズな構図は。

「……あなたが、好きです。エルローズ殿。俺はあなたを支えて生きたい。あなたの隣にいたい。あなたの隣が俺じゃない未来を見たくない」

優しい瞳にときおり激情を浮かべながら、紡《つむ》がれる言葉は、的確に心臓を射抜《いぬ》いていきます。

「……それはわたくしを射止めると、アランを手にすることが出来るという逆転の発想――」

「ではありません」

きっぱりと否定され、繋《つな》がれた手をぐっと握《にぎ》り締められ、その手にクルト様の額が押し当てられた。

「ク、クルト様？」

「ずっとずっと……あなたが好きでした」

そのままの体勢で動かなくなったクルト様に、助けを求めてアランたんに視線を投げたら、アランたんがちょっぴり冷ややかな目でわたくしを見た。

え。ちょ、ちょっとアランたん？　そんな冷ややかな目で見られたら、お姉ちゃん泣いちゃうよ？

「クルト先輩は本気ですよ。それから姉さま、僕は男と付きあったことは一度もありません。

どうしてそんな愉快《ゆかい》な誤解をしたのか、伺《うかが》いたいくらいです」

そら、腐ってたからです。しかも現在進行形で腐ってるからです。

――そう、言えたら！

ですが改めて考えると、黒薔薇《ばら》が黒薔薇として行動しなかったから起きた現象に違いありません。本編モードに変化が出るのは仕方がない事でしょう。

今後にどう響くのか、それが問題なのです。

そう、今後……。そうか……、貴腐神《きふじん》はいないのか……。

しばし自失していたわたくしは、だから反応が遅《おく》れてしまいました。

気が付けばクルト様だけではなく、リム導師とマリウス医師にも、左右を固められていたのです。

両手はクルト様に拘束《こうそく》されたまま、リム導師に腰《こし》を支えられ左耳に、囁《ささや》かれました。

「エル。幸せにすると誓う。隣にいて欲しい」

リム導師の声にかちんと固まっていると、今度は右耳にマリウス医師の声が。

「ローズ、この先も君と共にありたい」

そして、クルト様は、わたくしの両手を握り締めたまま、切ない眼差しでこちらを見上げていました。

きゅんと胸がなる良い場面です。

ですが前門のクルト様、左右のリム導師、マリウス医師です。

逆ハー包囲網《ほういもう》が出来上がってない？　切ない場面のはずなのに、なぜか背中に冷たい汗《あせ》が。貴腐神がいれば、アランたん総受けアンアン祭りの主要攻め揃《そろ》い踏《ぶ》み～と喜ぶ所ですが、どうやらこの世界は、本編寄りみたいです。現に中心にいるのアランたんじゃなくて、黒薔薇。どうしてこうなった。

「まさか、導師が彼女をそんな風に思っておられたとは知りませんでした。てっきり、娘か、孫に対する扱いかと思っておりましたので」

にっこり笑ったクルト様が、しれっと言い放ちました。

どこか遠くで、戦いの鐘がなりました。

「彼女はとても無防備で、自己犠牲が過ぎるからね、目が離せなかっただけだ。彼女を子供と思っていたことは認めるが、素晴らしい女性になった今、他の男の物になるのを黙って見ている事はないだろう？　私だって健全な男だからね」

にっこりにこやかにリム導師が斬《き》り返《かえ》します。

「若いだけの男に、ローズを守りきれるとは思えないね。私なら精神的にも肉体的にも守りきれる」

マリウス医師も唇《くちびる》から弾丸が飛び出てきます。

「センチュリー級の年の差なのに、二人とも大人気《おとなげ》ない……」

年寄りは手を引けと、目で訴えながら、朗《ほが》らかに笑って言い切った、クルト様。

「その年月もエルに会うためだったと思えば愛《いと》しいものだよ？」

リム導師も負けじと畳み掛ける。

「さすが年の功、手厳しいですね」

「幼いゆえの暴走と理解しているよ。まあ、同僚《どうりょう》と一人の女を取り合うことになるとは思ってもいなかったが」

「迷走してるのはお前だろう、相手の気持ちを推《お》し量《はか》ることも出来なくなったのか、ハイエルフの矜持《きょうじ》はどうした」

「女装男子に迷走しているなどと言われたくない」

にこやか～に舌戦《ぜっせん》している三名様に前世の記憶《きおく》を揺さぶられました。

そういや同人誌の中でこんな話、あったなー……。

誰を選ぶのか、みんなでアランたんに迫ってさ。

そのうち攻め同士で牽制《けんせい》しあって。

「人一人の人生を背負《せお》うにあたって、若さだけで補うのは難しいと思わないか？」

「世代間の意思の疎通って年代を挟むほど、溝が深まるそうですよ。まして二百年は離《はな》れているんでしょう」

「情報など黙っていても集まってくる。心配ありがとう」

……ああ、そうそう。こんな感じに盛り上がって、誰が一番アランたんを愛しているか、相応《ふさわ》しいかを言い合ってさ。

「俺が！　彼女を一番理解しているんだ。どんな彼女だって愛している！」

「一番愛しているのは私だ」

「いいや私だ」

結果、誰がアランたんを一番にめろめろにできるか（イかせるか）を競《きそ》い合ったんだっけ、ベッドの上で。立派なR‐18、読み応えといい、抜《ぬ》きどころといい、素晴らしい一冊でした。ごちそうさま。

「……ではエルローズに選んでもらおう。もちろん選ばれるのは俺だろうが」

「そうだな。エルに選んでもらおうか。恥《は》ずかしがりやだけど、けじめは必要だからね」

「ローズの心身に一番響《ひび》いた者が、ローズの伴侶《はんりよ》となるのだね、いいだろう。その挑戦受けて立とう」

……あ？

「あ、あの、皆様、どうか落ち着いてくださいまし」

まてまてまて、パスパスパスっ！

逆ハー総受けアンアン祭りは、傍観してるからこそ面白《おもしろ》いんだ！

「姉さま、僕《ぼく》のおすすめはクルト先輩ですけど、本当は、姉さまがお好きな相手なら誰と結婚《けつこん》しても良いんですよ、たとえばここにいないヴィアルさんでも、ナウィル先輩でも、姉さまが好きと言うならどんな男だって応援します。もちろん、生半可な男は、許さないのでそれなりの実力がなければいけませんが」

僕から最低でも一本取れるくらいの実力が無ければ、姉さまをあげませんけどね！

成長したアランたんにかなう相手が早々いるとは思えないんですけど。

それ以前に。

アランたん挑発しないでくれ、一気に三人のヤル★気が漲《みなぎ》ったじゃないか！　DBのスカウターがなくても燃え盛るオーラが見えるよ！　ヤル★気まんまんでこっち見てる！

「従姉殿《いとこどの》、彼らにそろそろ引導を渡《わた》してやってくれ。願いが叶《かな》うか叶わんか、思い切るにも未練があってはむずかしいだろう？」

やれやれって首を振《ふ》りながら、肩をすくめる従弟にだって縋りたいくらいだよ。

しかも引導って、渡されるの、わたくしじゃんかー！

「先輩と師二人はそれだけの覚悟《かくご》と、意地を見せてくれました。彼らなら、姉さまを安心して任せられるのです。だから後は、姉さまの気持ち次第なんですよ？」

気持ち次第て。

キモオヤジに犯されるよりはビジュアル的にオッケーだけど、アウトだよ！

「息子よ。嫁はウブじゃからの。優しく丁寧《ていねい》にが一番じゃ」

「心得ております」

心得なくていいよおっ！

「ふふふ。こんなこともあろうかと、ベッドを入れ直しておいて良かったわい！　ドワーフの長が手がけた、竜が乗っても大丈夫《だいじょうぶ》♪な特別製じゃからの！　なぁに、四人で一晩中運動しても、絶対壊れないから大丈夫じゃ！」

「お、おさ〜〜〜〜〜っ！」

だからあんな成人男性が五・六人乗れるくらい巨大《きょだい》なベッドだったのかいっ！

何してんの、何してくれちゃってんの、長様！

からから笑ってないで止めてよ、おじいさま！

もしかしなくても貞操《ていそう》の危機だよ！

「まあ、冗談《じょうだん》はさておき、お前を預けるに足ると認められた男達だ。腹をくって誰と添い遂げるかよく考えるんだ、エルローズ」

「よし！　誰が選ばれるか、向こうで賭けるぞ！」

おじいさまと里長《さとおさ》様が立ち上がり、デカンタ抱《かか》えて歩き出しました。その後に従弟が、そしてアランたんと爺が、続きます。

すかさず三人を振り払って、後に続こうとしたら、がっちりと掴まれました。ガーベラちゃんに。動けんわぁっ！

最後に料理皿を抱えあげた爺が、恭《うやうや》しく一礼して扉《とびら》が閉まり……わたくしはリム導師とマリウス医師、クルト様と残されたのです。

扉をガン見していると、クルト様やリム導師、マリウス医師が艶《つや》やかな顔で覗《のぞ》き込んでまいります。

だが、騙《だま》されない。

わたくしは、引きつる表情筋を総動員して根性《こんじょう》で微笑みました。

「みなさまが、そのようにわたくしの事を考えてくださった事、感謝いたします。ですが、わたくし、先ほども申し上げましたとおり、政略結婚の駒となるのだと思っておりましたので、どなたとも、未来を考えた事などございません。わたくしは、しがない国の贄《にえ》。それに比べて皆様《みなさま》は国の重鎮ですもの。考えることすら恐れ多くて、誉《ほま》れと判《わか》っておりましても、身がすくむ思いです」

困ったわ、とわたくしは苦笑いをして見せた。さあ、引け。

「――誰も好きでないのなら、俺で良いだろう？　どんなあなただって、好きなんだ。今度こそ、あなたを守らせて欲しい」

「クルト様に抱く感情は愛ではありませんわ。どちらかというと、弟のような……わたくしにとってあなたは、今も昔も変わらぬ弟で、わたくしの永遠のヒーローなのです。崇拝するあなたに身を任せようとは思えません」

クルト×アランは正義よ。貴腐神がいなくても、二人を引き裂くような真似は、この黒薔薇が許さない。アランたんを任せられる男はクルト様以外いないのよ！

あ、クルト様が、がっくりと膝《ひざ》折っちゃった。

「無関心ならば諦めもつくが、君は私が作り上げた物すら拒絶しないだろう？」

「……リム導師は……わたくしの憧れですもの。拒絶するなんてできませんわ。お側《そば》にいられるだけで良いのです」

たとえどんな女が奥方《おくがた》として屋敷に入ったとしても、立派に家政婦を務めて見せます。

「今までの関係が、もっと親しくなるだけの変化だよ。夜帰る先が修道院ではなく、私の家になるだけだ」

「マリウス医師は、男性としてみることが出来ませんわ」

あ。いっけね、つい本音が。

心の中でオカン呼びしてたのが崇《たた》ってるな〜。

「お心、とてもうれしゅうございました。どうか、わたくしのような卑賤《ひせん》な者を召そうなどと思わずに、ご自分の地位に見合った奥方様をお捜《さが》し下さいませ」

深く腰をおり、拒絶を示す。

彼らは国の要《かなめ》。国の花。

対するわたくしは毒の花だ。

市井《しせい》に下った貴族娘、それも名高いアクラウスの一の姫《ひめ》。

重なるはずもない、未来に夢など見れるはずもない。

「……見事にふられたな」

「ぐうの音も出ない」

「……弟……」

リム導師とマリウス医師、クルト様が苦笑しました。

「……だけど、ローズ。ひとりだけ拒絶していないことに君は気付いているか？」

「……え？」

あれ、三人ともお断りしたよ？

小首を傾《かし》げながら、マリウス医師がクルト様に手を貸して立たせるのをぼけっと見ていました。

「先生、飲みませんか。付き合っていただけますよね？」

「そうだな、酒でも飲んで待っていようか。……ローズは、もう少しリムと話をしたほうが良さそうだ」

「すまない」

「ローズ、君の初恋《はつこい》は終わっていない。そうだね？」

「マリウス医師？」

ふっと笑ってクルト様を促《うなが》すとマリウス医師は部屋を出て行かれました。

そしてまたも、取り残されてしまいました。リム導師と二人きりです。

「エル」

深く染み入る声でした。思わず顔を上げて、秀麗なお顔をまっすぐに見つめてしまいました。

「は、はい」

「――君の初恋は終わっていないのか？」

長い朱銀《しゅぎん》の髪《かみ》、深く澄《す》んだ青の瞳。吸い込まれそうなほど、まっすぐな眼差し。敬愛する大賢者様《けんじゃ》は真剣な眼差しでわたくしを見つめています。

初恋の相手は、平凡ななりの、しがない末端貴族の方でした。間違ってもキラキラしい攻略対象者ではないのです。

「――――いいえ。わたくしの初恋は始まる前に終わりを告げました。もし、目の前にその方がいらしても、叶わぬ願いですわ」

出会ってもすれ違い、望んでも叶わない。

「……その思いを、言葉にしてくれないか」

「まあ、可笑《おか》しな師ですこと」

ころころと笑って見せると、祈《いの》るように懇願《こんがん》されてしまいました。

「そうですわね、目の前にあの方がいらっしゃったら……わたくしを少しでも好いて下さいましたかと、伺いますわ。もしもわたくしを好きだと仰《おつしや》ってくださったら……貴族位を捨ててくださいますかと、尋《たず》ねます。無理でしょうけど」

罪人の娘と添うために、貴族位を捨てる男などいるはずもない。

「それから？」

「え、そ……それからですか？　わたくしと一緒《いつしよ》に市井で暮らしませんかと誘《さそ》います」

荒唐無稽《こうとうむけい》な話だと、笑い飛ばせるからこそ、言える話もあるのですね。

もし、ギリム先生がギリム先生のままでも、付いてくる地位は高いでしょう。仕事に対する正当な対価として、高位貴族なのは間違《まちが》いありません。それは、簡単に返還できる地位ではないのです。

「そうか、それで？」

「……か、髪を切ってとお願いします」

「では今切ろう」

「導師っ！」

目の前の彼《か》の人はためらいもなく、指先ひとつで髪を切り落としました。

「エル、それから？　君は何を望む？」

「か、髪の色が違《ちが》いますわ！」

「茶色でいいんだな？」

呼吸をするより自然に、朱銀の髪が色を変えました。いなくなったはずの人が浮かびます。

「ち……違いますわ、髪の長さも色も関係ないのです。わたくしはただ、あの方をお慕《した》いしていただけです。幼くて、愚《おろ》かなわたくしはあの方が王に仕える賢者様だなんて知らなかったのですから！　周辺諸国に名を知られている方だなんて知らなかった。ですからわたくし、賢者なんてたいそうな方の下へは嫁げないと言いたかったのです。わたくし、罪人の娘ですもの！」

「陛下に暇乞《いとまご》いをしよう。百年も国に留《とど》まったんだ。そろそろ別の国へ行こうと思っていた。それかこのまま、ここで暮らそうか？」

一切のためらいも逡巡《しゅんじゅん》も無く、彼の人は決断していきます。そのまっすぐな眼差しに逆に怖くなりました。

「いけませんわ、国の要人たるもの、女の甘言《かんげん》に惑わされてどうします！」

「それでエルが手に入るなら、安いものだ」

「師よ！　酔《よ》ってらっしゃる！」

「ああ。酔っている」

喜びに。とリム導師が囁《ささや》きました。

「違いますわ、違います。わ……わたくしが好きな方はギリム先生だけです。派手な美エルフに用はないのです！」

思い切って拒絶したのに、どんどん距離を詰《つ》められるので、勢いに押《お》されるように後ずさりました。

「誤解している。私は単なる男だ。恋しい相手に無下にされて、切羽詰まっている、情けなくも愚かな、単なる男だ」

もう後ろが壁《かべ》という、後が無い所まで追い詰められて、左手で壁ドンされました。

乙女垂涎《すいぜん》、理想のシチュエーションですが、追い詰められた獲物気分です。

しかも、そのまま抱きしめられて、息が出来なくなりました。拒絶、拒絶を……。

でも、身体は正直でした。

かあぁっと頭に血が上って、真っ赤になってしまったのです。

「エル。耳に口付けしても？」

「は……」

耳元で囁くのは反則です。腰に響くじゃないですか。拒絶しなければいけないのに、腰が震《ふる》えて力が入らないじゃないですか。

「エル。ギリムの名はエルフ族しか知らない名前だ。私が、人界に下りて初めて人に捧《ささ》げた」

君だけだと、右耳に、囁きと共に熱い吐息《といき》が降りかかる。身体が熱くなっていくのを止められない。耳はむレベルが高すぎて付いてけない。

「名を、呼んでくれないか。エルローズ……君の許しが欲《ほ》しい」

耳元で囁かれて、耳たぶにちゅっとキスをされました。

耳元で囁かれるたびに腰が震えるのも、気付かれているでしょう。

「エルローズ……名を呼んで」

終《しま》いには耳たぶをはむはむされ、耳に幾度もキスをされ、舌先を差し込まれて、耳をハムペロされて、腰は震えるわ、頭に血が上るわで、ふらふらの態《てい》に陥りました。

わたくしは拒絶《きょぜつ》するという事を忘れ去っておりました。それほどに、ふわふわと高潮して舞い上がるほど幸せだったのです。

だって、諦めていたあの方の腕《うで》の中にいるのです。

何度も愛しげに名前を呼ばれているのです。

何度も名前をねだられるので、つい、うわ言のように「ギリム先生」と呟《つぶや》いてしまいました。

次の瞬間《しゅんかん》、ぎゅっときつく抱きしめられて、耳たぶを思いっきり嬲《なぶ》られました。

耳しか嬲られてないのに見事に腰が抜けました。

——アランたん、耳たぶをはむはむされて、腰砕けになるのは、なにもエルフ族限定ではなく、人族も同じだったようです。

＊＊＊

「しゃぎゃぎゃぎゃぎゃがっ」

……いつものように、朝ガーベラちゃんの雄たけびで目が覚めました。

ですが、今朝《けさ》は少し違います。

自分史上、最高にふわふわと幸せな気分なのです。

なぜならば、ギリム先生に口説かれて、両思いになれたから。

夢じゃないですよね。むにーっとほっぺをつねってみます。

迸《ほとばし》る欲望と熱い情熱の成果か、記憶の中のギリム先生は滴《したた》る色気で腰が抜けそうなほどでした。あれはエロフの本領発揮ばーじょんです。

あの切なげな流し目。

わたくしを引き寄せる腕の強さと、囁く声の真剣《しんけん》さは、思い返せば返すほど、心臓がどんどこ祭りを開催《かいさい》します。

そしてあの、ずどんと腰に響く美声！　あの声で愛を囁かれるなんて、落ちない男女はいないでしょう。

「エル」

そうそうこんな風に、愛しくて堪《たま》らないと言わんばかりの声で名を呼ばれたのです。

腰砕けになるのは仕方がないことですわね。

名を呼ばれ、優しく細められた眼差《まなざ》しが、わたくしを捉《とら》え、耳元で愛を囁くのです。無自覚美エロフの本気の笑顔《えがお》が、真正面から炸裂《さくれつ》するんです。心臓も止まるって。ああ、脳髄《のうずい》かっさばいて記憶媒体にあの笑顔、永久保存したーい。

……なんて、昨日の記憶に浸っていると、美エルフのきらきら笑顔のアップがありました。

「おはよう、良く眠れたかい？」

「ひゃっ」

昨夜の耳はむで一気に性感帯として目覚めちゃったそこで、囁くのはだめです。

目の前で小首傾げてこちらを覗《のぞ》き込むリム導師のドアップに、あやうく鼻血を噴くところでした。

あわてて半身起こしましたが、夜着一枚な自分を悟り、羞恥《しゅうち》で軽く死にそうになりました。

でもあれ、待って。わたくし、夕べ着替《きが》えてベッドに入った記憶が、無いんだけど。

「ど、導師……？」

あはは、ま、まさかね。

良い笑顔でベッドサイドにいらっしゃるリム導師は、髪が短くなっていた。半身をベッドに起こしたまま見上げていると、当たり前のように抱き寄せられる。

「ねぼけてるねエル」

「ぁん」

ぎゅっと抱きしめられて、耳にキスされ囁きを落とされると、何度も何度も愛してると囁かれた昨夜を否応《いやおう》なく思い出した。

背骨がきしむほどきつく抱きしめられて、熱い胸に頬《ほお》を当て、強い腕の力に抱きしめられて、幸せに酔った。

心が通い合う奇跡に震えた昨夜の記憶。

「わ……わたくし、まだ夢を見ているようで……」

目を白黒させているわたくしに、リム導師が目を瞬《またた》かせて――微笑《ほほえ》みました。

……今わたくしのライフが、ごっそり根こそぎ持っていかれました。

「あの後、気を失ってしまった君を抱いて眠りたかったけど、婚姻前の同衾《どうきん》は承服しかねると君の弟くんとおじいさまに引き剥《は》がされた。私も今朝起きて、決して夢ではなかったと確かめたくて、こんなに早く君の部屋へ来てしまったよ。……エル、あれは夢ではないと言ってくれないか？」

「リム導師？」

名を告げれば、目の前の美エルフは眉《まゆ》を悩ましげによせて、囁きました。

「ギリムだ」

「せ、せんせえ」

「ギリムだ。エル。私を受け入れて名を呼んでくれただろう？　夢ではないと実感したい。さあ」

君だけに許す名前だ、と耳元で囁かれたけれど、気になっていたことが頭をよぎる。

「で、ですが学園では生徒みなさま、ギリム先生と呼んでいらしたではないですか！　ギリムの名をわたくしだけに捧げたと言うのなら、従弟《いとこ》やナ……ナウィル様が呼んでいたのはなぜですの」

「ん？　そうだったか？　……あの格好の時はギリムと呼ぶようにマリウスに言っておいた。あの当時の生徒達はマリウスに倣《なら》ったに過ぎん。私が人族に名乗ったわけではない。真名を捧げて愛を乞うのは、正真正銘、君が初めてだ」

わたくしがむっとしていたのに気がついたのか、美エルフは嬉《うれ》しそうに笑っています。

「……もしかして、妬《や》いてくれたのか？　あの時、私を追いかけて、学園まで探しに来てくれたのだろう？　エル。私を探してくれて、嬉しかった」

「ギリム先生」

「王城でリムとして出会ったときも、何度も本当のことを言おうとしたんだ。この気持ちがなんなのかわからずに、ずいぶん遠回りしてしまった。君と離れて戦いに身を投じた時も、君の幸せを願っていた」

幼い頃《ころ》からこうして先生に抱きしめてもらうのが好きだった。

いつから先生を男性として見ていたのだろう。

「小さな君が、見違えるほどのレディになって、誰《だれ》にも渡したくないと思うようになってしまった。思いを寄せても、心を返してくれるとは思ってもいなかった。夢のようだ、エル」

耳元で囁かれ、唇で耳のかたちをなぞられて、幸せな甘《あま》い疼《うず》きが背中を襲《おそ》う。

美エルフの腰直撃のエロボイスと、耳への刺激《しげき》で腰砕けになったわたくしを支える逞《たくま》しい腕。

泣きたくなるような幸せの中、長耳が嬉しそうにピコピコ動いているのが見えた。

「ギリムせんせい……先生ならば、我《わ》が国《くに》は言うに及ばず、他国の姫君《ひめぎみ》とだって縁が叶います。本当にわたくしでよろしいのですか？　わたくし、大罪を犯した罪人の娘なのですよ？」

大賢者様が貴族から放逐《ほうちく》された小娘に傾倒《けいとう》するなど、国は大慌てするのではないかしら。

しかもその小娘は、かの悪名高きアクラウスの生き残りだ。伯父上《おじうえ》様とて許すまい。

「罪を犯したのは君の両親で、君じゃない。そして当たり前だが、身分云々《うんぬん》の前に君以外の女に興味は無い。……やっと独り占めに出来るのに、悲しいことを言わないでおくれ」

わたくしを抱きしめながら、楽しそうに笑う美貌《びぼう》のエルフ。

存在がとても眩しいこの方は、到底《とうてい》わたくしなんぞの手の届く方ではないと思っておりました。

だからこの思いも一生、誰にも知られず墓場まで持っていくものだと諦《あきら》めていたのです。

「……先生、先生に聞いていただきたいことがございます。わたくしは、この世界がずっと怖かったのです」

「エルローズ？」

「わたくしが、アクラウス家のエルローズゆえに、いつかあの両親のように悪事に手を染めるのではないかと、恐怖《きょうふ》しておりました。悪党の子供は悪党になるものです。わたくしは、ずっと自分が怖かったのです」

この世界が本編と同じ世界観ならば、貴族界から放逐でもされない限り、黒薔薇は、黒薔薇らしく悪に手を染めた事でしょう。他者を貶《おとし》め、他国を操り、自国の民さえ贄《にえ》にして、心痛めることもなく。

血だまりの中で陰惨《いんさん》に微笑む悪女として、誰にも顧《かえり》みられることも無く、散ったはずなのです。

「……ですが、先生方のおかげでその恐怖から逃れることが出来ました。道を示し、導いてくださる先生方と、爺のおかげで、わたくしはわたくしのままでいられたのです」

本編の黒薔薇に、先生方が付いていたのかは、もう分からない。

本編知識を思い出したおかげで、素直《すなお》に爺と先生方の導きを受け入れる事が出来たのかもしれないけれど。先生方の尽力が無ければ、間違いなく悪堕《あくお》ちしていたはずなのだ。

アレな顔でダブルピースフラグを折るために駆《か》け抜けてきた今までが、走馬灯のように頭をよぎりました。長い、戦いでした。

望んではいけない人でした。手を伸《の》ばしたら、罪に焼かれて終わるのだと、思っておりました。

でも、他の誰でもない、この方が、わたくしを乞うてくれたのです。こんなわたくしを、欲しいと仰ってくれたのです。

握ったこぶしは、震えておりました。

無理ゲに挑《いど》み、戦った末が今ならば、黒薔薇は黒薔薇らしく、この思いを告げましょう。たとえ叶わない思いでも、動かなければ未来など切り開けないのです。わたくしは現に、そうして茨《いばら》を切りさき、進んでまいりました。

不安定なベッドの上に正座して、ギリム先生を見上げたまま、きっちりと三つ指をつきました。

「先生、わたくし、ずっとずっと昔から、先生をお慕《した》い申しておりました。どうかこのエルローズをお側においてくださいませ。エルローズ、一生のお願いにございます」

万感の思いを込めて告白しました。

先生は三つ指をついたままのわたくしの手を取り、目線を合わせてくださいました。

それから怜悧《れいり》な瞳を和《やわ》らげて、微笑んでくれたのです。

「――私の隣《となり》は未来永劫《えいごう》、君のものだ。君以外を据《す》えるつもりもない」

「ギリム先生」

「……教師になってよかったと、心から思う。エル、私は君を救えたのだろうか」

「救って下さいました」

先生に手を引かれるまま身を起こし、抱き寄せられて、理知的な青い瞳と、わたくしの瞳が重なりました。

軽く微笑んだ唇が徐々《じょじょ》に近づいて、わたくしは――そっと、瞳を閉じたのです。

＊＊＊

何度も何度も唇をついばんでくる熱い唇に、背中を震わせ、わたくしは押し寄せる幸せを迎《むか》え入《い》れる為《ため》に、唇を薄《うす》く開いた。

口付けの合間に愛していると囁かれ、わたくしも応えようと唇を開くけれど、そのたび舌先で口内を翻弄《ほんろう》されて、目が廻《まわ》る。

上あごも歯列も頬の内側もなぞられて、その都度、背を通って尻まで走る快感に身を捩《よ》じらせ、舌を舌で嬲られ吸われ、甘噛みされて、先生の吐息と滴るような色気に脳髄まで犯される。

やがて頬に口付けを落とされ、ギリム先生の熱い掌《てのひら》が背中を撫《な》でる感覚に、身を捩じらせた。

熱い掌は背から腰をなぞり、尻をゆっくりと撫でている。

時折、桃尻に指が食い込み、喘《あえ》ぐように口を開けると、真上から覆いかぶさるように、先生の唇が落とされる。舌の付け根までを探られて、背を浮かす。尻を撫でている指にぐっと力が入った。

「ふあ、ああん」

思わず、背中を震わせて先生にすがり付いた。深く探るような口付けに酩酊《めいてい》する。

わたくしの耳元に唇をよせ、先生が囁いた。

「……エル、愛している」

幸せで息が止まりそうになった。でもここで、腰砕けになっては黒薔薇の名が廃《すた》る。

「わ、わたくしのほうが、もっと愛しておりますわ！」

わたくしの愛思い知れ！　とばかりに唇を押し付けたら、ふ、と笑った先生が、大人なキスを返してきました。年の功とはこういうものか、と思う意識も、快楽に塗《ぬ》り替えられて、翻弄されるばかり。

はふはふと息をするわたくしを、あやすように唇をついばみ、先生は余裕《よゆう》すら見せながら、頬に口付け、耳たぶをくすぐる。

「あ、ふぁ」

耳たぶをくすぐられて、一気に頭に血が上る。背を駆け抜ける快感に、触れられていないそこが濡《ぬ》れていくのを感じた。

昨夜、嬲られ煽《あお》られたように、あの喜びをもう一度と思ってしまったのだ。

ギリム先生の掌が、背中を何度も撫でていく。背を撫でて、口付けで乱れたわたくしの呼吸を宥《なだ》め、尻を撫でては掌の熱を移し、唇で舌先で指先で翻弄しては、わたくしを高みへと誘《さそ》うのだ。

息も絶え絶えになった頃、ギリム先生は楽しそうに目を細め、わたくしの額に額を合わせて、吐息を感じる距離で囁いた。

「……愛しているエルローズ。離したくない。離れたく、ない。このまま、私の妻になってくれないか？」

甘く愛を囁かれ、愛されている喜びに身を震わせる。こんな幸せがあって良いのだろうか。

「ギリム先生、わたくしを、妻にと望んでくださるのですか」

目線を合わせたまま、お互《たが》いの両の掌を重ねて、指先を絡《から》ませる。

身体中の奥底《おくそこ》から、じわじわと湧《わ》き上がる叫びだしたい衝動《しょうどう》に駆られるまま、わたくしは。

「わたくし、わたくしも、ギリム先生の妻に、なりたい。妻に、してくださいませ！」

「エルローズ」

感極まったように抱きしめられて、音を立てて耳たぶを嬲られた。舌で嬲られる感触と水音が同時に熱となり、下腹部に痺《しび》れたような快感を齎《もたら》す。快楽は降り積もっていく。腰はすでに砕けていて、先生の腕がなかったら、へたりこんでいただろう。

快感に身を仰《の》け反らせ軽い痙攣《けいれん》に襲われながら、ぼんやりと目を開けると、耳たぶを舐《な》めているギリム先生のお顔の横に、短い髪では隠せなくなった長耳がぴょこんと出ているのに気が付いた。

うれしそうにぴっこぴっこ目の前で動いてる。

規則正しいその動きに目を奪《うば》われて、思わず「えい」と、首を伸ばして、はむっと一口。

猫じゃらしに纏《まと》わりつく猫の気分が判った気がする。

言葉に言い表せない嬉しさのまま、ぎゅって抱き付いて、はむはむしてたら、ギリム先生の身体が、一瞬《いっしゅん》、かちんと硬直して、それからブワワッと髪の毛が逆立った。

「……エ、ル……エル、ローズ……」

「ふふふー、ギリム先生、昨夜のお返しれすー（はむはむ）」

——美エルフが、美エロフに変貌《へんぼう》する瞬間を、黒薔薇は目にしてしまいました。

長耳はむはむは危険だと言う同人誌情報をすっかり、さっぱり、綺麗《きれい》に忘れておりました。

——本領発揮したエロフに、瞬《まばた》きの間に夜着は剥ぎ取られて、ベッドに押さえ込まれた。

夜の大賢者様は仕事が早い。

きゃーだの、あれーだの悲鳴を挟む間もなかった。

露《あらわ》になった胸を、両掌で揉《も》みこまれ、先端《せんたん》の赤い蕾《つぼみ》は、指先で摘《つま》まれ先生の唇で食《は》まれ、尖《とが》らせた舌先でちろちろと舐め上げられた。研究者の目で弄《いじ》られ、キスの余韻《よいん》で腰が砕け、先生の思うまま膝を割られて大きく広げられた。どろどろに蕩《とろ》けたそこを、捕食者の目で暴かれて羞恥に赤くなった。閉じたくても先生の腕ががっちりと固定しているのでそれも出来ない。

「ああ、嬉しいな。とろとろだ。気持ちよかったんだね？」

それなのに麗《うるわ》しいその人が、嬉しそうにそんな卑猥《ひわい》なことを囁くから、羞恥で息が出来ない。

「逃《に》げないで、ちゃんと感じてごらん」

羞恥に目を閉じれば、わざと水音を立てて胸の果実をなぶり、開かれた秘《ひ》めた場所を嬲られる。指で花襞《はなひだ》を乱され花芽を弾かれて腰が揺《ゆ》れる。あと少しというところまで高められては、落とされて、その手に泣きながらすがりついた。

満足気な賢者様のなるほど語録で、羞恥心は煽られて、どんどん身体に熱が篭《こも》って行く。

柔《やわ》らかい場所が硬く尖《とが》って来たとか、舐めて転がした場所が濡れて光って淫靡《いんび》だとか、乳首を甘噛みすると、指を飲み込んだ奥口《おくぐち》が、きゅうきゅう締まるって囁かれても、意識してやってるわけじゃないからね。可愛《かわい》い、良い子だと褒められても困るんだ。

「狭くて熱くて、欲しい欲しいとねだられてるようだ。私も早く君の中に入りたい」

初めてでも痛くないように、どろどろに蕩かしてから、いれてあげるって言われて、これ以上何をどうするのかと戸惑っていたら。

「……あ、う、うそ、やめっ！　んぁっ、せ、せんせえっ、そんな、そんなっ」

がっちり足を掴《つか》まれて、大きく広げられたそこに、先生が顔を埋《うず》めた。

「や、やぁんっ、そ、んな、そ……だめぇっ、だめですっ」

その手の知識はあっても、本で読むのと実践されるのとでは羞恥度が違う。ぴちゃり、ぴちゃ、と水音が上がり、逃《のが》れようと身をよじるも、がっちり押さえ込まれて動けない。

その間も齎される強烈な刺激に息が上がり、腰がぐんと跳《は》ね上がる。ギリム先生に身体を差し出しているようで、居たたまれない。そんなつもりはさらさらないのに、身体がいうことを聞かないのだ。

そのうち、先生の指が中に入り込んで、中と外からの刺激に身体がぐずぐずと溶《と》け出した。

「気持ちいい？　エル。中凄くうねってるよ」

先生は指を中で動かしながら嬉しそうに笑った。

硬く尖った花芽を舌先で弾く濡れた音に、全身で震え、指先がおへその裏側をノックする度、腰《こし》が跳ね、ぎゅうと指を締め上げる。浴びせるように快感を教え込まれた。

ぎちぎちと食いしばる膣《ちつ》の入り口を楽しみながら、ギリム先生は尚《なお》も先端で尖っている快楽の芽を舌先で嬲るのをやめない。ちろちろと舌先で舐めながら指を激しく抜き差しするので、何度も頭の中が白く熱く弾け飛ぶ。浴びせかけられる熱に翻弄《ほんろう》されて、つま先までピンと張った足に力がこもる。先生は、更に官能を煽るように音を立てて指を抜き差しし、花芽に噛み付き、きつく吸い上げた。頭の中に閃光《せんこう》が走り、嵐《あらし》のような激情に全身を震わせて、身を投げ出した。

「エル」

欲望に彩《いろど》られた美貌のエルフが、力の抜けたわたくしの足を抱えあげた。ぼんやりと、白い足を見上げていると、伸《の》し掛《か》かってきた先生が微笑んだ。

もっと、よくしてあげると囁《ささや》いた先生の、秀麗なお顔が近づいてくる。

目を閉じて、唇《くちびる》を重ねるだけのキスをした。同時に、はち切れんばかりの先生の牡《おす》が、花襞に密着する。熱く脈打つそれが、ゆっくりと花襞を上下に擦《こす》りだした。

「……ん、エル、柔らかくて気持ち、いい」

先生が吐息をこぼすたび、腰をすすめるたび、花襞から溢《あふ》れる蜜《みつ》が幹に塗りたくられ、尖りきった花芽を突《つ》いて行く。何度も前後に擦りたてられ、先端で小突かれるたびに花芽が震え、花襞は幹に乱されて、しとどに蜜を零《こぼ》す。

真っ赤に熟した胸の頂《いただき》も先生の指で摘まれ、時折、唇で吸い上げられる。舌先でころころと転がされるとお腹《なか》の奥がきゅんきゅんと高鳴っていく。擦りたてられた花襞は先生の牡の熱が移ったのか、熱く疼いてたまらない。擦りたてられる間も、何度も膣口を掠《かす》める切っ先に、身体が焦《じ》れて先生の肩《かた》に縋《すが》りついた。

「エル、エル、可愛い……」

「ん、んあ、あん、あぁあっ」

ゆっくりだった動きが、高みへ誘う激しさに変わる。びくびくと跳ねる身体を、きつく抱《だ》きしめられて、激しく追い込んで来る楔《くさび》の熱に翻弄される。

惑乱させるだけの意地悪な楔が、ようやく蜜口に合わされて、心臓が跳ねた。

「……エル、いく、よ」

「んっ、んうっあっあぁあっ」

ゆっくりと突き入れられた楔に、息が詰まった。

奥までじりじりと押し進められると、充足感もまた押し寄せてくる。

押し込んで吐息をこぼした先生が、わたくしを宥《なだ》めるように抱きしめてくれた。大きな背中に、夢中でしがみつく。飲み込んだ楔が身体の奥で息づくたび、唇が震えた。

痛みよりも泣きたくなるほどの幸せと、胸を焼くような独占欲《どくせんよく》に、目頭が熱くなった。

わたくしはやはり罪深い。

この身体で、この高貴な人をつなぎ止めておけるなら、破瓜《はか》の痛みなど何と言うことは無いと思うのだから。

そして、もっと溺《おぼ》れて欲しいと、この身体を差し出すのだから。

「エル、エル……ああ、包み込まれるようだ、熱くて、狭くて、締め付け、る」

「あっあっぁ……んっ」

中に収めた先生の熱の塊《かたまり》を、身体の中で噛み締めた。目の前で微笑む美しい顔が、熱を帯びていく。目の端《はし》が色づいて赤く染まるのをぼんやりと見上げていた。

「ゆっくり、息を吐《は》いてごらん？　慣れたらもっと沢山《たくさん》……、好《い》い所を突いてあげる。おや、期待したの？　食い千切られそう、だ」

「あぁんっ、んあっああっ」

「ふふ、乳首摘み上げるとぎゅんぎゅん締まるね……く、う、すご、い」

喘ぐ唇を啄《ついば》みながら、乳首を摘み上げられ、ゆるゆると奥を突く卑猥な音が室内に響いた。

もう、先生の指と舌が知らない箇所《かしょ》など、どこにもない。

両腿《りょうもも》を押さえつけられたまま、なんども奥に突き立てられて、中をこね回された。

乳房を揺らされ、乳首をこね回され、何度も歯を立てられて声を上げた。

花芽は指先で嬲られ、じんじんと熱を上げている。

腰の動きは一向に止《や》まない。それどころか、穿《うが》つスピードは上がる一方で、先生の腕にすがり付いて、浴びせかけられる熱情を、受け止めるだけで精一杯《せいいっぱい》だった。

先生の熱に溶けた瞳《ひとみ》と、目線が重なる。

瞳が重なった瞬間、どちらからともなく唇を寄せ合って、口付けた。先生の舌先が口の中に滑り込んで、舌と絡み合う。ちろちろと舌先で互いを確かめながらも、下半身を穿つ楔は激しさを増していく。舌を絡ませながら、壊す勢いで先生が何度も奥を打ちつけて来る。

「――口を、開いて。舌を出して」

何度も何度も熱に穿たれたまま、言われた通り口を開く。舌先を差し出すと、先生の唇が重なり合うぎりぎりまで降りてきて、舌先だけで睦《むつ》み合った。

脳髄が痺れるほどの、官能の渦《うず》に息すら怪しい。

うつぶせにされた時は、腰だけ高く上げられ獣《けもの》のように求められた。前に回した両手で胸を執拗《しつよう》にいたぶられながら、尻を震わせる淫猥《いんわい》な音を聞いた。何度も行き来する楔の勢いに、熱に浮かされたように先生の名前を呼ぶ。興が乗ったのか、何度目かの呼びかけに、応《こた》えるように、うつぶせた身体をふわりと抱えあげられた。

「ぎりむ、せんせ？」

身体を捻《ひね》って先生の方を向こうとしたら、膝裏をぐっと掴まれて、そのまま淫《みだ》らな形に固定された。羞恥《しゅうち》に思わず閉じようとした足の間に、隆々とした楔を突き入れられた。

「あっあっ、せ、せんせ、こんな格好、」

「恥ずかしい？」

「んっんんっ」

涙《なみだ》交じりの懇願《こんがん》も、聞き入れてくれる筈《はず》もなく、淫らな格好のまま軽々と上下に揺さぶられた。羞恥に悶《もだ》える姿もまた、可愛いと耳元で囁かれ、散々に喘がされた。

上になり下になり、真横から差し込まれ、抱え上げて胸を揺らされ、後ろから尻を鷲掴《わしづか》みにされて突き立てられて。何度も体位を変えられながら、先生の欲望が、わたくしの鞘《さや》の中で高まって弾けていくのを感じた。

わたくしは手荒く抱かれて脅《おび》えるどころか、ギリム先生の荒々しい手に歓喜した。

この高貴な方が、我を忘れてしまうほどわたくしの身体に溺れている現実に、狂喜したのだ。

「エル、私にしか見せない顔を見せておくれ。私しか知らない君を知りたい。もっとだ、もっと、乱れなさい」

わたくしの身体を、軽々と抱き上げてギリム先生は、麗しいお顔に欲を滲《にじ》ませ囁いた。

向かい合って座る形で、ギリム先生を受け入れると、歓喜と充足に満たされる。

けれども、だらしない顔など見せられないから、必死に平常心をかき集めた。

でもせっかくかき集めたなけなしの平常心は、先生の牡の勢いの前に消え去った。

「あん、あ、だ、だめぇ。あ、ん、ひゃあんっ、せ、せんせ、はげ、し、の、あぁん」

何回天国をのぞいたのかさえ、判らない。上手《うま》すぎるのも問題だと思う。

「羞恥に染まった顔も実にいい。さあ、イクところを見せてごらん」

しかも、なんか、拙《つたな》い仕草が先生のエロの琴線に触れてしまったようだ。エロさマシマシで微笑んだ先生は、ぐっと腹筋に力を入れると、軽やかに腰を突き上げ始めた。

「———あっ、せ、せん、せ、ひあっあっ！　あ、ん、やぁっんっ」

ちょっ、ちょっと、待って。これ、本編黒薔薇《ばら》お得意の、騎乗位じゃないですかっ！

クルト様を食ったとき、事後笑いながら『わたくし、乗馬は得意なの』って舌なめずりした、伝家の宝刀ですよ？

これなら、主導権を取れるかもしれない。翻弄されて満たされるばかりじゃ、黒薔薇の名が廃る。黒薔薇にも黒薔薇なりの意地があるのだ。

先生にもわたくしの身体で、目一杯、満たされて欲しいですからねっ！

よ、よし。頭空っぽにして、先生の胸に手を置いて、と。

先生の腰の動きにあわせて、腰を……。こ、腰を……。

んあっ、先生、胸を触っちゃいけません。イッたばかりで敏感なんです。

ちょ、ちょっと、待ってて！ そっちはもっと触っちゃだめだってば！

「あ、ああんぁ、あんっ！ あんっ！ ダメぇっ、へんなの、へんになっちゃうの、だめなのっ、ぎりむせんせ、だめえっ」

……黒薔薇の意地を示そうと、がんばればがんばるほど、先生の牡の勢いが増していくのは何でだ。

なんか、イイ笑顔になった先生に、尻をガッと鷲掴みにされて、下からがんがん突き上げられた。

頭がくらくらになって、腰ががくがくになって、あんあん鳴くまで翻弄されたのに、あんあん鳴いても終わる気配が無い。

「さあ、エル。顔を見せて。私の精を受け取りなさい」

「あんっ、あんっ、あんっ、ひぃ……ぁんああっ、おなか、奥、あつ、熱いィィっ」

びゅくびゅくとはじけた熱い精を、たっぷりと腹の奥で受け止めて、わたくしは。

——本領発揮したエロフから、エロの主導権を奪う事こそ無理ゲだと、悟ったのです。

絶頂の余韻に震える身体を、先生の胸に預けながら何はともあれ、これで初夜が終わったと呼吸を整えていると。

「……ギ、ギリム先生？　あの、あ、あの！」

「ん？　まだ、いけるでしょう？　エル……」

いいえ、無理っす。

駄々漏《だだも》れの色気でわたくしを流し見た絶倫《ぜつりん》エルフは、吐精したにもかかわらず、涼しい顔でわたくしの尻を撫で回している。まて、まてまて！

極太の凶悪《きょうあく》な物が尻の付け根に当たってるのですが、エルフって草食系だよね？　そ、草食系だったよね？　耳ハムでここまで豹変《ひょうへん》するなんて、聞いてないよ。

「ギリム先生、わ、わたくし、今日は、もう」

腰なんかがくがく言ってるし、気をやりすぎて力が入らない。

「まだだ。こっちも、気持ちいいでしょう？　エル」

「ひゃあんっ」

尻の付け根に剛直を押し付けながら、尻揉むエロフが容赦《ようしゃ》ない。

どうしてこうなった。

「ああ、エルは柔らかくて熱くて……たまらない、何度でも味わいたいよ。日に焼けてないここに、もっと私の跡を刻み付けたい」

ギリム先生、桃尻鷲づかみしないで。剛直こすりつけないで。

思わず内腿に力を入れてシーツを掴んでしまった。腿の間に押し込まれた剛直が、脈打ってるのを感じて、慌《あわ》ててしまう。

でも、夜の大賢者様に太刀打《たちう》ちなんかできるはずはなかったのだ。

「……エル」

背後から抱きかかえられて、ベッドにふたり、倒れこんだ。

……吸われて噛まれてしゃぶられたせいで真っ赤になった乳首を、美エルフの長くて繊細《せんさい》な指が弾いた。そしてそのまま、指先で小さな円を描《えが》くように、刺激し出す。

「んひゃっ、先生、あんっ、だ、だめっ」

「だめ？　それは悲しい。それでは……こっちはどう？」

「あっひあぁんっ！」

刺激に目を開ければ、先生がわたくしを背後から抱きすくめ、前に回した左腕で胸の先端を、右腕では尖りきった花芽を、撫でていた。

蜜《みつ》を纏わせた指で、硬く尖ったそれを時折きつく摘み上げ、そして宥めるように撫でさする。

刺激にきゅっと閉じた腿に熱い剛直がねじ込まれた。高まって脈打つ楔は、先ほどの激しさを思い出させるように、脚の間を前後に擦りたてる。

花芽への刺激に腰を跳ねさせると、すかさず耳へと舌先が降りてくる。

耳たぶを音を立てて舐められ、敏感な果実も全て指先で弄くられて、逃げ場が無い。

快感に背を震わせても、許してくれない。襲い来る快楽に為《な》す術《すべ》なく翻弄されても、降るような睦言と共に唇が落ちてきて、絆《ほだ》される。何度もキスをされ、何度も指先で快楽を与《あた》えられ、上げる悲鳴は甘くなるばかりだ。きつく閉じた内腿を行き来する剛直は、更に熱く、隆盛を誇《ほこ》り、否応無くわたくしの中の熱を煽る。

狂おしいほどに、求められている現実に、目眩《めまい》がするほどの喜びを感じる。

止められない思いに気付かされるのは、こんな時だ。

激しく求められて、素直に喜びを感じてしまったのだ。勢いよく突き立てられた瞬間に、身体が楔を締め付け、感極まって果てるほどに。

「……くっ」

息を呑む先生の声に含まれた色気が半端《はんぱ》なくて、脳天から尻までが震えた。

それがまた刺激になったのか、先生の指先が、先を促《うなが》すように尖りきった花芽に蜜を纏わせぬるぬると惑わす。時折、弦を弾くようにかきならす。そのたび剛直を収めた奥がきゅんきゅんと締め付けを繰《く》り返《かえ》す。

どうしようもないくらい気持ち良かった。

ぐずぐずにとろけてしまうほど、愛されて嬉しかったのだ。

好いた人に求められて、共に駆け上がる幸せを、拒《こば》める人が果たして何人いるだろう。

角度を変えて穿たれながら、艶《つや》めいた声を上げ、先生の牡を締め付け、腰を揺らし。おそらくは拙い腰使いなのに、満足の吐息を吐いてくれる、先生が愛しかった。

わたくしを見て嬉しそうに微笑んでくれる、このお方が好きだ。

だから、先生の望むままに、何度も体位を変えて精を受け入れる。

果てる度きつく抱きよせられて、名を呼ばれた。

その胸で先生の心音を聞き、その腕の中で、余裕を失った顔を見上げた。

わたくしを乱すのはギリム先生だけだけど、ギリム先生の余裕を失わせるのはわたくしなのだ。

「気持ちいい、エル。どこもかしこも美味《おい》しそうに色づいて、全部舐めて啜《すす》って噛《かぶ》り付いて、印を付けたい。もっと、私を覚えて、私に包まれて、私以外、見ないで」

「ギ、ギリム、せ、んせえ」

何度目かの絶頂を迎えて、切れ切れに呟いた絶倫エロフの言葉はとても激しかった。求められている事を自覚して、嬉しくて、幸せで――、わたくしは。

先生の眼差しを受け止めて、微笑《びしよう》した。

「あっ、くっ……え、るっ」

「……っん、は、ぎ、ぎり、む」

放さないと言わんばかりの抱擁《ほうよう》に、息が止まった。先生が背を震わせた後、ためていた吐息を吐き出した。

わたくしといえば、ギリム先生の腕に囲われたままだ。

ギリム先生の胸に甘えるように頬をよせ、目を閉じて余韻に浸る。

今度こそ終わったのだと思ってた。

……鞘に収めたままの牡が、鎌首をもたげるのを「また」感じるまでは。

「――え？　ま、待ってくださいましっ、せっ」

ずるるると引き抜《ぬ》かれた剛直の存在感に、思わず先生の身体にしがみ付いた。無意識に締め上げたのか、余韻で腰が震える。

見上げると、ギリム先生が色気ましましで微笑んでいる。

「……ん、良い子だ。こんなに、必死にねだるなんて」

「んう……待ってください、ギリム先生、まっ……んあんっ！」

ぎりぎりまで抜き出されていた楔が、勢いつけて差し込まれた。奥の奥で受け止めて息が詰まった。

絶倫エロフにとって、「待て」は「もっと」の同義語なのか。

待ってと口にすればするほど、牡の勢いが増していく。

「あ、あん、むり、もうむりぃ、お腹、いっぱいで、も、はいら、な……あっあああ――っ」

……どうやらわたくし、エロフの本気を測り間違《まちが》えていたようです。

ギリム先生、ダブルピースしますから、今日のところは、もう勘弁してくださいっ。


おわり！

おまけのエロフ

……思いが伝わると言うことは、なんと幸せな気持ちになれるものだろうか。

追いかけて捕《つか》まえて、手の中で囲ってしまいたいと思っていた少女が、私の手を取ってくれたことの、幸福を噛み締める。

賢者《けんじゃ》と呼ばれ、幾星霜《いくせいそう》の時を数えても、これほどの奇跡に出会ったことはない。

『一生のお願いにございます、このエルローズをお側《そば》においてくださいませ』

嬉しさのあまり言葉を失うことがあるのだと、初めて知った。

『わ、わたくしのほうが、もっと愛しておりますわ！』

ぶつけられる幼いゆえの純粋《じゅんすい》な思いの前には、いかな賢者とて太刀打ちなど出来ようものか。

はじめから負けは決まっていた。

思いを捧《ささ》げて、思いを返してもらう事が、どれほどの奇跡か。

壊してしまわないよう、細心の注意で妻にした。

怖がらないで欲《ほ》しい。逃げないで欲しい。柄でもなく不安に思っていた私を感じ取ったのか、エルローズは大きく腕《うで》を開いて、思いごと受け止めてくれた。

……そうなるともう、止まらなかった。

淫靡な水音をたてながら、抱えあげた少女の膣に思う様、欲望を叩《たた》きつけた。

彼女《かのじょ》の中は我を忘れてしまいそうなくらい、熱くて狭くて心地いい。

片手であまるほどの形良い胸も、むっちりと女らしい肉付きの太腿も、締め付けては味わうように舐めあげてくる膣中も、ほのかに色づいた尻も最高だった。

初めての癖に私に応えてみせようとした健気《けなげ》さも、拙い仕草で誘《さそ》うのも、一生懸命奉仕してくれる姿も、私の性感を煽るだけだ。

ひとつひとつ快感を教え込む淫靡さは、特に背徳感を煽った。何一つ知らない、まっさらな少女の、その無垢《むく》な身体を、自分の欲望のまま染めあげる快感と言ったら。

白い身体に無数の印をつけ、思う様腰を振《ふ》りたて追《お》い詰《つ》めて、最奥で果てる例えようのない征服欲。何度でも吐きだして、その都度、中を確認《かくにん》できる満足感。赤い花襞が何かを欲するように収縮するのを間近で見つめる優越感。

白濁《はくだく》した液が収まりきらずにとろりと滴《したた》るのを確認した時は、脳髄《のうずい》がしびれるほどの幸福を味わった。

余韻に震《ふる》えるエルの身体を組み敷いて、もう一度楔を押し込む。

女性的な胸を目の前で思い切り揺らし、揉みこんで音を立てて赤く尖った乳首にしゃぶりつき、舐めて吸って羞恥を誘いながら、わざと動かずエルを焦らした。自分から脚を開いてねだるように誘導《ゆうどう》したのだ。

「せんせ、おねが、おねが、い」

「ん？　入っているだろう？」

「ち、ちが、せんせ、う……うごいてくださ、」

「こう？　こうかな？」

エルの願いのままに牡の滾《たぎ》りで、思う様、追い込んで何度も中で果てた。

それでも足りずに、また咆哮《ほうこう》を上げる貪欲《どんよく》さに自嘲《じちょう》するしかない。

エルローズは慌てた様子で、自分の顔の前でしきりに両手を動かしていたが、その突き付けられた白い指に、ぱくりと噛み付き、舐めあげた。

「――ち、ちがーう！　ま、まってっ、せんせ、ぎりむ、ひゃっ、あっ、あっ、ああ――っ」

……何が違うというのだろう。差し出されたものは、口に含《ふく》んで愛《め》でるべきだろう？

それに、顔を真っ赤にした美味しそうなエルローズを前にして、何を待てば良いのだろう。

当てが外れたと言わんばかりの表情に、知識欲を煽られた。

違うと言うのなら、正解を見つけるまで。

待てと言うのなら、もっとと言わせるだけだ。

「エルローズ、エル……」

「は、んっ、あっあっあっ」

何度目かの吐精と、同じく絶頂したエルローズから、かくり、と力が失われる。

失神したエルローズの身体を抱きしめて、私は満たされた気持ちでいっぱいだった。

エルローズの身体に残った情交の跡を目で辿《たど》りながら、私の思いに応えてくれた彼女に、枯れる事のない熱情を抱いた。

エルローズを包んだシーツごと、清浄魔法《まほう》で浄化したあと、注意深く彼女の様子を看《み》て行く。頬《ほお》は薔薇色に染まっていて、泣かせてしまった瞼《まぶた》と、鼻の頭が少し赤い。

何度もキスをねだった唇は、赤く腫《は》れぼったくなっている。目の周りに口付けをしながら、なおも慎重に彼女の身体を看る。

破瓜の痛みに眉《まゆ》がゆがんだのは一瞬だった。その後は痛がることは無かったと記憶《きおく》している。翻弄してしまったと反省はするが、彼女が夢の中で怖《こわ》い思いをしていないか、注意深く観察した。

すうすうと眠《ねむ》る少女の唇から視線が外せない。

……口付けしたら起きてしまうかもしれない。でも、少しくらいなら、と尚も見つめていると、ふと微笑《ほほえ》んだ唇に名前を呼ばれて、頭が真っ白になった。

名前を呼んでくれた愛《いと》しい人は、私の懐に擦《す》り寄《よ》って、安心したようにまた微笑んだ。身も心も充《み》たされた私と同じように、エルローズもまた充たされたのだと、ようやく安堵《あんど》した。慣れない彼女を振り回した自覚はあった。それでも止まらなかったのだ。

淡《あわ》い金髪《きんぱつ》を手櫛《てぐし》で直し、眠り姫《ひめ》の額にキスを落とす。

それから、室内を見渡《みわた》して、空気を入れ替えるために、窓を開いた。

――ひゅんっ！

刹那《せつな》、風の魔法が私のこめかみのすぐ横を突き抜けていった。

「……無粋」

難なく避けて呟《つぶや》くと、彼女によく似た風貌《ふうぼう》の青年が窓の外に立っている。

アラン・グレイだ。

険しい眼差《まなざ》しを隠《かく》しもせず、私を睨《にら》みつけてくる。

この私を前にして、一歩もひかない眼差しの強さに、その成長を感じた。

「導師、僕《ぼく》は言いましたよね。婚姻前の同衾《どうきん》は認めないと。そして姉さまの後見人として、王家主導で婚礼の儀式を執《と》り行う事もお伝えしていたはずです。それなのに嫁入り前の姉さまに手を出すとは何事ですか！」

「……私が望んで、エルローズも望んでくれた。ただそれだけの事なのだが、君の複雑な気持ちも分からんでもない」

「姉さまは、まだ、十六歳《さい》で、恋愛《れんあい》経験も無いんですよ。大賢者様ともあろう方が、なんということを！」

「愛し合うことはひどいことではないぞ、アラン・グレイ。お互いに充たし、充たされるのだ。それに私は選ばれなくともエルを守ると誓《ちか》っていた。たとえば、エルに選ばれた男がマリウスや、クルト・メイデンだった場合でも、私は賢者として大局を鑑《かんが》み、彼《かれ》らに里にいる間に彼女を妻にするよう進言するだろう。……幸い、エルが私を選んでくれたおかげで、血を吐くような思いも、眠れない夜を過ごすことも、せずに済んだがな」

……まあ、別な意味で生涯忘れることのできない、眠れない夜……いや、朝を過ごしたが。

エルはすばらしく可憐《かれん》ですばらしく健気で、従順かと思いきや積極的に私を落としにかかってきた小悪魔《こあくま》的なところもある、魅惑的な女性だ。

寝室《しんしつ》に記録をつかさどる魔法陣《まほうじん》を置いておかなかった事が悔やまれる。

あんな、扇情《せんじょう》的に私を魅了《みりょう》してきたエルの姿を残せないなんて、何たる失態か。

「……どういうことですか、導師」

名実共に弟となった青年に、戸惑いの目で見られて、頭の中で組み立てていた、映像と音声の記録の為の魔法陣の構成式を、隅《すみ》に追いやった。これは賢者の名にかけて、必ず作り上げてみせる。

「王都に戻《もど》ってから妻にしたのでは、遅《おそ》いのだよ。なにせ、エルフの里で匿《かくま》われていたシスターは、これからの国にとって重要人物なのだから。陛下の覚え目出度《めでた》き『緑の手』で、彼女の作り出す『お守り』は、まねの出来ない一点ものばかりだ。そしてその効果はこの十年余りで証明済みだ」

「……ええ」

私の言葉にアラン・グレイが頷く。それに軽く頷き返して、私は更に言葉を続けた。

「アラン・グレイ。若く美しく、将来性のある女性を、意のままに操る方法を知っているか。貴族社会になじんだ女性ほど、逃れることが出来ない方法がある」

「……え」

「想像するのもおぞましく、汚らわしい方法だがな」

聡《さと》いアランはそれだけで察したようだ。さっと青ざめた。

「……姉さまが狙《ねら》われていたという事ですか」

アランの言葉に、鷹揚《おうよう》に頷《うなず》いてみせた。

「残念なことにな。能力だけでなくその身にも価値のある女性だ。俗物《ぞくぶつ》ほど咽喉《のど》から手が出るほど欲しいだろう。金の生《な》る木と見られたか、出世の足掛かりと目されたか……。何《いず》れにせよ、高貴な後ろ盾《だて》が欲しい者達に狙われることは想定済みだった。だから踏《ふ》みにじられる前に、有力者と縁を結んでおく必要があったのだ。確かな地位にある者ならば更に良い。陛下にとって、エルの相手は今回の同行者から出るのなら誰《だれ》でも良かったのだよ」

……まあ、相手が誰でも、負けるつもりは無かったがな。
一、二度振られたからって、諦《あきら》めることが出来るわけも無い。エルが頷くまで、求愛攻撃《こうげき》が続くだけだ。
そして誰に嫁《とつ》いだとしても、私達が旧態貴族の手出しを決して許さないだろう事。

彼女に不埒《ふらち》な思いを抱いた男を見つけたら、マリウスは微笑みながら血液を沸騰《ふっとう》させるだろうし、クルト・メイデンは冷めた眼差しで四肢を切り落とすだろう。

ヴィアル・ダルフォンなら男の尊厳を粉々にしただろうし、ナウィル・ディクサムなら眉ひとつ動かさずに、男の一生を潰《つぶ》しただろう。

私なら、生きているのを後悔《こうかい》するまで魔法陣で遊ぶだろうか。後悔して平伏してもやめないけれど。

そんな私たちのエルローズ防御網《ぼうぎょもう》を突破しても、後に控《ひか》えるのは黒狐《くろぎつね》と名高い宰相《さいしょう》に、筋肉達磨《だるま》の将軍だ。そして最後にこの国の王がいる。

そして、エルローズは私の思いに応えてくれたのだ。

『妻にしてくださいませ』と、言われた時の幸せは、言葉に言い尽くせない。

だが、幸せの余韻に浸ってばかりもいられない。

心配症の義弟は義兄として、正しく導いてやらねばなるまい。特に姉にせまる危機を察知する能力に関しては、どれだけ教え込んでも足りない。

「……僕ばかりが蚊帳《かや》の外ですか」

「たった一人の姉を慕《した》う気持ちは良くわかる。だが、こちらも考え抜いて迎えに来たのだ。そして我らに陛下が言及されたことはひとつだけだ。『無理強《じ》いはするな』と。エルローズの悲鳴が、聞こえたか？」

「……いいえ」

「私とて拒絶《きょぜつ》の言葉を耳にしたら止めるつもりだった」

……が、幼い口付けを情熱的に返されて、我を忘れて翻弄されたのは、むしろ私のほうだった。

「……大切にすると誓う。今はよく眠っている。起こさないでやってくれないか」

「導師は、姉さまをどうなさるおつもりですか」

「どうするつもりもない。エルは私の妻だ。未来永劫、私の片翼となる、私の永遠だ」

手離すつもりなど、毛頭ない。

エルローズ、悪い男に目を付けられたと諦めて、この腕に囚《とら》われて居ておくれ。

幸せな日常を約束する。全力で君を守る。

そして願わくば。

永遠の安らぎを与えてくれる私の神となってくれることを――――切に願う。

これより先は、もしかしたら
有り得たかもしれない未来のお話。

数奇な運命を辿った黒騎士と、
彼が愛した少女との物語。

ある騎士は過去と未来を行き来する

――呼吸が辛くなってきた。

もう指の一本も動かない。

浅く吐き出す息も、途切れ途切れになっていた。

この人生には、納得していた。

生れ落ちた泥の中でもがきながらも、得難い友を得、力をふるえる役職を得、他国の脅威《きょうい》から自国を守り、英雄と呼ばれ、他人からは「戯曲《ぎきょく》のような」と言われた一生だった。

友がいた。

彼らがいたから、立っていられた。

彼らがいたから迷わず、戦いの中に身をおくことができた。

敵がいた。

彼女にかかれば俺《おれ》など、尻の青い三下だ。

それでも必死に証拠《しょうこ》をかき集め、彼女の行く手を遮《さえぎ》った。

誇らしかった。国を憂《うれ》い、悪女に蝕《むしば》まれようとした祖国を救ったのだから。

彼女が天空牢獄《ろうごく》に収監された時は、肩の荷が下りたと感じると同時に、一抹《いちまつ》の寂《さび》しささえ感

じたものだ。

救国の英雄と呼ばれ、陛下の信頼《しんらい》も厚く、それゆえ子爵《ししゃく》上がりの小僧にはもったいないほどの良縁も勧《すす》められた。

だが、俺はすべてを断り、独り身を貫いた。

愛した女などいなかった。

俺の心をかき乱し、血を吐くような苦しみを与えた女がいただけだ。

思い返すとあの女は、胸くそが悪くなるほどの毒々しい華《はな》やかさを持っていた。息が詰まる程《ほど》の威圧を放つ寒々しい美貌《びぼう》。検分する眼差しに気圧《けお》されたものだ。

繊細な指先や、微笑みに形作られた赤い唇に男達が夢中になるのを、歯噛《はが》みしながら見ていた。思わせぶりな眼差しの、長いまつげを思い出すと、言い知れない焦燥感《しょうそうかん》にかられた。

あの女が脆弱《ぜいじゃく》さを見せ付ける相手は、いつも大人の男だった。

権力と財力と国を動かせるだけの頭脳と胆力《たんりょく》を持った、男盛りの騎士や、政治の中枢《ちゅうすう》に腰をすえた男達の前でだけ、あの女は弱さを見せた。弱い自分をさらけ出して、庇護《ひご》を誘い、盾とするために。

なんて悪女だと吐き捨てたものだ。あれは男を惑わす毒花だと断じて、少年の潔癖《けっぺき》さで視界から排除《はいじょ》した。

そのくせ、あの女に男として認めてもらえなかった悔《くや》しさを紛らわせるように鍛錬《たんれん》に励《はげ》んだ。いつか見返してやる、いつか認めさせてみせると、息巻いて己《おのれ》を鍛《きた》えた。

……俺は、いきがるだけのガキだった。

彼女の闇《やみ》を暴《あば》く為《ため》、相棒と共に駆《か》けずり回った。

緻密《ちみつ》に時間軸《じく》を調べ、彼女の足跡を記録し、証拠をそろえて彼女が稀代《きだい》の毒婦であると申し立てても、初めは何かの間違《まちが》いだと一笑に付された程だ。


――エルローズ。悪名高いアクラウスに咲いた一輪の薔薇。


悪徳で知られるアクラウス家当主夫妻が彼女の親じゃなかったら、彼女の持つ毒の棘《とげ》に周囲はもっと早く気付けただろうか。

胸を焼く憤《いきどお》りの意味を深く考える事もせず、正義感を振りかざし、侮蔑《ぶべつ》のまなざしで黒薔薇を射抜き、彼女の前に立ちはだかった。

自分を守る為に、自分を差し出し、一枚一枚、盾を補強していた黒薔薇の絶望に、気付きもせず。

あれは悪女だと断罪し、見下して憎もうとした。

そうしなければ、己の矜持《きょうじ》が保てなかった。

忠誠心と友情と、認めたくない心情に挟まれて、身動きが出来なくなる前に、俺には自分を律《りっ》する必要があったのだ。

だからあの夜は願ってもない夜だった。

衣を落とし、肌《はだ》をさらして迫る女に、幻滅《げんめつ》するには最高の。

友はいた。

愛した女はいなかった。

ただ、一生一度の恋《こい》をしていた。口に出せない恋だった。

……拒《こば》めなかったのだ。

自分が好いた女が、目の前で衣を落として誘う現実に、拒む事ができなかった。

「クルト様」と耳元で囁《ささや》く声に、反撃する力がそがれたのだ。

一糸纏《まと》わぬ姿で魅了する彼女に、あの夜、俺は負けたのだ。

「うふ、うふふ。アランは裏切られたと絶望するかしら。殿下《でんか》は恥知《はじし》らずと罵《ののし》るかしらね。……それとも売国奴《ばいこくど》と通じていたのかと嘆《なげ》くかしら？」

呪糸《じゅし》で椅子《いす》に拘束《こうそく》されたまま、衣服を開けられ、そこここに赤い唇が這《は》い回った。

吸い付いては猫がミルクを舐《な》めるように、ちろちろと赤い舌先が肌を伝う。

その後を白い指が這い回った。ぞくりと身の内で何かが跳《は》ねた。

女はそんな俺に気付きもせず、開けた箇所に顔を寄せ、まるで水を舐め取るように卑猥《ひわい》な音を響かせる。熱心に舐め取るその表情を見下ろしていると、背徳感が背を駆けていく。やがて満足したのか身体を離すと、びくびくと滾《たぎ》るそれを物珍しそうに眺めて、握《にぎ》りしめた。

「ねえ、いきたい？」

赤い唇が弧を描く。

しなやかな肢体に淡く輝《かがや》く金の髪を纏わせて、女は俺の腹の上に跨《また》がると、天を突《つ》くそれに肉《にく》襞《ひだ》を絡みつかせ、一気に深々と身を落とした。

その衝撃《しょうげき》に息が詰まる。ついで舐める様に締《し》め上《あ》げてくる肉の感触に、腰《こし》の奥《おく》から震えが走った。

そんな俺を満足げに見下ろし微笑んだ女は、飲み込んだ牡を従わせようと腰を揺らしはじめた。焦らすようにゆっくりと、時に激しく追い討ちをかける。

頬を染めて、絡めとろうとする女を見上げた時、戒《いまし》められた呪糸を断ち切り、柔《やわ》い女をかき抱《いだ》いた。

一瞬《いっしゅん》で天地が返ったことに、女は動揺したようだ。

「なっ、なにを、お放しっ！　動くのはこのわたくしよ。あなたは犬のように、焦れてればいいの。欲しがって鳴けばいいの。放しなさい！」

「……そうか、俺は犬か」

焦《あせ》った女は主導権を握ろうと躍起《やっき》になったが、俺の方が力があった。女を押《お》さえ込んで、収めたままの牡で、何度か奥を擦《こす》りたてれば、あえなく弱さを曝《さら》け出す。

「こ、この、駄犬が！　お放しったら！　あっ、うあっ」

「犬なら、全身舐めあげて飼い主にこびねばな」

女王然とした先までの振舞《ふるまい》と打って変わって弱弱しい。身をよじる姿も、快感に戸惑う姿も、愛された事のない、ただの不器用な女にしか見えなかった。

「あ、やぁ、やめ、やめなさ、ひ、ひゃ、んやぁ！」

抗《あらが》う腕は細く、打ち付ける拳《こぶし》は弱い。

女を組み敷いて、思うまま柔らかい奥を、攻め立てた。締め付けて痙攣《けいれん》するそこから、収めた牡を伝って、得も言われぬ愉悦《ゆえつ》が湧きおこる。全身を襲《おそ》う快感に流されないよう、歯を食いしばり、堪《た》えた。

何度も角度を変えては深く押し込み、最奥に欲望をぶちまけて、征服欲を満たした。収めたそれを音を立てて引き抜いても、牡はまだ隆々と天を指したままだ。

「こ、この」

睨みつける眼差しは壮絶な色を纏っている。味わったばかりなのに、また牡を埋め込んで攻め立てたい欲望に支配される。

気の強い女が腹いせに蹴り上げてきた足を、これ幸いと捕まえて、押さえつけた。羞恥に染まる顔を真上から見下ろした。

男を欲情させるには十分な色気だ。女はどこもかしこも柔らかくて、甘《あま》く香《かぐわ》しかった。犬と呼ぶなら呼べば良い。

汗《あせ》も涙も唾液もすべて、身体が覚えるまで舐めとった。とりわけ甘い、奥園から滴る蜜《みつ》は、舌を差込み、震える肉襞を堪能《たんのう》しながら啜《すす》り上げた。ここに牡を埋めて、擦りたてることを考えただけで、牡が反り返り腹を打った。

「忘れるな」

うわ言のように呟く言葉は、女に告げたものか、自分に刻んだものか。

「忘れるな、この味も、感触も、痛みも熱も、俺が齎《もたら》したもの全て」

勢いつけてねじ込んだ瞬間《しゅんかん》、まるで恋人《こいびと》にそうするように女が全身で縋《すが》り付いてきて、胸が弾《はず》んだ。頼るよすがは俺だけだと言わんばかりの必死さに、脳髄《のうずい》が蕩《とろ》ける程の快楽を感じたのだ。

女に形を覚えこませる為だけに、俺は女の細い腰をきつく抱き、獣《けもの》のように何度も何度も最奥で爆《は》ぜたのだ。

あの夜だけは、友の顔も、敬愛すべき陛下の顔も、女の策略で死んでいった者たちの顔すら、自分の中から消えたのだ。

これを裏切りと言わずになんと言おう。

だから俺は、恋した女を追い詰めて、追い詰めて。

……だが、この手にかけることが出来ずに、逃《に》げたのだ。

殺してやればよかったと、今なら思う。

そうすれば、あの瞳《ひとみ》に最後に映る男は他の誰でもない俺だったはずだ。

あの頃《ころ》、アクラウス家が影《かげ》で隣国《りんごく》と通じている事は、中枢部《ちゅうすうぶ》には知れていた。

だが誰が、アクラウス家当主ではなく、その娘《むすめ》が中心になっていると思うだろうか。

アクラウス家当主夫妻を標的に張り巡らせた警戒網《けいかいもう》は、その娘を捉《とら》える事は出来なかった。

日を追う事に被害《ひがい》が拡大し、恐れ多くも陛下を狙った逆賊《ぎゃくぞく》を捕らえて初めて、黒幕が彼女だとわかったほどだ。

黒薔薇《ばら》は、おそらく自分以外、信用出来なかったのだろう。

父母は論外、陛下には近づけず、清廉《せいれん》な立場を貫いていた殿下に縋ることも出来なかったのだろう。

信じられるのは己の才覚、己の美貌。そしてその色香に迷った男達だけが、裏切らないと認《にん》識《しき》していたのだろうか。

男達は、黒薔薇の手がける悪事に手を染め、さらに私腹を肥《こ》やし、終焉《しゅうえん》に向けて肥え太った。

最後の日、陛下を狙った呪詛《じゅそ》の糸はとても強かった。一瞬のためらいも許されない、張り詰めた時間をぬって襲い掛《か》かった呪糸を、アランの風刃《ふうじん》が阻《はば》み、俺の剣《けん》が切《き》り裂《さ》いた。

呪詛の糸に絡め取られたあの時と違い、強靭《きょうじん》な糸を断《た》ち切ることが出来たのだ。

一矢報《むく》いた事に胸が高鳴ったのを覚えている。ようやくあの女に力を示せたと思ったのだ。

黒薔薇の呪詛と同時に陛下に襲いかかった賊共は、殿下の守りに弾かれ、地に伏せていた。

騎士《きし》達が男達を押さえ込んで、次々に拘束している。

襲撃《しゅうげき》の騒《さわ》ぎが過ぎ、静まり返った広間には、長い髪を床《ゆか》の上に散らし、押さえ込まれた黒薔薇の姿があった。そこにいた誰しも息を呑むほど、退廃的《たいはいてき》な美しさだった。

一瞬交差したまなざしに、温度はあったのだろうか。俺は呪詛を断ち切った勢いのままに黒薔薇を睨みつけた。もう、弱い子供ではないと見せ付けたかった。

だが、重苦しい重圧の中、屈強な騎士に押さえ込まれた黒薔薇は、俺を見て微笑した。毒々しくも美しい笑みだった。

「……か弱い女を力ずくで押さえ込まねば安心できない程、この国の騎士道は地に落ちたのですか？」

床に押さえ込まれて苦しいはずなのに、囁くように毒を吐《は》いた黒薔薇に、騎士が動揺する。

陛下に剣を捧げた騎士にとって、狼藉者《ろうぜきもの》でも女性を乱雑に扱《あつか》うのは躊躇《ためら》われたのだろう。

「――わたくしはエルローズ。アクラウス家のエルローズなのです。下郎めが触《ふ》れていい存在ではないわ。お放しっ」

拘束していた騎士があわてて手を緩めると、黒薔薇はゆっくりと立ち上がった。

解《ほど》けた髪を手で無造作に背中に払《はら》う。

行き詰まり、高まっていく緊張感が周囲を襲う。女、一人に場を制されていた。

ひとり凛《りん》として立つ黒薔薇の目の前では、そのアクラウス家の当主夫妻と、黒薔薇の脇《わき》を固めていた男達が騎士に同じように押さえ込まれていた。

黒薔薇と違うのは、押さえ込んでいる騎士たちに、命乞いしながら泣き喚《わめ》いている事だ。

「放せっ！　わしは知らん！　全てエルローズがやったことだ、わしは知らん！　いたいいたい！」

「助けてお兄様！　わたくしは何も知りません、全て娘がやったことなのです、お兄様！」

「陛下、お慈悲《じひ》を！　わしらはただエルローズ様の言う通りに駒を動かしただけなのです！」

「陛下！　私はその娘に便宜《べんぎ》を図っていただけで、決して国政に仇《あだ》なすつもりはありませんでした！」

身内からの弾劾《だんがい》に、臆《おく》する事もなく、ただ静かに広間の中央に立ち、彼らを見つめている、温度のない水色の瞳。

旗色が悪いと悟った貴族からの汚い言葉も、両親の泣き言も、塵芥《ちりあくた》を見る眼差しで。

言い訳や命乞いをするでもなく、ただまっすぐに捕らわれたままの両親と、仲間だった男達を見据《みす》えていた。

「放せ！　わしは何も悪くない！　放せぇっ！」

「後生です、お兄様！　お助け下さいませ！」

「私は、謀反《むほん》など企《くわだ》てておりません！　売国奴はあの女の方だ！　私は、騙《だま》されたんだ！」

アクラウスの当主夫妻が縄《なわ》を打たれて引き立てられる。

さらに仲間の貴族が軒並《のきな》み縄を打たれて、引きずられていった。

黒薔薇は顔色ひとつ変えず、俯《うつむ》く事すらしなかった。

「……姦婦《かんぷ》が！　お前には血が通っていないのか？」

その姿に耐《た》え切れなかったのか憤りに飲み込まれたひとりが、罵声《ばせい》を上げた。

よせ、と声をかける前に、後方から、左右から声が上がった。

「恥《はじ》を知れ！　貴様達のせいで何人犠牲になったと思うんだ！」

「何人薬漬けにした！　何人売った！」

「売女《ばいた》め、隣国まで咥《くわ》えこみやがってっ！　どこが高貴な血筋だ？　笑わせるなっ！」

罵声の嵐《あらし》に、黒薔薇は――笑った。

ひとしきりくすくすと笑うと、真《ま》っ直《す》ぐに玉座を見据えて、堂々と言い放ったのだ。

「――己の何を恥じる事がございましょうか。わたくしはわたくしの矜持の下に、これを行なっただけ。わたくしを形作るものを守るために全力を尽《つ》くしただけです。

皆様《みなさま》は、誤解なさっていらっしゃるわ。

わたくしは何も無下に彼らから搾取《さくしゅ》したわけではありませんのよ？　弱みを握られたら、力をつけて、のし上がれば良いのです。借金の形《かた》に売られたくなければ、価値をあげて己を買えばいいのです。薬漬けになりたくなければ、有能さを見せ付けて、壊すのが惜しいと思わせればいいのです。助けが望めなければ、己が知恵《ちえ》を振《ふ》り絞《しぼ》り、自分で自分を助ければ良いのです。地位がなければ、己が知恵、己が時運を出し切って、確固たる地位を手に入れるまで抗えば良いのです。

現にわたくしはそうして参りました。

搾取された、薬漬けにされた、地位に負けたとおっしゃいますが、それでは彼らは何をしたのでしょう？

泣いて助けが来るのは御伽噺《おとぎばなし》の中だけだと誰もが判《わか》っているでしょう？　彼らは現状を嘆《なげ》くだけで何もしなかった。わたくしは、わたくしが幸せになる為に努力した。

それのどこがいけないと仰《おつしや》るの？」

淡々《たんたん》と返答する姿に、一瞬気勢をそがれ、男達の糾弾《きゅうだん》が止《や》んだ。

「――国を蝕み、混乱に陥《おとしい》れ、国を売ろうとしただろう、これは立派な反逆罪だ」

陛下の重々しい言葉にも、黒薔薇は眉ひとつ動かす事はなかった。

「では断罪なさればいいのです。悪しき前例をお作りになればよろしいわ。これより先の未来、借りた金を返すことがない者が増える事でしょう。何もせず何もしてくれないと嘆くだけの弱者で溢《あふ》れることでしょう。国の財政が傾かないことをお祈《いの》り申し上げておきますわ。そして高貴な血筋に敬意を払うこともない犬畜生《いぬちくしょう》どもが闊歩《かっぽ》するこの国の未来を、憂《うれ》うばかりでございますわ。それでは、ごきげんよう、陛下。アクラウス亡《な》き治世が、恙無《つつがな》くありますように。ごきげんよう、みなさま。あなた方が治めるこの国が、今後も国として長く続く事をお祈り申し上げておりますわね」

そう言い残し、振り返ることなく天空牢獄へと向かった女。

あの後、混乱を極めた国の中枢で、俺達《おれ》は常に自分を省《かえり》みる事をやめられなかった。

これが正しい道か。これ以外に最善の道はないか、何度も意見を戦わせた。

アクラウスという泥の中で、咲き誇《ほこ》った悪の花を追い出す形でまとまった、旧貴族と新興貴族の結束は決して磐石《ばんじゃく》ではなかった。アクラウスが抜けた後の利潤《りじゅん》を求めて蠢《うごめ》く貴族も多い。

さらに平民達の要求は、無学ゆえに高かった。

だからこそ、俺達は英雄にならざるを得なかった。綺麗事だけで国が動くはずがなかったと思い知ったからだ。

黒薔薇。お前が言い残した言葉が、俺達をかき乱す。

これが最善の道か。

これ以外に手段は無いのか。

俺達の今の立ち位置は善なのか。それとも悪なのか。

正義なんてひとつだけだと思っていた過去の青い自分を笑い飛ばした。誰かにとっての正義は、必ずしも万民の正義では有り得ない。誰かにとっての悪は、誰かにとっての正義にも成り得るのだ。

砂を噛む気分で、政《まつりごと》をこなしていく。まわりから明確な敵が消え去り、巧妙《こうみょう》に生き残った奸物は、闇に潜《ひそ》んで私腹を肥やす。その矮小《わいしょう》ぶりにいらいらし、これが黒薔薇ならばこんな姑《こ》息《そく》なまねはしないと、思い巡らせるから、始末が悪い。

囚われてたまるものかと日々を過ごしながら、黒薔薇、俺はお前に囚われたままだった。

お前が望んだ幸せとは一体なんだったんだろう。

金と地位があれば満足できたのか。男を手玉にとって意のままに操って、国を危うくしてまでお前は何を望んだ。誰かを蹴り落とせば、また誰かに引きずり落とされる恐怖《きょうふ》が待っているだけだろう。お前がそれに気づかぬはずはない。

いつしか、俺やアランやガイル陛下ですら、堅苦しく融通《ゆうずう》の利《き》かない大人の男になっていた。希望や理想が美しければ美しいほど、空っぽの自分に幻滅した。いつしかあの頃の戦いが懐かしいとさえ、思えるほどに。

あの頃はまわり全てがキラキラと輝いて見えた。一瞬《いっしゅん》一瞬のせめぎ合いに、生きている事を実感した。

お前は俺達の明らかな敵で。

俺達が正義である事は間違いのない事だった。

お前は、俺達の成長の為に必要な好敵手だったのだ。

だから、あの時もしもと思わずに居られない。

もっと早くお前と出会っていたら、その胸の内を言葉にしてくれただろうか。

沢山《たくさん》言葉をかわして、お前の理想を一緒《いっしょ》に追えただろうか。

……いつか力を認められて、お前の隣《となり》に立てただろうか。

それは黒薔薇以外、誰にもわからないことだけど。


……今から行く場所に、お前はいるのだろうか。

もう一度会えたなら、魂までも燃やし尽くしたあの戦いを、もう一度挑んでくれるだろうか。

それとも互いに互いを貪《むさぼ》りあったあの夜のように、ふたり溶《と》け合えるだろうか。

思えば、お前が画策してくれたおかげで、この国の根にかじりつく毒虫共を排除することができたのだった。

あの時代があったからこそ、残された者たちは信頼を尊び、自己を省みる機会を与《あた》えられた。

不意に脳裏に女の声がよみがえる。

『わたくしはエルローズ。アクラウス家のエルローズなのです。下郎めが触れていい存在ではないわ。お放しっ』

ああ、本当にお前は鮮《あざ》やかで艶《つや》やかで、眩しいばかりの好敵手だった。

今ならきっと、足元にひざまずいて希《こいねが》うだろう。

もう一度、あの息も詰まるような恋愛《戦い》を、と。

お前以上に心に残る女は居ない。

＊＊＊

確かに、晩年の俺は、生きる事に飽きていた。親しい者みな、身罷《みまか》って、俺も気落ちしていたのだろう。

だから黒薔薇ともう一度、相見《あいまみ》えたいなどと望んだのだろうな。よく判る。

だが、現状を理解するまでは少し時間がかかった。

戸惑いの色を隠せない子供に周囲は大いに困惑《こんわく》しただろう。

生まれ変わりか、生き直しか、いまだに判らないが、俺は確かに「また」この国で過去に生きている。

先に逝《い》ったと思っていた者たちが、在りし日の姿のままで、目の前にいた。懐かしい父母、懐かしい妹。泣かなかった俺を褒《ほ》めて欲しい。

一回目、ガイル殿下と初めてお会いしたのは、二回目の今と同じ幼年学校で七歳のときだった。その七年後に生涯《しょうがい》の友と呼べるアラン・グレイが入学してくる。その後王城勤務となり、ガイル殿下の護衛騎士として、ナウィル殿《どの》や、ヴィアル殿などの知己を得て、王城ではリム導師やマリウス医師と交流を深めるのだ。

アクラウス家の暗躍《あんやく》で失われた国益、人命は多く、隣国の国境侵攻《しんこう》で、戦端《せんたん》が開かれる。後の護国に携《たずさ》わる、重要な人達とどのようにして接触《せっしょく》すれば良いか考えたが、なにをするでもなかった。俺は今はまだただの子供に過ぎない。

有益で有能な人材と認めてもらわないと、何を言っても世迷《よま》いごとだ。だからまずは、殿下の側仕《そばづか》えを目指して、一回目と同じように訓練につぐ訓練をして、殿下の目に留まるよう頑張《がんば》った。

二回目のガイル殿下は、一回目と同じく良く周りをご覧になってくださるので、比較的《ひかくてき》早い時期に目を付けていただけた。側仕えに抜擢《ばってき》されて、ほっとした。

この調子で気にかけてもらえたら、アラン・グレイの現状をそれとなく告発して、あの家から助け出そう。そう、できれば、黒薔薇の現状も確認したいと思っていた。

「クルト。アクラウス家に行くぞ。ヴィアル・ダルフォン、お前も付いて来い」

「……は？」

「はいはーい！」

ヴィアル・ダルフォン、相変わらず、お調子者だな。

だが隣国《りんごく》侵攻の重苦しかった時代、彼のそれにはずいぶん助けられたっけ……。

いや、待て、懐かしがってる場合じゃない。なんで、ヴィアル・ダルフォンが今、王城にいるんだ。

そして殿下、なんで今、アクラウス家へ行くのですか。

巷《ちまた》を騒がせている、アクラウス家没落《ぼつらく》の噂《うわさ》は本当なのですか。

今って、アランまだ八歳だろう？　俺九歳だし。アクラウスの没落って、もっとずっと後だったはずだ。

十二才までアクラウス家で虐待《ぎゃくたい》されてたって、アランから聞いてたから、なんとか助けに行こうと計画してたけど、まさかの殿下からの申し出に、慌《あわ》てて殿下の後を追いかけた。

急遽《きゅうきょ》、訪《おとず》れたアクラウス家は、門戸《もんこ》が開け放たれたままだった。無用心な、と眉を顰《ひそ》める殿下の後に続いた。

殿下は迷うことなく進むと、ある部屋の前で立ち止まり、ヴィアル・ダルフォンを促《うなが》し、扉《とびら》を開けさせた。

おざなりなノックの後、すぐに開かれた扉の中で、話をしていた少女の声が、耳に届く。

「……ああ、足りるかしら。身売りも考えなくちゃいけないかしら」

聞こえてくる声は、幼いけれど一回目の彼女《かのじょ》の声と同じだ。

「まあ、豚の娘なんてだれも買ってくれないわね」

ただ、執事《しつじ》と話している事柄《ことがら》が、あまりに黒薔薇らしくなくて……困惑した。

黒薔薇はもっとこう、高飛車で何様で俺様で傲慢《ごうまん》で、高笑いしながら他者を踏み躙《にじ》ってなければならないだろう？　本当に何で惚《ほ》れたんだろう俺って、思わず自問したくなるような女だった。

……でも、もしも、本心からの言葉だと言うのなら、今回は敵対せずに協力し合えるかもしれない。それは希望に過ぎず、願望が前面に出ているのはわかっているけど。

「そん時は俺が買う！」

後の近衛《このえ》隊《たい》隊長が高らかに宣言して、黒薔薇に絶対零度《れいど》の眼差しを貰《もら》っていた。

誇り高くて、施《ほどこ》しを良しとしない所は変わってないようだ。

「ちょ、待って！　言葉が悪かった！　嬢《じょう》ちゃん！」

「振られたな、ヴィアル」

だいたい黒薔薇は、黒薔薇だからな。ものすごく自尊心が高いはずだ。どんなに苦しくとも、自分で切り抜《ぬ》けようとする女だ。

一回目で黒薔薇がやったことは粗方《あらかた》覚えているから、なんとか悪事を阻止することは出来ると思っていた。

だから、黒薔薇が天空牢獄に収監《しゅうかん》される未来は無い。

しかも、こんなに早い段階で救済が叶《かな》うなら、黒薔薇が黒薔薇として手を汚すことも無いだろう。

生まれ変わりか、生き直しか、いまだに分からないけれど、俺がこうして同じ時間を生きている理由が、わかった気がした。

今の生で初めて出会う黒薔薇は、殿下に対して最上級の礼をとっている。

ゆっくりと優雅《ゆうが》に動くその姿に、胸にこみ上げてくる熱い何かをぐっと飲み込んだ。

……生きている。黒薔薇が生きている。

ゆっくりと顔を上げた今の生の黒薔薇と目が合った。翳《かげ》りのない、美しい瞳だった。記憶《きおく》の中の眼差しよりも幼いそれに、心がうずく。

こみ上げてくる歓喜のまま、黒薔薇の水色の瞳に見入った。

だが、目が合った黒薔薇は大きく目を見開いて俺を見つめ返した。その驚《おどろ》きの表情に一瞬、黒薔薇も、もう一度人生をやり直しているのではないかと錯覚《さっかく》した。

戸惑いのまま黒薔薇と見詰《つ》め合っていると、気のせいか、黒薔薇の眼差しに熱がこもり、頬《ほお》が赤く染まっているように見えた。いや、気のせいだ。

黒薔薇が熱に浮かされたような顔で、俺を見るはず無いじゃないか。自惚《うぬぼ》れるのも良い加減にしないと。……でも、ひん剥《む》かれて乗っかられたあの時と同じ目をしているような……。気の迷いだな。

そうこうしている間に、執事に連れられてアラン・グレイが入室してきた。

何とか、黒薔薇から視線をはがしてアランへと向ける。懐かしの親友との二度目の初対面に、心は躍《おど》った。

目を合わせて、一瞬絶句する。……あ、あれ？

このきらっきらした笑顔《えがお》の少年は誰だ。

一回目の時の、疑心暗鬼《ぎしんあんき》って言うか、周りはすべて俺の敵って、あの狂犬じみた感じがさらっさらないいんだけど？

あれ？　お前、本当にアランか、と思っていたら、黒薔薇が推定アランを、横に控えさせて、姉弟《してい》できっちりと礼をとった。目を疑った。

黒薔薇、お前、アランをあんなにも目の敵《かたき》にしてたじゃないか。隣に立つのも虫唾《むしず》が走ると豪語して、足蹴《あしげ》にしてたじゃないか！

「アラン、殿下にご挨拶《あいさつ》を。殿下、不肖《ふしょう》の父が拵《こしら》えましたわたくしの弟のアラン・グレイでございます。このような形で御意を得ます無礼をどうぞお許しくださいませ」

「ご機嫌麗《きげんうるわ》しゅうございます。殿下。アラン・グレイと申します」

「許す。顔を上げろ、アラン。今八歳《さい》だったか？　俺はガイル・ドゥルーブル。十歳になったばかりだ。こっちの黒いヤツがクルト・メイデン」

きょとん、とこちらを見上げてくる懐かしいアランを見つめた。顔色の良さと、成育具合から虐待はされていないと分かる。少しほっとする。それから、目の前で何かに挑む眼差《まなざ》しの黒薔薇を見て、俺は一回目と違《ちが》うことを思い知った。

こんな真っ直ぐな目をした黒薔薇は知らない。こんなきらきらした、素直《すなお》で可愛《かわい》らしいアランも知らない。

一回目ではありえない展開に、俺は黙《だま》って傍観するしかなかった。

「殿下、アランは、五つの年より勉学に精を出し、鍛錬《たんれん》を怠《おこた》らず、領地経営にも興味を持ち、精進《しょうじん》してまいりました。それはひとえに父母に認めてもらいたいという幼心《おさなごころ》の発露《はつろ》でございます。しかし最後まで母はアランを家族と認めませんでした。父もまたそんな母に従いアランを無視するようになったのです。

わたくしは此度《こたび》の不祥事により地に落ちた侯爵家《こうしゃくけ》の、それも父母に疎《うと》まれていたアランが、秘《ひ》められた魔《ま》法《ほう》要素を発現したことこそ、天の配剤《はいざい》と感じました。殿下とは血の繋《つな》がらぬ従弟《いとこ》ではありますが、アランの色彩《しきさい》は王族特化のものでございます。間違いなく数代前に降嫁《こうか》された王族の先祖がえりでしょう。このエルローズ、三年アランと共にありました。殿下、アランは大器でございます。かならずや、王国の守護者となりえましょう。なれどいまだ雛鳥《ひなどり》。しかも守るべき親鳥はその任務を放棄しておりました」

ここで黒薔薇が息を吸った。自然と握りこんだ腕《うで》に力がこもる。

黒薔薇が全身に力を込めたのが分かった。ぐっと胸を張り、毅《き》然《ぜん》と前を見つめて。

「――ゆえに、アクラウス家現当主エルローズはアラン・グレイをアクラウスの一員と見なさず、一切《いっさい》の関係はないと宣言いたします。殿下、これよりは王家に彼《かれ》の後見をお願い申し上げます」

一息のままに言い切ったのだ。

「姉さま！」

「静かになさい。殿下の御前です」

目線そらさず言い切った黒薔薇の姿に、今度は殿下が眉《まゆ》を寄せた。

「つまり、アクラウス家の負債の一切をお前が背負《せお》うと言う事か」

「御意に」

「従姉殿《いとこどの》、アランの事は、もとよりそのつもりだ。アラン・グレイ、お前は王家預かりとなり、俺の側仕えとなるために今後俺と同じ学園に入り鍛錬する事となる」

「……ありがとう存じます。殿下」

殿下の一声に、ほっとしたのか、その瞬間、黒薔薇の全身から力が抜けた。ふわりと微笑《ほほえ》んだその顔が年相応で、可憐《かれん》で。

一回目の黒薔薇の、どこまでも凍りつかせてしまう冷笑と見比べてしまった。

アランが変なのはしょうがないとして、黒薔薇のこの変貌《へんぼう》振《ぶ》りはなんなのだ。

握り締めたこぶしは、痛いほどだ。

俺の前で嬉《うれ》しそうに殿下が黒薔薇に笑いかけている。あの頃にはありえなかった光景だ。

「お爺《じい》様はお前がアラン・グレイを放逐《ほうちく》すると言っていた」

「当たり前ですわ。アランの為に動いた予算など、引き取ってからこっち一欠片《かけら》もないのです。そんな無視されきってた子供を家人に据えるほどわたくし厚顔無恥《こうがんむち》ではございません」

「王族特化の力を発現した優秀《ゆうしゅう》な人材なのに？」

「アランの努力の賜物《たまもの》ですわね。そこに家の価値や血筋など関係ないのですわ」

「――――負債を返しきれなかったら、お前はどうなるか分かっているのか」

「殿下。アランの庇護《ひご》を王家が確約してくださっただけで十分すぎるほどの温情なのです。わたくしのことまで背負う事はありません。陛下もおじいさまも静観していらっしゃる、これが、正しい王家とわたくしの距離なのです。確かに血の繋がりはございますが、むしろ血の繋がりがあったせいで侯爵家は驕《おご》りました。また同じ轍《てつ》を踏《ふ》むことはできません」

「それではお前が、たった一人で苦しむだけだ」

「――見縊《みくび》らないでいただきたいですわ。わたくしは、エルローズ。アクラウス家のエルローズなのでございます。人道を踏み外したとは言え、実の父母を姦計《かんけい》に陥れ獄に繋いだ、悪辣《あくらつ》姫《ひめ》。こうして、事後処理を任せていただけてるだけで十分でございます」

そう言って鮮《あざ》やかに締めくくった女は、悪辣で有名なアクラウスの一の姫。

おそらく今回の生でも、一生一度の恋の相手だ。

＊＊＊

二度目の生をたまわって、一度目と違うことに戸惑うばかりだ。

筆頭はアランだ。

一度目のなつかない野生動物みたいだったアランが、品行方正なシスコンになっていた。腹を割って話が出来るようになるまで時間がかかった覚えがあるんだが、今回はそんなこともない。教え諭《さと》す事をすべて吸収しようと必死になっているようだ。むしろひよこのように、後を付いて回ってくる。未来の弟だ、手を貸すことに否《いな》やはない。

学園時代や寮《りょう》生活、そして騎士となって王城勤務になった今でも、口を開けば「姉さまの」「姉さまに」「姉さまが」だ。

時折送られてくる私物の箱を開けながら微笑む姿には、一回目の一匹狼みたいな荒《すさ》んだ様子は見られない。

そして、一回目と違う最大の謎《なぞ》が黒薔薇お手製のお守りだ。

……なんなんだあの威力《いりょく》。

放火犯が逃げる為に使った火の魔法が目の前でかき消えた時は、目を疑った。

盗賊取締りの最中に劇薬を浴びせられた時も、一瞬で周囲の仲間が浴びた毒まで全部無効化して、度肝《どぎも》を抜かれた。仲間をごまかすのに骨が折れたほどだ。

奇妙《きみょう》な模様の陣《じん》が刺繍《ししゅう》されたお守りは、神殿の護符《ごふ》ですら可愛らしい呪《まじな》いと感じてしまう程の効力を持っていた。

一回目の黒薔薇も刺繍や機織《はたお》りを利用した呪詛が得意なヤツだったが、この妙《みょう》にカクカクした陣に見覚えはない。

「アラン、このお守り、魔法や毒も無効化するみたいだが」

「さすが姉さまですね！」

「取締りで受けた打撲が、一晩寝《ね》たら回復してたんだが」

「さすが姉さまですね！」

「……おい、アラン。誤魔化《ごまか》すな。本来なら将軍閣下に報告しなきゃならん案件だぞ」

「大丈夫《だいじょうぶ》ですよ、先輩《せんぱい》。王城勤務の近衛騎士、将軍閣下配下の憲兵隊には配布済みです。ただ、これは姉さまいわく、特別製ですので効果が大きいのでしょうね。あ、先輩、殿下には内緒だそうですので、言動には注意してくださいね」

「……心得た」

特別製。心躍る言葉だ。これを黒薔薇が俺のためだけに作ってくれたのかと思うと、胸の奥が甘く疼《うず》く。そっと、お守りを胸に抱いていると。

「僕《ぼく》がお世話になっているから、お礼代わりだそうで、僕とおそろいなんですよ」

黒　薔《ば》　薇《ら》　。

お前ってヤツは……っ！　今も男を手玉に取るのは変わらないのか！

「あ、先輩。姉さまの贈《おく》り物《もの》の中に先輩宛のも入ってますよ。……エルフの傷薬ですね」

「ああ、これは助かる。そろそろ買いに行こうと思っていたんだ」

エルフの里で調薬された薬は効能が高く重宝《ちょうほう》するのだが、いかんせん、手に入りにくい。そして黒薔薇のお守りは強力だからこそ、命に関わらない小さい擦り傷や切り傷には効かなかった。

「手紙にも、お互《たが》いを労《いた》わりあう事こそ、信頼を築き上げ仲が良くなる秘訣《ひけつ》です、って。姉さまったら、僕達がまだ擦り傷だらけの子供だと思っているのですね」

「エルローズ殿にとって、俺達はまだ尻の青いひよこか」

くすくすと笑うアランをむっとした目で見た。黒薔薇にとって俺はまだまだガキなのか、と贈られてきた傷薬の蓋《ふた》を開けた。

「――――ん？　救護所にあるやつよりも、匂《にお》いが柔らかだな」

どことなく甘い、花のような香《かお》りがした。

「へえ、一級品みたいですね。姉さまはエルフの皆様の信頼と胃袋《いぶくろ》をがっちり掴《つか》んでおられるから、多分最上級品を譲っていただいたのでしょう」

そう言って次の品を箱から出していくアランの隣で、手持ち無沙汰《ぶさた》を紛らわせるように傷薬を手の中で回した。

黒薔薇。お前は、本当に生まれ変わったのだな。

伝え聞くお前の話は様々で、思わず頭を抱《かか》えて唸《うな》ってしまう事も多い。突拍子《とっぴょうし》もないことを仕出かして、陛下の肝を冷やしている。あまり追い込んでくれるな、あれで陛下は繊細《せんさい》なんだぞ。

俺もお前の背中を追いかけているだけの青二才ではいられない。

二度目の今、お前の心を追いかけて、必ずこの手にしてみせる。

その目が二度と絶望に染まらぬよう、お前の隣で、お前の側で、今度こそお前のために剣を捧《ささ》げる。

……それでも、四つの年の差は埋《う》まらないと知っていた。

お前の心を願う者は、それこそ掃《は》いて捨てるほどこの国に溢《あふ》れている。

お前を迎《むか》えに、エルフの里へ行く者を選抜すると宣言すると、国を挙げての勝ち抜き戦になるほどだ。

お前は俺達の癒《いや》しであり、救いであった。

だから、黒薔薇。

剣を捧げるべきお前の為に、この身を切り裂かれても、膝《ひざ》を折ったりしないと誓う。

そうして迎えた勝ち抜き戦で、辛《から》くも三つ目の椅子を掴んだのだ。

だが、満を持して迎えに行ったエルフの里で、お前が成長していないことに気がついた。

埋まることはないと思っていた年の差が、一気に逆転していたのだ。驚きも然《さ》ることながら、これで何の憂《うれ》いもなく、お前を迎え入れる事が出来ると喜んだのも束《つか》の間《ま》。

俺とアランが恋仲《こいなか》だと思っていたと言うのだ。衆道《しゅうどう》とかないからな、黒薔薇。

その誤解に愕然《がくぜん》としたが、さらにもっと手ひどいしっぺ返しを食らうことになった。当分浮上できる気がしない。

「弟……弟か……」

前の生での敵対関係よりは、数段、微笑ましい呼び名だけど、気持ちは沈み込んだまま浮き上がらない。

「衆道」だけなら実地で男の証明をしてやれば疑惑《ぎわく》も解けるが「弟」では恋人にも、ましてや夫にも、なれない。

悪夢なら覚めてほしかった。

黒薔薇は誰《だれ》もが眉を顰めて、あるいは恐れを持って唾棄《だき》した女だった。そんな黒薔薇を救えるのは自分だけだと、いつしか思い上がっていたのだろうか。

黒薔薇の事をわかっているつもりで、黒薔薇の絶望を知ろうともしなかったこの俺が。

『わたくしは国の礎《いしずえ》になるのだと思っておりました。おそらくは最大限の譲歩を引きだすための、政略結婚《けっこん》の駒となるのだと思っておりました』

その告白に胸が痛んだ。

一回目、彼女は誰の手も必要としなかった。己《おのれ》の才覚のみで、後は駒。見事に国をかき混ぜて、混乱の渦《うず》に叩《たた》き込んだ。

二回目の彼女は、周りの大人を頼って、意のままに振《ふ》り回し、望む最善を引き出した。

なぜもっと早く行動しなかったのだろう。

一回目と同じく、アクラウス家の横暴さは音に聞いていたではないか。止めるために、俺も動くべきだったのだ。

結果、こうして出遅《でおく》れて、苦い酒を飲むことになってしまった。

ガイル殿下が、床に座り込んだ俺を見かねて、注《つ》ぎ足してくれる酒を、無言のまま飲み干す。

……それにしても、一回目と違ってなぜ、賢者《けんじゃ》と宮廷医師がアクラウス家に向かうことになったのだろう。

狂犬のようだったアラン・グレイは、立派なシスコンになっているし、黒薔薇と呼ばれた悪辣姫は跡形も無い。

その宮廷医師もまた、俺《おれ》の目の前で苦い酒を呑んでいた。

今この場にいない賢者の動向に言及することは無い。エルローズが望まぬ限り、無体はしないと、陛下に誓《ちか》っているからだ。

では、今、賢者は黒薔薇に望まれているのかと思い至って、腹の奥に渦を巻く嫉妬《しっと》の炎《ほのお》をねじ伏せた。

己の幸福を噛み締めているのだろう賢者が、心底うらやましい。

考えを振り切るように酒を呷《あお》る。隣で同じく床に座り込んで、黒薔薇の作った酒を呷っているマリウス医師も、そのことを頭から振り落とすのに必死のようだ。

何度、杯を呷っても、酔えないのは俺も実感している。ならば、話をして気を紛らわせようと、訊《たず》ねてみた。

「マリウス医師、どうしてアクラウス家になど潜入することになったのですか」

「カテキョのきっかけか……マルクの報告書だったたか?」

「マルク……エルローズ殿の所の執事でしたね」

「先代の間者なんだよ。梟《ふくろう》と呼ばれる手だれでね。そうだ始まりはマルクが、家庭教師をよこせと言ったんだ。真に受けた先代が私達を推《お》して……初めリムと即、断って……なんで、女装なんかしたんだ、ちくしょう」

昔を思い返すマリウス医師の隣で、酔えない酒を呷りながら、執事の姿をさがした。

なるほど梟だったのかと思わせるほど、影の薄《うす》い、強《したた》かな男だ。

だがエルローズはとりわけ、懐《なつ》いているようだった。爺、爺、と頼《たよ》りにしている風情《ふぜい》に、妬いた事もあった。

「……呑んでいるか」

酒瓶《さかびん》を持って回っているのは、恐れ多くも先代様だ。つまみを持って後を付いているマルクに目を合わせる。

「マルクさん。先代様の影であるあなたが、アクラウス姉弟に手を貸すことにしたのは、なぜですか」

酒の勢いが無かったら訊《たず》ねることは出来なかった。

「おお。それは私も聞きたいね」

マリウス医師の後押しが無かったら、はぐらかされて終わりだっただろう。

ガイル殿下《でんか》と、里長様《さとおさ》が面白そうな顔でこちらを見ている。だが俺は、マルクと言う名の影から目を離《はな》さなかった。

アクラウス家執事長、マルクは目をそらすことなく俺を見ていた。とても奇妙なことに、マルクとエルローズはどことなく似ているように見える。おかしなものだ。纏《まと》う色彩も、なにもかも違うのに、その目が似ていると思うのだ。

「……ああ、良い目をしていますね、お嬢様《じょうさま》とおなじ目だ」

そう言って笑った男の懐の深さに、歯噛《はが》みする。前の生と合わせると同年代のはずなのに、圧倒的《あっとうてき》な差を感じる。それもこの身体に引きずられているからか。

「私は、あるじさまの影です。表立って動くことはございません。ですがこんな私でも、心動かされることはあるのです。踏み躙られそうになった子供の、先を諦めず、もがこうとする姿や、少ない知識の中で生き残りを図ろうとする姿に、感動を覚えることもあるのです。思わず手を出してしまうこと、あなただって覚えがあるはずだ」

目を伏せた男は、そう言って小さく笑った。

「その生き様に感動したから、手を貸した。それだけの事にございますれば、私ごときの働きなど、微々たる物。すべては幸運を引き寄せた、お嬢様の裁量でございます」

――幸運か。

「『その幸運を齎《もたら》すものになりたかったよ』」

思いがけず、マリウス医師と声が重なった。

お互いにお互いを見て、杯を掲げる。

「エルローズ殿の幸せに」

「ローズが幸せになりますように」

「なんじゃ、ギリムを呪《のろ》わんのか」

里長様がそんな風に嘯《うそぶ》いて、杯を傾《かたむ》ける。

「そんなことはしませんよ……それで彼女が泣くのは嫌《いや》ですから」

他の男を思って泣く姿など、見たくない。そして、賢者が消えない思い出となることも許せない。

「彼女が幸せだと笑っていてくれるなら、それでいいんです」

それでも、出来ることなら、自分の手で、幸せにしたかった。

自分の隣で笑っていて欲しかった。流す涙《なみだ》さえ、他の誰でもない、自分のために流して欲しかったのだ。

「……だから次は、絶対に間違えない」

誰に告げるでもない、自分自身に言い聞かせた言葉。二度目があったんだ、三度目が無いと誰が言い切れる。

「クルト？」

「……いえ、なんでもありません、殿下」

……黒薔薇。どうやら俺を酔わせるものは、酒ではないようだ。

今も昔も俺を酔わせるものは、お前以外にいない。

何度生まれ変わっても、それはきっと変わらないのだろう。

酒は透明《とうめい》な水のようで、けれど甘《あま》く喉《のど》を焼いていく。

黒薔薇が作った酒は、今の彼女を表すようにどこまでも透明で繊細で、苦く、甘い。

喉をすり抜けて、残酷《ざんこく》な甘い余韻《よいん》を残すだけだ。

酔えない酒を何杯呷っただろうか。ふと顔を上げると、周りで飲んでいた者たちがいつの間にか寝息を立てていた。マルクが各人に毛布をかけて回っている。

無言で差し出された毛布を受け取り、ひとり杯を傾け続けた。

「ローズ……」

マリウス医師の声が聞こえる。彼もまたひと時の夢の世界へ旅立ったのか。夢の中で、彼も黒薔薇《ばら》を抱《だ》くのだろうか。

ふう、と息を吐いて顔を上げた。夢を見れる奴《やつ》は良い。

夢は雄弁で、何も隠《かく》さない。思ったままに振舞って、思ったままに出来る。マリウス医師の夢の中の黒薔薇もまた、甘く脳髄《のうずい》を揺さぶるのだろうか。瞳《ひとみ》に恋《こい》を映《うつ》して、その腕を伸《の》ばすのだろうか。マリウス医師の望むままに、腕を開いて、足を絡めて、そして。

俺は一度きつく瞼《まぶた》を閉じて、頭を振ると、ゆっくりと目を開いた。

誰かの夢の中の黒薔薇にまで妬《や》くようでは、末期だ。

「少し、頭を冷やしてくるか……」

寝静《ねしず》まった貴賓室《きひんしつ》から抜け出して、ふらり、ふらりと夜を歩く。エルフの里は時間の流れが下界とは違うのだそうだ。

うっそうとした森の中、意味も無く奥《おく》をめざす。

賢者と過ごす黒薔薇の気配を振り払いたかった。

歩くうちに、光る虫が一匹、また一匹とやって来て、目の前で明滅を繰《く》り返す。

俺は、光る虫の示す先を、酔いにまかせて追いかけた。

どれくらい歩いただろう。やがて、エルフの里の森の奥、たくさんの光る虫を纏わせる大木を見つけた。

その優艶《ゆうえん》さは、まるで世界樹のようだ。

「……神木か?」

俺は持ってきた毛布を敷いて、木の根元に座り込むと、持ってきた酒を地面に注いだ。

それから、背中を幹にあずけて頭上を見上げる。降るような星空の中、梢《こずえ》が空を覆いつくし、枝のそこここには光虫が瞬《また》いていた。

悠然とした大木の立ち姿は黒薔薇のようで、纏わりつく光虫は、さしずめ俺たち求婚者か。

一度目、恋を自覚した時には、遅《おそ》かった。

二度目は「弟」と呼んでもらえるほどに信頼《しんらい》を寄せてもらえたが、恋は破れた。

それでも、お前に出会わなければ良かったとは思わないのだ。

お前を追い詰めて、弾劾《だんがい》した俺が、お前を望むなど、おこがましいと分かってはいても。それでも望まずにいられない。

好きにならずにいられないのだ。

目を閉じて記憶の中の風景に黒薔薇を探した。

春。学園の鍛錬《たんれん》場の木陰。(一回目の黒薔薇が、殿下に会いに来ていた)

夏。王宮のカーテンの陰。(取り巻きの貴族のひとりとキスをしていた)

秋。中央公園の噴水。(アランを水の中に突き落として、高笑いしていた)

冬。アクラウス家の貴賓室。(アランを庇《かば》って対峙《たいじ》した俺を苦々しく睨《にら》みつけてきた)

そしてまた春――学園の、古びた教会で、祭壇《さいだん》を睨みつけ、神などいないと吐き捨てていた。

記憶の中で黒薔薇はどこまでも黒薔薇だった。毅然として前を見据《みす》え、自分の行いを理解していた。どんな悪事からも目をそらさずに、立っていた。

視界は思うままに切り替わる。その中で、ひたすら彼女を捜《さが》した。

鍛錬場の角。（墨染《すみぞ》め衣装の黒薔薇が、ひょっこり顔を出して俺達を見ていた）

王宮の回廊《かいろう》。（真っ直ぐに前を見据えて弾劾の場へ進んで行く、ゆるがない背中）

噴水の向こう。（アランと水を掛け合いながら、楽しそうに笑い合っている幼い姿）

鍛錬場の貴賓席。（騎士《きし》に傅《かしず》かれ、挑発的に笑って見せた赤い唇《くちびる》）

すれ違い、すり抜けていく人影《ひとかげ》を何度追いかけただろう。何度、背中を見送っただろう。

それは一回目の黒薔薇だったり、二回目の黒薔薇だったりと、さまざまだ。

俺を見て頬を染めるのもお前だし、眉をひそめて嫌味《いやみ》を吐き捨てるのもお前だ。

どちらもエルローズだ。

俺はお前を間違えたりしない。前の生と今の生。黒薔薇は取る道が違っただけで、結果を見れば歴然だ。

——お前の本質は変わらない。そうなのだろう？

一回目と同じく二回目も、国の為《ため》に己を捨てて突き進んだだけなのだ。

それでは一回目のお前だって、手を差し伸べれば理解しあえたのかもしれない。

視点は何度も切り替わる。

すれ違う人影を追いかけて、走り続けた。

学園の廊下、教室、王宮の廊下、奥庭……古い教会。

弾む息を整えて取っ手を掴んだ。扉を開いて、光射す教会の中に足を踏み入れる。

ステンドグラスをすり抜けて、眩しいまでに光り輝《かがや》く中央に——質素なシスター服を身にまとった、エルローズが立っていた。

「黒薔薇……エルローズ」

「……クルト様？」

目の前の愛《いと》しい女は、驚きを隠しもしない。

墨染めの衣装を、しなやかな指で確かめながら、戸惑ったように周りを見渡《みわた》している。

「……あの、わたくし、どうしてここにいるのでしょう？」

「夢だからな」

「まあ、おかしなクルト様」

ころころと笑い飛ばす黒薔薇も、そんな女から眼を離せない俺も。

ありえない事と知っていたのだ。

「クルト様はここがどこかお分かりなのでしょう？　夢だなどと仰らずに、教えてくださいませ」

「俺は別に嘘《うそ》を吐《つ》いてるわけじゃない。俺はお前を探して、ここへ来た。お前に会いたくて、夢を渡《わた》ってここまで来たんだ。お前はどうなんだ、ここへ来るまで、どこにいた？」

「わたくし？　わたくし、は……」

少し考える風情を見せた黒薔薇の顔が、ぼふっと火を噴いたように赤くなった。

途端に赤くなってわたわたする黒薔薇に、ああ、そうだったと思い至る。黒薔薇は賢者と時を過ごしていたはずだ。賢者のものになったのだ。

だけど、黒薔薇を前にすると、ふわりと香る芳香《ほうこう》にめまいを覚える。

手を伸ばさずにいられない。

抱きしめずにいられない。

不思議そうに俺を見上げてきた黒薔薇の、無防備な瞳を見つめた。

手を伸ばせば、すぐそこに華奢《きゃしゃ》な肩《かた》がある。

「……クルト様？」

夢ならば尚《なお》の事《こと》、覚める前に、捕まえなければ。

「クルト様、お顔の色が悪いですよ、少し休まれたら、……ま、ほほほ。ここは夢の中でしたわね。だと言うのに、わたくしったらおかしいわ」

黒薔薇が心配そうに眉を寄せ、俺の体調を気遣う。俺はお前にとって弟のままなのか。くすくすと笑う黒薔薇の、折れそうな腰《こし》に手を添《そ》えて、抱き寄せた。

「まあ、クルト様？」

立っていられないのかと、心配して顔を覗《のぞ》き込んできた、黒薔薇の肩口に顔を埋《うず》めた。

「……愛している。おまえが悪女だろうが聖女だろうが、俺にとっては変わらない」

「え」

突然《とつぜん》の告白に黒薔薇は驚いたようで、両手を上げたり下げたりと挙動不審《ふしん》になった。

憎むほどに、追い詰めるほどに、愛した女だ。

憎まずにいられないほど、身を焦《こ》がした女だ。

血を吐くような月日を数えて、ようやく俺は自分の中の真実に気が付いた。

頼って欲しかったのだ。

縋《すが》って欲しかったのだ。

あの時お前を追い詰めて、追い込んだのは、お前が頼る相手など、物の役にも立たないと思い知らせたかったからだ。幻滅《げんめつ》させて、諦《あきら》めさせたかったからなのだ。

あの時俺は、待っていた。

お前が、俺に負けを自覚するのを待っていたのだ。

天空牢獄《ろうごく》になど、誰が行かせたかったものか。

それでも、行き着く先がそこならば、お前が俺の手を取るだろうと、傲慢《ごうまん》にも思いこんでいた。

どうしても、手に入れたかったのは、地位でも名声でもない。たった、一人の女だった。

なのに、気高いお前は、薄汚《うすぎたな》い俺の願望など見通して、全てを振り切り、去っていった。

後に残った俺は、無様にもそれを認めたくは無かった。認めたらどこまでも惨《みじ》めになるだけだ。

だからなんでもないふりをして、身を切られるような思いを閉じ込め、お前の背中を見送った。

胸の奥で、行くなと喚《わめ》く自分の声を聞きながら、引き止めることさえ出来ずに、後悔《こうかい》に苛《さいな》まれ、一生を終えたのだ。

天空牢獄にひとたび入れば、永遠の別れになると知っていたのに、ちっぽけなプライドに取りすがり、愛する女を引き止めることさえしなかった。

だから今更《いまさら》だ。この邂逅《かいこう》は今更なのだ。

幼い彼女に救いの手を差し伸べた賢者が彼女に選ばれるのは仕方がない。

だけど、目の前に焦がれるほどに求めた女がいる。

胸の高鳴りを気付かれはしないかと、躊躇《ちゅうちょ》しながら、いっそ彼女に無様なほど振《ふ》り回《まわ》されてることを知ってほしいと願った。

こんなにも、惹《ひ》かれていることを、知ってほしい。

言葉だけではもう足りないのだ。あの夜のような熱く胸を焦がすような激情をもう一度味わいたい。

「これは、夢だから、おまえが悩《なや》むことはないんだ」

少女は俺よりも、黒薔薇よりも、幼くて、突然の告白に目を白黒させている。

腕の中に囲い込んで、柔《やわ》らかい身体を抱きしめる。押し殺していた感情が咆哮《ほうこう》をあげた。

抱きしめた少女の、柔らかい感触に飢《う》えるほどの欲望を滾《たぎ》らせる。

もう、抱きしめて頬を寄せるだけでは足りないのだ。

指を絡めて、彼女を感じるだけでは、抱きしめて鼓動を感じるだけでは駄目《だめ》なのだ。

優しくしたい。前の生で執拗《しつよう》なまでに追い詰めた彼女だからこそ、優しくしたい。

だが、一度契《ちぎ》った女だからこそ、瞳を合わせるだけではもう、足りない。

「エルローズ、もう、お前を抱きしめるだけでは足りないんだ」

戸惑いながら見上げてくる瞳を見据えたまま、片手で頬を撫《な》でる。

「口付けたい。もっと近くでお前を感じたい。全部奪《うば》い尽《つ》くしてしまいたい。誰にも渡したくない」

「……その、これは夢なのでしょう？　わたくしは、夢の中にいるのですよね、これが、わたくしの、願望だと言うのですか」

なんて、罪深いと呆然《ぼうぜん》と呟《つぶや》いた黒薔薇が、幼くて儚《はかな》くて、消えてしまいそうだった。だから俺は、震《ふる》える彼女に、急いで言い聞かせたのだ。

「お前の夢じゃない。これは俺の夢だ。罪深いのはお前じゃない」

この夢に罪はない。罪人として繋がれるべきは。

「――――俺の罪だ」

言い切って、荒々しく唇を奪った。誰のせいでもない、これは俺の願望が見せた欲望だ。

少女の唇はしっとりと濡《ぬ》れていて、その弾力に我を忘れて貪《むさぼ》った。

重ねあいたい。何度でも、こうして。

「んあ、ク、クルト様、やめ、んんっ」

「やめない。唇を重ねるだけじゃ足りない。抱きしめて重ねあっても、お前に口づけて、吐息を分け合っても足りない。お前の中を、俺だけで埋めつくしたい」

「クル、クルトさ……、おち、おちついて、アランに顔向けできなくなりますわ！」

むしろ落ち着くのはお前の方だと気が付いた。まだ、俺とアランを誤解しているのか。

「……罪以前の問題だな。念入りに教えてやろう。俺に衆道の気《け》はない」

「んんっんーっ」

黒薔薇は慣れているはずだと思ったが、どうもそうではないらしい。

何度も何度も重ねては、ひと時の呼吸の為だけに、解放する。慣れない彼女《かのじょ》はそのたび肩を震わせて、涙目で俺を見上げてきた。

その視線に、独占欲《どくせんよく》を滾らせる。

瞳に浮《う》かぶ戸惑いや、涙目で睨まれることすら愛おしいのだ、末期だな。

「黒薔薇、これは俺の見る夢だと言ったはずだ。夢ならば、お前を望んでも構わないだろう？」

「ゆ、夢」

「ああ、これは夢だ」

戸惑う黒薔薇を横たえて、耳元で囁《ささや》いた。どうか、このまま、堕《お》ちて欲《ほ》しい。

黒薔薇の抵抗が無くなったのを幸い、墨染めの服を開《はだ》けるのももどかしく、逃《に》げないように

乱していった。

墨染《すみぞ》めの衣装は彼女の清廉《せいれん》さを際立たせ、開けられていく素肌の白さが脳髄を甘く焼いた。まろびでた乳房の優美さと、先端《せんたん》の赤い蕾《つぼみ》の対比が眼に焼きつく。

「黒薔薇、エルローズ……」

美の体現に、喉がなる。怖がらせないように、逃げ出さないように、掌《てのひら》を背中に腰に這《は》わせ、震える唇に唇を重ね、滑り込ませた舌先で彼女を従わせる。

胸の先端で震える赤い蕾を指で撫で、次いで口に含《ふく》んで吸い上げ、頑《かたく》なな身体がほぐれるように腰を尻を撫でさすり、腿《もも》を撫で上げる。

形良い胸は羞恥《しゅうち》に赤く染まり、なめずった跡が、俺の唾液で濡れていた。両手で胸を持ち上げて、音を立てて乳首に吸い付き、先端の敏感な所をちろちろと舐《な》める。ぷっくりと立ち上がった敏感な頂《いただき》を思うさま舐めて吸って噛《かぶ》り付く。息を吹きかけ、指で摘《つま》み上げると、エルローズは腰を大きく浮かせて背を反らせた。感じているのだと嬉しくなって、なおも乳首を攻め立てると真っ白な足のつま先が丸まって快感を示す。

乳首をいたずらしながら、乳房を舌先でくすぐり、汗《あせ》が光る谷間にキスを落とした。

時折、喘ぐ唇に唇を合わせて、舌を絡《から》めると、たまらないと言わんばかりにすがり付いて来る。安心させるように微笑んで、それから彼女の膝頭に軽く口付けた。ちゅ、ちゅっとキスを繰り返しているうちに、彼女の強ばりが解けていく。

膝に手をおいて、内腿へ指先を滑り込ませる。指が到達《とうたつ》した先は、湿りを帯びて潤《うる》んでいた。

肉襞《にくひだ》にそって指を這わせると、エルローズが唇を震わせ、鳴きながら喘いだ。

指先で何度か秘唇《ひしん》を撫でていると、くちゅりと音を立てて、蜜《みつ》が溢《あふ》れる。

羞恥に硬くなった彼女の脚を割って、蜜を滴《したた》らせた花園をじっくりと観察した。赤く染まる肉襞は、とろりと蜜を滴らせていた。指を差し込んで中を確かめると、一本でもきついくらいだ。期待にごくりと喉をならした。

何度か指を抜《ぬ》き差ししても、きつさを失わない蜜が溢れるそこへ、指の代わりに舌をねじ込む。彼女の尻が大きく震え、舌先が肉襞に締《し》め付けられた。

「ふぁ、ああんっ」

溢れる蜜を舌に乗せ、花園の先端で小さく震える赤い花芽を、くりくりと甚振《いたぶ》る。可愛らしい声を上げて腰を浮かせた彼女を押《お》さえつけ、舌先で花芽を音を立てて嬲《なぶ》った。硬くした舌先で花芽をぎゅっと押しつぶすと、とぷりと蜜が溢れ出す。蜜を啜《すす》りながら、指で花襞を割り開き、強引《ごういん》に中へ押し進めた。ぬちゅぬちゅと抜き差しをしながら、徐々《じょじょ》に指を増やし、中で指を動かした。

「んっあ、ああっ」

押し込むと途端《とたん》に肉襞が指にまとわりついて収縮する。指先が到達する奥まで突き立て、締め付ける中から勢い良く指を引き抜く。

繰り返し指を出し入れしていると、指を含ませたところから蜜が溢れ、指を伝って滴《したた》り落ちた。花芽を舐めながら指を押し入れて、引き抜いて、また押し込んで、引き抜く。花芽を舐めれば舐めるほど、勢いを付けて押し込めば押し込むほど、肉襞が次をねだって蠢《うごめ》き、蜜が滴り落ちる。

白い太腿は快楽に震え、たわわな双珠《そうじゅ》はいたずらな舌先に翻弄《ほんろう》され、白い腹は快楽に喘ぎ波打つ。

首筋に噛《か》み付《つ》いて顎《あご》を舐め、乳房に指を埋めて先端の赤い実を齧《かじ》り、白い身体を撫でさする。花開いた快楽の園を舌先で惑乱させ、指で懇願《こんがん》させ、やがて肉棒で屈服させるために。

潤んで柔らかくなった花襞に、何度もこすり付けている牡《おす》の猛《たけ》りも限界だった。

入りたくてたまらない。

「黒薔薇」

「ク、クル、トさ、あっああっ、うああ、」

黒薔薇が名前を呼んでくれた瞬間《しゅんかん》、猛りきった牡をねじ込んだ。

俺が入り込んだ瞬間、締め上げてくる肉襞の圧力に息を呑んだ。その動きだけで背筋を快感が突き抜ける。歯を喰いしばって衝撃《しょうげき》を耐《た》え、喉を反らし喘ぐ女を抱きしめた。

突き立てた瞬間の射精感をどうにか堪《こら》えたが、本能のまま腰を打ち付けたくて仕方が無い。優しくしたいのに、獣《けもの》のように猛る自分を抑《おさ》えられない。

「エル……エルローズ」

「あっ、あっんうあっ」

押し込んだ牡をゆっくりと時間をかけて引き抜いて、勢いつけて押し込んだ。

黒薔薇が一際《ひときわ》高く切ない声を上げた。中の牡が締め付けられ、ぞろりと舐め上げられる。

「ふ、あ、すごい。俺に纏わりついて絶対離さないって……、あ、ここ、ここ、だろう？　ここ、が一番くる、だろう？　前もそうだったっ」

ごずんっと奥の一点を突《つ》くと途端に締まる肉襞の動きに気が付いて、そこを何度も突いてみた。

ひうっと息を呑んだエルローズの身体が、びくびくと跳《は》ねるが、足を抱え上げて膣奥《ちつおく》を何度も突いているから、快楽から逃げられずに、受け止めるしかないのだろう。

「あっああっそんな、そんなの、あっあっだ、だめえっ」

「え、る。はっ、くっううっ」

「んあっああんっ、クル、ト、クルトさ、」

艶《つや》めいた声に我を忘れて、ひざ裏を掴んで腰を高く上げさせた。そのまま思うさま腰骨を打ち付ける。喘ぐエルローズのふくらはぎや足の裏側に口付けをしながら、締め付ける中で、快感を思う存分味わう。足の指を口に含んだ時は、中で引き千切られるのではと、思うほどに締め付けられた。

脳髄が破裂したかのような閃光が、まぶたの奥を焼いていく。

打ち付ける肉棒から背骨をつたわりダイレクトに脳髄に愉悦《ゆえつ》が走る。

一回目のように、神経の塊《かたまり》を女体に絡め取られて支配されるわけでなく、愛しい女を快感に咽《むせ》び泣かせている喜びに酔《よ》った。

「エルローズ、もっと、だ。もっと、高みへいけるだろう?」

伸ばされ縋り付いてくる腕《うで》の強さに、彼女の限界を悟《さと》る。腰を打ち付け、悦楽に飛び散る涙に言い知れぬ満足感を得た。

彼女は俺の熱を感じて喘ぎ、白い身体を波立たせて悶《もだ》え、身を強張《こわば》らせて達した。俺は彼女の肉に絡め取られて惑乱し、それでも足りずに、攻め立てた。

「エルローズ、すがれ。俺の名を、呼べ」

「あっ、ああぁんっ、クル、クルト様っ」

お前を抱いている実感が欲しかった。夢だと知っているからこそ、背に立てられる爪《つめ》の痛みが欲しかった。

口付けて舐めて啜って、舌先でエルローズを確かめる。涙は塩の味がした。

掌で触《ふ》れて、撫でて、美しい曲線を指で辿って、唇で確かめ舌でまた味わう。

涙も汗も唾液も愛液も全て味わって、目玉を舐めた時は流石《さすが》に引かれたけど、お前を喘がせて、縋らせて抱きしめ返す。

夢でも良いから、今だけはお前は俺のものだ。

「――俺の、ものだ。俺だけの、誰にも、渡さない」

「あっああんっ」

快感を追いすぎて痙攣《けいれん》する身体を、うつぶせにして、腰だけ高く上げさせた。

後ろから一息で突き立てると、白い背中が衝撃にわななく。

両手で揺《ゆ》れる双珠を揉みしだきながら、背中に口付ける。きつく吸い上げると彼女の中が牡に絡み付いて、吸い付いた。絡み付く肉襞を引き剥がすように、勢いつけて腰を引く。刺激《しげき》に波打つ背中に口付けながら、彼女の官能を引き出すべく、腰を進めた。

「ひっんあっ、あっあっああんっ」

きっと明日には、この夢すら忘れて、幸せな二人を祝福しなくてはならない。

だから、夢の中くらい羽目を外しても良いだろう?

彼女の肉欲を煽《あお》るように、喘ぐだけ喘がせるのだ。

後ろから奪いつくすと、今度は彼女を膝の上に抱え上げ、下から激しく突き上げ始めた。泣きながら善《よ》がる声に、萎《な》えることを知らない獣のように、貪ってしまった。

目覚めたら吐き出したもので大変なことになっているだろうと、冷めた自分が冷静に分析《ぶんせき》する反面、徹底的に抱くと決めたのだ。

賢者の痕跡《こんせき》が窺《うかが》えない分、夢の中でだけでも俺を刻み込んでおきたかったのだ。

「……お前は、激しいほうが好きだったな? こうして、奥を穿《うが》ちながら、敏感なところを強く摘まれると、中が、きゅっと締まって、吸い、取られそうに、そう、そうだ。こっちも、好きだった、よな? ふ。欲張りなのは変わらない、か。突くと喜んで締め付けてくる、そんなところも、可愛《かわい》く、て、……く、腰が溶《と》けそうだ、エル……エルローズ」

「ひっんっ、ああんっ、あんっ」

嬌声《きょうせい》に背中を押されるように牡の猛りで突き上げた。神経の束を舐めずられているような強烈な快感に支配される。
差し込んだところから溶け合うようだ。
いっそ終わりなど来なければいいと思いながら、俺は愛《いと》しい女を抱きしめた。

あとがき

この度は「悪堕ち姫は実家没落をねらう2」を手に取っていただきありがとうございます。

どうしても言いたい事があると、一人ここに来てますので紹介します。

「お嬢様の執事マルクと申します。さて皆様方もきっと、今回の表紙にどきどきされた事でしょう。作者など心臓を的確に撃ち抜かれたと言っております。このすばらしく可愛らしいお嬢様の姿を描いてくださったのは、前回同様、北沢《きたざわ》きょう先生です」

　手に取った書籍の表紙を見つめるマルクも目を細めて、恍惚《こうこつ》としたため息を吐いています。

まあ、男性陣は極力視界から外しているようですが。

「お嬢様を抱き上げているのが私じゃないのが悔しいです」

　言った！　はっきり言っちゃったよ！

「……お嬢様の垣間見せる表情まで良く分かってくださってますね。今度はぜひ等身大の、お嬢様お一人の肖像画をお願いしたいものです。ぜひとも特注で」

　無茶言うなや。

「各種イラストも素晴らしい限りですね。北沢先生は作者の意図を正確に読み取って、絵にしてくださる奇跡のひとと伺っておりますが、たしかに失神ものです」

下絵の段階で悶絶《もんぜつ》する、格調高い萌え絵なんですよー！

「そうそう、作者担当のN川様は、殿下がお好みのようで、前回も真顔で結婚したいと仰ったようですね」

……ええ、作者も初めて下絵を見た瞬間、室内ローリング状態でした。

「ああ、そういえば……危うくエルフの薄い本になりかけたとも」

マルクの絶対零度の眼差しが怖い。

「そうそう、私、ぜひ作者に伺いたいことがあったので、ここまで来たんでした」

はあ、なんでしょうか。

「……私とお嬢様の恋物語はいったい何時書いてくださるのでしょう」

メデューサさんや死神さんと目が合ったらこんな風に感じるのでしょうか。

冷や汗と、乾いた笑いしか出てきませんでした。

――それでは最後に、いつも作者の世話をして下さるホビージャパンのN川様。

今回も美しい絵を描いてくださった北沢きょう先生。

校閲してくださった凄い方、製本、流通、営業の皆々様。

そして「小説家になろう」の皆様方のおかげでこの本が出来ました。

重ねて感謝いたします。ありがとうございました。

さくらさくらさくら

ファンレターのあて先　ご意見、ご感想をお寄せください
〒151-0053 東京都渋谷区代々木2-15-8
㈱ホビージャパン　シンデレラノベルス
さくらさくらさくら 先生 ／ 北沢きょう 先生

シンデレラノベルス
CN01-02

悪堕ち姫は実家没落をねらう 2

2015年11月21日　初版発行

著者――さくらさくらさくら

発行者―松下大介
発行所―株式会社ホビージャパン
〒151-0053
東京都渋谷区代々木2-15-8
電話　03(5304)7604（編集）
03(5304)9112（営業）

印刷所――大日本印刷株式会社

装丁――AFTERGLOW／株式会社エストール

乱丁・落丁（本のページの順序の間違いや抜け落ち）は購入された店舗名を明記して当社パブリッシングサービス課までお送りください。送料は当社負担でお取り替えいたします。但し、古書店で購入したものについてはお取り替えできません。
禁無断転載・複製

定価はカバーに明記してあります。

©Sakura Sakura Sakura

Printed in Japan

ISBN978-4-7986-1120-4　C0076